中年往事

郝家林／著

文化发展出版社
Cultural Development Press
·北京·

图书在版编目（CIP）数据

中年往事 / 郝家林著 . — 北京 ：文化发展出版社，2023.4
ISBN 978-7-5142-3902-7

Ⅰ . ①中… Ⅱ . ①郝… Ⅲ . ①长篇小说－中国－当代 Ⅳ . ① I247.5

中国国家版本馆 CIP 数据核字 (2023) 第 047780 号

中年往事

郝家林　著

出 版 人：宋　娜
责任编辑：周　蕾　　　　责任校对：岳智勇
责任印制：邓辉明　　　　封面设计：闰江文化
出版发行：文化发展出版社（北京市翠微路 2 号 邮编：100036）
网　　址：www.wenhuafazhan.com
经　　销：全国新华书店
印　　刷：三河市天润建兴印务有限公司

开　　本：710mm × 1000mm 1/16
字　　数：275 千字
印　　张：20
版　　次：2023 年 5 月第 1 版
印　　次：2023 年 5 月第 1 次印刷

定　　价：65.00 元
I S B N：978-7-5142-3902-7

目　录

上　部

我喜欢旧物，不是因为它们值钱，而是因为它们对你不离不弃。

1

“炳太，你有过这样的经历吗，在短短一段时间里，一连串闹心的事接踵而来，一下子扰乱了你的生活。当一切平静下来后，仔细想想，这些事从此改变了你的人生轨迹。”在街边小店和金将军吃卤煮时，我说了这样一番话。

“嗯，我知道你在说什么。”他表情平静，语气淡然。他正夹起一段肥肠放进嘴里，抿了一口酒。看着刚刚退休的金将军那魁梧的身材和专注的吃相，我没再说下去。

我们都老了，老到乘公交车会有年轻人为你让座，好尴尬！

金将军泛红的鼻尖上闪烁着两粒汗珠，这是辣椒、蒜和酒精的投胎转世。

晚上躺在床上翻来覆去睡不着，脑海里不时回想起对他说的那番话……

午后房间里很安静，拖鞋与地面摩擦发出嚓嚓的声音。楼道和院子里也很安静，门外偶尔经过的咚咚的脚步声，楼下突然响起的汽车发动机声，都令人悚然心跳。

来到书房坐在临窗的书桌前，摊开一张纸，拿起签字笔在上面写道：

“这些是发生在十三年前的事，那年我刚好五十岁……”

昨晚和金将军吃饭喝酒，不知怎么，也许是酒精的作用，竟激发起写作的欲望。为什么不把那年我生活中发生的事写成小说，讲给读者们呢?

可写完开头便又停了下来，随手摘下老花镜，两眼漠然地看着面前的纸和上面那行潦草的字。

记不得从什么时候开始，写东西落下个毛病（中性词叫“习惯”），一定要先在纸上写出第一个句子或第一个自然段，如果第一句或第一段写完后仍有想写下去的冲动，就会在电脑上接着写下去，而且要写的这篇文章八成能写成。相反……不说大概你也猜出来了。

上面这段文字只写了开头便写不下去，我粗暴地将那张纸推向书桌里侧。这么做了之后还不解气，干脆拿起那张无辜的纸将它五马分尸，随手扔进书桌下面的纸篓。

这是今天第三次写相同的文字，遗憾的是结局也是相同的，当我用手使劲撕扯纸张的身体时，感觉自己像名刽子手。手上很痛快，心里却未必。

起身走出书房，去厨房给自己沏了杯茉莉花茶。

端着茶杯来到卧室。阳台摆放着一把带扶手的旧藤椅，父亲在上面坐了十几年，后来儿子继承了父位。掐指算来这把藤椅在我家服役近三十年，浅黄色的表面渐渐变成深黄色，再后来又变成褐色。

坐在藤椅上，将烫手的茶杯放在旁边小圆凳上，透过玻璃窗望着楼下的花园。

这个小区原是工业部家属宿舍院，以前是平房，二十世纪九十年代初拆掉平房盖起楼房。楼下花园位于两栋楼之间的空地上，面积不大，种了形形色色的花草树木，还修建了一个椭圆形喷水池。

春天来的时候，花园里的树木吐出绿芽，枯黄了一冬的草地满目嫩青，小草愉快地摇摆着身子，一派生机盎然。桃花最先开放，粉白色的花朵让周围的空气都迷离了。夏天是绿色最亢奋的季节，花草繁茂，树荫浓郁，厚密的枝叶遮挡住炙热的阳光。雨过天晴，红绿如洗，花儿似胭脂般艳丽。老人们在这里乘凉聊天，小孩子在这里戏耍打闹，那景象最为怡人。秋天，金黄和深绿交映，在人们面前展现出这个季节特有的高贵、优雅气质。唯有冬天万物萧条肃杀，水池里的水会干涸，裸露出水泥池底和一块巨石的底部。大部分花草树木枯萎凋谢，只有在白雪覆盖下，才使人仿佛置身于童话般的幻境。

天气好的日子老人们会在这里晒晒太阳。今天花园里并无人迹。

目光落在那五株银杏树上，它们正顽强地舞动着最后一抹银杏黄。树的大部分叶子已经掉落，地上铺满黄叶。树枝上还残留着一些小叶子，被寒气冻得萎缩，叶子两边向里卷曲，风一吹，卷曲的叶子在树枝上惊恐地晃荡，就像坠着的一个个小铃铛，没错，就像是小铃铛，每一棵树上都有上百个这样的小铃铛。

我仔细看着，心中顿生疑窦：这种树在春天发芽吐绿，夏天枝叶茂盛，与其他树木并无二致，平凡而乏味，可为什么到了秋末冬初，其他的树纷纷褪去盛装颜色尽失，唯独它绽放暖黄，透出一股女人般的妩媚波光，偏偏在生命力即将衰竭的时候却大放异彩？这一独特的生理特征，让人觉得颇有些暧昧。

“狡猾！”我的肚子发出一声咕噜。

以前城里只有一两处地方栽有这种树，每到金黄色惊艳亮相的日子，各路摄影爱好者纷至沓来，各显本领，银杏们也落落大方地满足着这些爱好者的镜头。近几年城里各处种植了不少银杏，季节来临时满城尽是黄金叶。今年每个人都在朋友圈晒自己在银杏树下的合影，仿佛那是一年中最后一道美景。

是啊，草木也有人情世故，只是我们看不懂。

这是二〇一九年初冬。一股来自西伯利亚的强冷空气侵袭北方各省，供暖季提前到来，窗外寒气逼人，屋内却暖意融融。

茉莉花的香气飘溢出来，心情渐渐平静，轻轻呷了口茶，我熟悉这味道就像熟悉我身体的每一寸肌肤。

点燃一支烟，烟雾扰乱了茉莉花茶香。

人生不也如此嘛。青年时的好奇与幻想，壮年时的激情与痴迷，中年后的稳重与狡猾，到老年时不得不面对疾病困扰和日益衰老的身躯，虽多了一份从容，也添了几分无奈。

我是个准老年人，出门可以使用老年卡免费乘坐公交车。

这所院子也老了，物是人非，老邻居一家家搬走，新邻居大多不认识，很多是租住在这里的外乡人。我不喜欢与陌生人打交道，不想结识所谓的新朋友，也很少参加老同学、旧同事的聚会，从不刷朋友圈。

我习惯了一个人的生活。这种生活让人有更多时间沉浸在对往事的追忆中。当独自在院子里散步时，邻居很少跟我打招呼，也许在他们眼中，我是一个冷漠怪癖的老头儿。我倒不在乎他们看我的那种眼神，人和人的生活本就不一样，有什么好奇怪的呢！况且在我的眼里他们也是怪怪的。

米红一家就是在那年搬走的……

一股浓浓的烟雾在面前缓缓地弥漫开来。

去厨房续了水，又端着茶杯回到卧室。藤椅摆放在阳台已经几十年，从来没有被移动过，它在那儿扎下了根。

住平房那会儿，一天傍晚父亲从街边小店买回这把藤椅，他很喜欢，成了他的专座。搬入楼房时大部分旧家具都扔掉了，藤椅被保留下来。记得那时一天中的大半时间父亲都坐在藤椅上，看报、喝茶、吸烟，或者只是在发呆。

平时他也总是拉着个脸，很少看见他笑，那样子像是受了天大的委屈，又像是和谁怄气。我曾经把那张脸形容为一朵发蔫的永远不会盛开的喇叭花，唯独见到女儿时，那花才开放。我在嫉妒妹妹的同时，常常替母亲感到不平。

这位原工业部的老处长也是在那年去世的，就在我贷款为他和母亲购买了新楼房的第二年。

椅子的颜色随时间的流逝不知不觉地改变着，有两三处地方破损严重，我用细铁丝和胶布条为它包扎。每当遇到高兴的事或不高兴的事、心情好或不好的时候，我都会坐在这把藤椅上平复自己的情绪，这似乎成为一种仪式。如今它和我一样也老了，不仅是年龄连处境也一样。

我教了十七年的书，五十岁那年失去了教职，在单身汉的身份上，命运又给我加了一个身份：流浪汉。仅此而言，藤椅的处境略好，它没有第二个身份。

我喜欢旧物，不是因为它们值钱，而是因为它们对你不离不弃。

我出生在一九五六年，那是一个火红的年代。一九八二年大学本科毕业，又赶上一个火红的年代。我先是到一家杂志社做编辑，由于对那里的人际关系不满，只干了两年便回到北大继续读文化史、艺术史研究生。博士毕业后，我进入北京一所市属高校任教。

三十五岁那年我和一位在一家大公司任财务总监的女人孟华结婚，过上了既不美满又不痛苦的婚姻生活。七年后我和孟华分道扬镳，各奔前程。此后我就一直过着单身汉的日子，至今没有重新组建家庭。

离婚后尝试着结交过几个女人，但都是蜻蜓点水，随风而逝，她们在我的感情账簿上没有留下任何业绩。在很长一段时间里，我对女人、婚姻失去了兴趣，或者说对自己失去了信心。我猜不透女人的心思，经常被她们反复无常的情绪搞得心烦意乱，就连床上那点事都没有留下什么美好难忘的记忆。

女人啊……怎么说呢，我不是一个能讨她们欢心的男人！

直到有一天，一个叫春子的女人闯进我的生活，让人手忙脚乱又激动不已地接纳了她。她点燃了深藏在我心底的欲火，唤醒了我体内的情欲魔鬼，她用让人无法抗拒的热情和魅力，使我重新变回男人！

她比我小七岁，那年我们相遇了！

这些年我无数次地回忆起与春子度过的那段甜美时光，感叹幸福的短暂和一去不复返。

杯子里的水变得寡淡无味，又重新沏了一杯。茉莉花茶的香郁再次飘溢出来，那气味悠长而醇厚。

今天好奇怪，花园里仍然没有人迹。

这股冷空气并没有带来令人讨厌的大风，阳光透过玻璃窗照射进来，扑在脸上、身上，身体变得懒散起来。

阳光也给树木凋零的花园注入了一线生机，使它看上去还有一种画面感。如果遇到阴天降温，特别是赶上沙尘弥漫，大风卷地，落叶和尘土四处飞扬的日子，那画面便破败不堪了。

年轻时贪杯，与三两好友小酌是件很暖心的事。上岁数以后酒喝得少，茶却一直没有断。现在市面上茶的品种很多，人们越来越看重茶的品质和保健功能，但我还是喜欢这款从小就喝惯的茶。

我不像有些人那样讲究，买一套价钱不菲的泡茶器具不厌其烦地摆弄着，小口品着，本人不是一个品茶者，只是一个普通的饮茶者。

由于爱茶，爱屋及乌地喜欢上盛茶叶的器皿。我收藏了许多各式各样的茶叶罐、茶叶瓶、茶叶筒，它们大小不一，款式各异，颜色、质地也不相同，有瓷的、竹的、玉的和水晶的。

我最喜欢的是一款日本瓷的茶叶瓶，瓶高十厘米，淡青色，瓶身上隐隐地显出类似裂痕的纹路，还有用浅绿色画的几片花叶，一点粉红色的花蕾。瓶的形状像中国传统的瓷花瓶，上宽下窄，有一个扁圆形瓶盖。由于瓶体很小，一次装不下很多茶叶，需要经常装，尽管有些麻烦可我乐意。

我还有一个碗形小酒杯，象牙白色，外侧杯壁上有淡墨画的一抹远山，一湾溪水，旁边有“清流”两个字，酒杯大概能盛一两酒。

茶叶瓶和酒杯是我的珍藏，也是我的日用，当然，它们都是别人送的。有趣的是，送我茶叶瓶的女人感情像酒一样浓烈，而送我酒杯的女人平时看上去却像茶一般恬静。这不能不叫人感叹，世上的一切事物似乎都是反衬的，这种反衬使被衬托事物的特征凸显出来，一旦失去反衬事物本身似乎也不存在了。

从酒柜里取出自己喜爱的茶叶瓶和酒杯，捧着它们来到书房，轻轻地放在书桌上，一边喝茶一边默默地注视着它们。

以前听母亲说，上了岁数眼下的事记不住，前半辈子的事却记得清清楚楚。当时不理解这句话，现在理解了。

我不知道人的记忆力是天生的还是后天的，是遗传下来的还是习得的，不管怎么说记忆力是个好东西，有了它你才能记住谁是爹妈，谁是朋友，你才有爱和恨。可人的记忆力有其独特的选择机制，只要它喜欢，无论好事坏事都不拒绝，一股脑儿地储存下来，毫不在乎它的主人介意不介意。

眼前的茶叶瓶和酒杯浸透着我既温暖又略带伤感的记忆。茶叶瓶是春子送的，酒杯是米红送的，这也是发生在那年的事。而这两个物件的原主人，她们便是我——沙利文，要给你们讲的故事的主角。

人老了爱回忆过去，絮絮叨叨，净讲些日常又不甚有趣的事。我的年龄、经历、价值观决定了我的听众是谁，谢谢你们，但不知你们是否需要我的感谢。

一大片云朵在空中飘浮压在头顶，把人罩在阴影里。

2

现在是二〇一九年初冬，我讲的故事发生在二〇〇六年至二〇〇七年的一年里。那年我的生活中发生了许多事，不知该从哪一件说起。

就从学校的事说起吧，它是那年上演的一幕幕戏剧的序幕。

我在这所学校工作了十七年，自然对它有感情，可直到最后一次迈出那熟悉的校门时，才对它有了一个清晰的概念。

那天在校园里看到的情景至今历历在目，周家荣含混不清的语调依旧在耳边回荡，金将军无奈的表情令人感动，而冯雍的笑是我见过的最虚伪的笑容，这一切仿佛昨天发生的事，抹也抹不掉。

二〇〇六年，也是初冬时节。太阳慷慨地奉献出光芒，校园里的花草树木虽然即将枯萎凋零，但却依然贪婪地吸收着热量。沿东西主路经过图书馆、实验楼，便看到艺术学院那栋青砖小楼。

这是一座现代风格建筑，内外装饰简洁明快，处处烘托出一种既充满理性、又饱含激情的格调。我参与过建筑的装饰设计，熟悉它的里里外外、边边角角，每一层楼梯有多少级台阶也清清楚楚。

放慢脚步驻足观看，然后拾级而上。

记得在一层和二层转角处的墙壁下方有半个鞋印，果然它还印在那里，大概有半年之久了吧，不知是哪位闲人的“杰作”。

人来到熟悉的地方会有一种亲近感，心情也会更加放松。我清楚今天来的目的，知道会发生什么。如果人知道接下来要发生什么事情，那么对事情发生的过程和结果也就无所谓了，这就是我当时的心情。

走上二楼时，时间恰好九点三十分，我敲响了副院长办公室的门。

“请进——”声音含混不清，不是纯正的北京话，也不是标准的普通话，带有北方家乡口音。

准确地说约见我的正是发出这个声音的人。我听惯了周家荣的声音，不反感也不喜欢。

领导办公室的陈设就像他们的讲话稿一样，除了主人有区别，其他别无二致。

进门左手靠墙是一张双人沙发，沙发前面摆放着玻璃茶几，往里是大办公桌。沙发对面有一排书柜，进门右手是一台饮水机。

办公桌后面皮质扶手椅里坐着一个男人，年龄比我大，胖胖的身材。

“周院……”我轻声地打招呼。

“哦，请进请进，坐吧。”声音依然含混不清，就像那张圆圆的脸上的线条。

我在沙发上坐下来，默默地看着对面书柜。

副院长起身在一个纸杯里倒了点水，绕过办公桌走到茶几前，将纸杯放在上面。

“你知道我戒烟了，所以这儿没有烟，不好意思啦。”他回到办公桌后面坐进扶手椅。

我犹豫地从衣袋里掏出烟盒，没有马上点燃。办公室里禁止吸烟，这是学校的规定，今天领导法外开恩，当是一番美意。

“喝水吗？要不要沏杯茶？”副院长细细的眼睛里流淌出同样含混不清

的目光，那目光在询问。

“哦，不要。”我低头吸了口烟。

坐在椅子里的人用左手无名指轻轻扣着椅子扶手。我俩默不作声，但沉默的时间并不长。

“事情是这样啊……”谈话以这种温和而又直接的方式进入正题。

他说话的语调变得很亢奋：“我理解你，非常理解你，所以三番五次找书记、院长，希望把人留下，毕竟你是一位老教师，有教学经验，还是副教授，院里有高级职称的人不多呀！”

他停下来端起茶杯喝了口水，语调中又充满了无奈：“唉，可上边的态度很明确，校长办公会定下来的事不能轻易改。你看，忙活半天无功而返，真急死人。人啊，有时候不得不承认生活的严酷！”

我静静地听着，用表情对领导的话做出适度回应。

“您不必为我的事太操心。”

这是实话，结果早在预料之中。周家荣说过要为我争取一下，可对于他的“争取”，我并不抱多大希望。

“怎么能不操心呢，毕竟一起共事了十多年，相处得也不错，是吧？”他瞅了我一眼，“你跟我不一样，再有半年我就退休，本想退休前喝顿酒，让你送送我，可现在……”他端起茶杯却没有喝。

副院长的神情瞬间严肃起来，让人奇怪的是他说话的声音竟变得清晰多了。

“说到底这事还得怪你，课堂上讲什么不讲什么，那是大有讲究的，这方面你应该比我清楚。再说……现在的学生都有思想，哪个也不是省油的灯！”说话时他的目光也在变化着。

我曾向他解释过，看来有必要再解释一遍。可刚要开口，对方用手势阻止住我。在记忆里只有老爸和导师打断过我的话，看来领导也有这个权力。

“你瞧你，到现在还不明白，我知道你要说什么，不用再说了！”那目光很犀利，颤抖的手再次端起茶杯又放下。“好了，不说这些了，以后怎么办考虑过没有？”

我表示考虑过这个问题，但还没有考虑好。此时我的心情很不爽。

“这个问题要好好想想，必须要好好想想。五十岁不算年轻，也不算老，还可以干出番事业，不像我眼看就要回家哄孙子喽！”

他终于起身去续水，胖胖的身材走起路来有些摇晃，接水时手仍在不停地抖动。他肚子向前隆起，脸颊上浮着一层不真实却很柔和的红晕，高血压、糖尿病折磨了他十几年，人的体态和精神状态早没了从前那股子精明劲儿。

是啊，人有时不得不承认生活的严酷！我真诚地为这位顶头上司献出了我那颗高尚的同情心！

皮质扶手椅后面挂着一幅字画，隶书写着八个大字：上善若水，仁者爱人。一行小字：戊戌春日家荣书。字的笔画和结构都很工整，但感觉那墨迹是浮在纸面上的。

八个大字，道家有了，儒家也有了，还可以加上：阿弥陀佛，上帝保佑，然后——阿门！

见我又掏出一支烟，他回手将身后的窗子敞开一道缝。

我知趣地把烟收回去，徐徐吐了口气。

两人几乎同时站起来面对面握手，副院长脸上流露出一丝伤感，语气低沉地向我交代着，然后用目光送了我一句“多保重”。

那抹红晕依然是柔和的，也依然不真实地浮在他的脸颊上。

当我跨出办公室的门时，听见身后传来一声轻轻的咳嗽。

领导总是把谈话的实质性内容放到最后，大概是为了缓解对方的心理压力，这是一种善意的却又居高临下的表达方式。

推开一楼大厅那扇厚重的大门，我迈着小碎步快速走下台阶，迫不及待地想融进洒满校园的阳光里。

在温暖的阳光抚慰下，心情一下子轻快起来。

放眼望去四周的建筑、草坪、雕塑、树木、花丛，还有宽宽的道路上三五成群的学生，恰似一幅生动的图画。我被眼前的画面感动了，猛然意识到这所校园竟如此美丽！

正值课间，夹着课本的男女学生脚步匆匆。一个戴眼镜的男生从身边经过，似乎在朝我微笑，嘴里还说了句什么，我却没有做出任何反应。

来之前我对今天谈话的场景和气氛做了各种猜想，哪些领导将出席会谈，自己该如何应对。可没想到的是，谈话如此简单平淡，就像一次普通的聊天。当然结果是一样的，谈话过后我在这所学校的职业生涯结束了。

一大片云朵在空中飘浮压在头顶，把人罩在阴影里。

我揉揉眼睛想看清那幅图画，可画面越发朦胧，细节已辨认不清，只有一块块模糊的白色团状物。就在那一瞬间，轻快的心情顿时变得无比沮丧。

“老沙——”

金炳太走下学院小楼台阶，紧跑两步来到我面前。

“谈完啦？”他问。

“嗯。”我的回答有气无力。

“现在去哪儿？”

“人事处。”

“我跟你去。”

“你没课？”

“没课，系里刚开完会，没事了。”

他中等个头儿，体格健壮敦实，走起路昂首挺胸，学生私下里叫他“金将军”。

金将军肯定知道今天谈话的主角是谁，也知道谈话的内容和结果，对于学院乃至学校的大小事情，他无所不知。我曾戏称他是“情报处长”，炳太不爱听，认为我在嘲讽他，辩解说他从不乱打听学校的事，但同事和学生逢事就跟他说，他也没有办法。这一辩解倒也无可厚非，炳太在单位里人缘好。可今天他却迫不及待地问起谈话内容和结果，我告诉了他。

“荒唐，简直是荒唐！”他发泄不满时总是这么一句话。“周家荣这家伙，表面说想留你，其实巴不得你走，心里不知有多高兴啦！”

这是从何说起呢，炳太的话让我颇为不解。十几年来我从未与人结下矛盾，既没巴结过谁，也没排挤过谁，怎么会有人盼我离开呢。

“我又没得罪他。”我嘟囔了一句。

“哈，没得罪他？你没少得罪他！院里除了你还有哪位教师敢跟周家荣叫板，你不是他的眼中钉，恐怕也是肉中刺。”炳太顿了一下，口气一转，“倒不是说这人有多坏，只是不学无术，居然评上教授，还做了八年主管教学和人事的副院长，荒唐，简直是荒唐！”

“老鼠打洞各有各的道，你活也得让人家活呀。”我像在自言自语。

在阳光的照耀下，整幢办公楼显得格外清新、硬朗。

“炳太，你等一会儿，我很快就回来。”

几分钟后，我走出校办公楼。下台阶的时候，迎面碰上那位据说是“喜欢”我的莫老师，稀里糊涂地和她说了几句话。

“完事了，走吧。”

我在炳太坚实的后背轻轻拍了一下，我们沿校办公楼前的大道缓缓走去。

天上的云比刚才又多了几大块，厚厚的、形状不规则的云像一团团棉花糖在空中慢慢地飘浮。阳光在校园里的分布变得凌乱，有的地方阳光灿烂，有的地方却浸泡在浓浓的阴影里。

两个女学生从身边经过，看了我一眼没有打招呼，低头走了过去。我认出了她们，上学期给她们开过一个学期的课。我不介意同事或师生的友好关系在一夜之间变了味道，今天我不是以一个英雄的身份，而是作为一个失败者告别她们的。

“炳太，周家荣真的盼我倒霉？”

“当然啦，别看他客客气气，那是功夫深。你是学院的骨干教师，又和同事关系不错，他平时不敢轻易拿你怎样，可这回不一样，你自己撞到了枪口上。”

“你也认为我倒霉了？”

“那你觉得自己走运啦？摔个跟头捡了个大钱包？”

“跟头是摔了，捡到什么谁知道呢！”

“哈哈，那我宁愿天天摔跟头，现在别的不缺，就缺大钱包！”

听着他的调侃，来到小树林前。树林中央有一座小亭子，那是校园里一处吸烟点，每次经过这里我都要上去坐一坐。

亭子两旁有三四株并不粗壮的银杏树，夏天叶子长得很繁茂，此时被霜打的树叶已开始掉落，黄黄的叶子散落在四周草坪上。亭子位于道路一侧背阴处，坐在上面有些凉凉的。

这里原是堆放建筑垃圾的废料场，拆除旧建筑时遗留下来的渣土砖石，还有一些生活垃圾堆成一座小山，平时总有一两只流浪猫在垃圾堆里游荡。废料场存在了很长时间，曾引起教师们的抱怨。后来不知什么原因，小山被铲平了，空地上种了草、植了树，盖起古色古香的亭子，景观不知不觉间变了模样。

炳太不吸烟，我点上烟吸起来。

忽然在我们经过的道路上冒出一个人，高高瘦瘦戴一副黑边眼镜，站在距离亭子大约二十米远的地方，我和金将军几乎同时看到他。

那人向我们挥手，然后用手指指腋下的电脑包，再指指一旁的教学楼。我也向他挥挥手，用手势示意“忙你的”。他朝我们笑了笑，便向教学楼走去。

望着“黑边眼镜”离去的背影，我俩一时不知该说些什么。

“你走了以后，这家伙也是获益者。”金将军面露不屑地说。

我呆呆地望着炳太：“冯雍？我走了他也获益？这么说我真该走了，再不走就是罪过喽！”我想笑，却没笑出来。

“你看不出来吗，如果你留在学校，今年的正高非你莫属，你走了就非他莫属，总之这几年你处处压他一头。”炳太长出一口气，“听说你走了以后，院里准备让他接本科的中国文化史，你带的两个研究生也由他接。哈，这下他可真成了‘接收大员’，教授职称已经向他频频招手啦！”

我狠狠地吸了一口烟，将烟卷举到面前木然地看着……这真像一炷香啊，燃烧处腾起一缕细细的青雾。

与炳太聊聊天，心情逐渐平复下来。记得有人说过这样一句话，“面对不可更改的事实，唯一能改变的是自己的心态。”眼下我对这句话感同身受，可心里总有些不服气。

“永哲今年多大？”

听我突然一问，他的表情变得肃然起来，“十三岁啦，上初中。刚来学校的时候我还没结婚，一晃十多年过去了！”他用手驱散我吐出来的烟雾。

金炳太比我小两岁，也是奔五十的人。我俩结婚都很晚，按那时的结婚年龄算，这个年纪儿女都应该大学毕业啦。

我的话题似乎触动了炳太，他说话的声调低缓下来：“日子过得真快，转眼大半辈子没了。年轻的时候雄心勃勃，以为自己能干出一番事业，到头来想想一事无成，真有点惭愧啊！”

我点头附和。

这十几年应该是人生中最好的岁月，更是一个男人生命中最重要的时期，可这些年自己都做了些什么？读书写书教书，结婚吵架离婚，在妹妹住的小区附近为父母买了房，改善了他们的居住条件，还给炳太介绍了对象，帮他成了家……可是，就在一个人本该稳定下来的时候，自己却丢掉了工作，前途一片渺茫。周家荣说得没错，“这个问题要好好想一想”。

五十岁，一个令人欣慰又令人恐慌的年龄。

抬头望了望远方天空，目光向下移，教学楼、树木、草坪……这所学校建于一九五六年，与我同龄。我拥有了它三分之一的时间，也算对它作出了贡献，虽不敢说贡献有多大，但我把最好的年华交给了它。

起风了，哗哗作响的落叶慌乱地四处逃窜，要找个角落躲起来。

天上的云由白色变成灰色，刚才还是一团团的，临近中午云铺满天空，校园里黯淡无神，人们的衣服也显得厚重肮脏。“罪恶！”我仰头凝望。

空气中透出一股凛凛寒意，两人起身离开亭子。

看着身边这位朝鲜族汉子，那魁梧敦厚的身材让人觉得踏实可靠。说实话我舍不得离开老朋友，虽说以后可以经常联系，但毕竟不比在一个单位走得近。炳太的两鬓也出现了白发，年轻时的相貌在落花流水中变成记忆。

“不知他最近过得怎么样？”我暗暗责备自己这段时间没有和炳太好好聊聊，该找一天坐一块儿喝口酒了。

来到校门口，我停下脚步用目光扫了一遍整座校园。图书馆、实验楼和几栋学生宿舍楼都是新近翻建的，主楼也重新做了外装修，连校园里的花草树木都经过专业机构的精心设计和栽培，这里的确旧貌换新颜，处处洋溢着欣欣向荣的景象。

博士毕业后，我怀着兴奋的心情来学校报到，本打算在这里一直干到退休，当时无论如何也想不到，五十岁的时候竟以这种方式提前“退休”。

我留恋校园生活，如果还能在这里工作，至少可以再干十年。脸上强装出来的平静难掩内心复杂的情感，我不知道离开学校后未来的生活会是什么样，命运又将把我引向何方。

“人生不如意者十之八九啊！”炳太没头没脑地感叹了一句。

“这话一定是哪位落魄者说的，人的日子要过成这样就不值得过，要么抛弃它，要么彻底改变它。”我的口气很强硬。

炳太笑了，一脸的无可奈何。“去食堂吃过午饭再走吧？！”他提议。

我摇了摇头，不想见那些熟悉和不熟悉的同事，见了面不是彼此尴尬，就是没话找话地讲几句莫名其妙的玩笑，有什么意思呢。除少数几个关系不错的，大家只不过拿这件事当新闻议论，谁会真的在意。

我去车库开车，来到校门口时，金将军还站在那里朝我招手。我轻轻按了一声喇叭，银灰色捷达驶出了学校大门。

那一刻，清醒地意识到从今往后我不会再踏进这所校园了。

我把那副笑容捡回来贴在自己脸上，我敢打赌当时的表情一定吓着了小邻居。

3

最后一次去学校的经历让人郁闷，气愤、酸楚、悔恨、无奈……统统堵在胸口，像吃了一块变质食物，作呕又吐不出来。

尽管如此，我还是做出一副轻松的样子，不论在周家荣面前还是在金将军面前，我不想让他们看到一个失败者落魄的样子。生活还将继续，日子还得过下去，是福是祸走着瞧吧。

离开学校后我开始写小说，埋头写作成了日常的主要工作，十几年间陆续发表了一些短篇和六部中篇，在读者中也算小有名气。眼下我在构思第一部长篇，就是提笔写开头而未成的那篇。

昨天睡得晚，看电视转播二〇一九赛季的一场球，早上睁眼时快八点钟了。洗漱完毕给自己做了一份早餐：两片面包夹荷包蛋、一个西红柿、一杯热牛奶，除了西红柿其他都吃光了。

坐在书桌前，打开电脑浏览新闻：

美民主党议员指责特朗普对华贸易政策

中国又一领域技术创世界第一，美日无奈认输

今年旅日中国游客逼近八百万人次

六十岁老汉公交坐过站抢夺方向盘脚踹司机

……

打开体育页面，想看一看人们对昨晚球赛的评论。点出一位知名足球评论员的文章，写得很长，内容集中在两点：指责某位球员的低级失误，分析洋教练在用人布阵上的不合理，最后这位评论员用尖刻的语气调侃了一番中国足球。

我笑出了声，感叹同胞们在嘴皮子上从不浪费自己的智慧。

离开书房来到卧室阳台，坐在藤椅上望着窗外。

楼下花园里弯曲的石板径上，一个女人在遛狗，两只黑乌鸦飞落到一棵银杏树的枯枝上，一小群麻雀在枯黄的草地上蹦来蹦去地觅食。

手机铃声响了。利娟在电话里笑着告诉我，昨天是桃桃生日，没有收到我的祝福生气啦，说舅舅不关心她这个在异国他乡苦苦读书的外甥女！

真糟糕，怎么把这事忘了，这可是从来没有过的。我对利娟说马上就给桃桃发微信，补上生日祝福。其实过几天她就回来了，到时候庆祝也不晚。

细想起来，在这丫头过去的二十七个生日里，我只有一次给她买了礼物，十三年前她十四岁那年。现在她是伦敦大学专修西方戏剧史的博士研究生，正年轻有为，而她的长辈们一个个都老了，有的已经离开了人世。她的姥姥、我的母亲已是近九十岁的耄耋老人，我进入了老年期，利娟和沈聪再过几年也要退休，到时候这个家真成了养老院。

时间是温柔的伴侣，也是冷酷的杀手。

开门的是桃桃，个头不高瘦瘦的脸庞，鼻梁上架着一副银白色眼镜，身穿肥肥大大、丑陋不堪的中学校服。每当看到这身行头我就纳闷，我们的校服怎么就不能搞得漂亮些呢？

接过我手里的塑料袋，等我进门换上拖鞋，她才把房门关上。

“舅舅，我过生日你买这么多东西呀？”她抻开塑料袋朝里张望。

“不是给你的，给姥爷姥姥买的。”我一边说一边往客厅走。

“那我的礼物呢？”

“对不起，我忘了。”

“讨厌！上学期考了第一名就没给我买礼物，过生日又没买，不行！”

我偷笑着从衣兜里掏出一个小盒子，又转过身来：“桃桃的礼物我怎么能忘了呢！”我把小盒子递过去。

“啊！是什么，我看看！”她急急忙忙拆开盒子，一款天蓝色造型可爱的学生手表，“真漂亮，我喜欢，谢谢舅舅！”她从背后拥抱了我一下，又戴上手表将手腕举到面前左右打量着。

这是一套新装修的二手房，三间卧室，客厅很大。此时房间里不见人，厨房门也关着，父母卧室传出电视主持人播报的声音。

我站在客厅徘徊片刻，拉开厨房门，迎面扑来一股菜香，母亲、妹妹和妹夫都在里面忙活。

“啊，好香呀！”我不失时机地恭维了一句。

“利文来啦。”母亲回头看了我一眼。

“嗯，妈，”我回应着母亲，又微笑着朝妹夫和妹妹点点头，“我爸呢？”

“刚才还在，又回屋里看电视了吧。”母亲正往盘子里盛鱼没有回头。

关上厨房门，来到父母房间。父亲正斜倚在床头看电视，新闻节目播放的是一则某省矿难救援消息。

自从搬到新房以后，他除了和楼里的棋友下象棋便是看新闻，关注着国内外发生的大事小情，对国家命运远比对个人命运更感兴趣。由于眼疾导致视力下降，不能长时间看报纸，他便经常守在电视机前，为此母亲和他拌了不少嘴。

我俩一个斜倚床头，一个背靠门框。男人之间的交流话不多，无声中似乎已经打过了招呼。

“姥爷、舅舅吃饭啦！”

外甥女已经在客厅里安放好餐桌，摆放好了筷子、小碟儿和餐巾纸。她自己先坐在椅子上，等待着生日晚宴开始。

负责上菜的是妹夫沈聪，他和利娟同行，长得又高又壮，一米八五的身高，九十公斤体重。他在厨房和餐桌之间来回一溜小跑，嘴里报着一道道菜名。

妹夫为人大大咧咧，有些小心眼，但人还算厚道，对长辈不用说了，对老婆百依百顺，对女儿甘做牛马，对大舅子我也是满心崇拜（我经常为此感到惭愧）。母亲喜欢这位女婿，总说利娟找上他是福气。

最后落座的是母亲，她催促大家动筷子。

看着眼前一桌饭菜，我暗示一下崇拜我的妹夫，对方马上明白，起身进厨房拿来一瓶二锅头。

他给我和自己各倒了一杯，又问老丈人要不要喝两口。老爸斜了他一眼，沉着脸摇摇头。

我真希望他能冲人笑一笑，特别是当着我的面。

母亲历来对晚辈的不良嗜好颇有微词："烟酒都不是什么好东西，你们这个年龄要注意身体了，今天桃桃过生日就让你们解解馋。"在有些场合她倒也能体谅晚辈们的心情。

桃桃用鼻子冲我哼了一声，似乎在说："瞧，沾我的光吧。"她对姥姥烧的糖醋鱼极感兴趣，每吃一口都要夸一句"真好吃"。

在中学教了一辈子物理的母亲跟着电视学烹饪，倒也学会了几样拿手菜。

饭菜丰盛，饭桌上的气氛热闹又愉快。沈聪杯子里的酒才下去一半，人已经满面通红，话也多了起来，不过他酒后从没胡说八道过。

我也挺喜欢这位妹夫，从来没有灌过他，虽然那是件轻而易举的事。

饭桌是聚拢家庭情感的好地方，亲情伴随着酒甘、菜香洋溢出来。

饭后利娟将餐桌擦拭干净，摆上蛋糕点燃蜡烛，全家人唱起了生日歌。桃桃许了个愿吹灭蜡烛，大家每人分了一小块蛋糕。

桃桃一边吃蛋糕一边在客厅看电视，沈聪陪着老丈人、丈母娘坐在客厅沙发上说话，我和利娟在厨房收拾。

“哥，每月的房贷我出一半？”利娟在水池边洗碗。

“不用。”我收拾着剩菜。

她知道学校的事，提出这个建议是想减轻我经济上的压力。我没有答应她，不是打肿脸充胖子，因为她和沈聪在桃桃身上要花不少钱，父母平时的开销也多由他俩支出，而我手上还有几个钱，一时半会儿够用。

利娟停顿了一会儿，口气中带着抱怨：“当初你离婚的时候，学校那套房子不给她就好了，她又不是没地方住。”

我没吭声。

她又建议说，家属院那套小三居都十几年了，把它重新装修一下吧，住着也舒服呀。那套房子采光不好，格局也不好，就是地段好，不如卖了它，在五环边再买一套，自己还能剩下不少钱。

我“嗯”了一声。

在银行工作的妹妹凡事很会算计。她始终认为我这位哥哥过日子不会筹划，尤其在处理男女感情问题上，经常会犯一些让人匪夷所思的错误，必须时常予以提醒。

她跟高中同学吕欣背后议论过我，吕欣把话告诉给丈夫金炳太，炳太又把话传给了他的同事、好朋友——我。

炳太的传话是这么说的：“我哥不傻，就是在婚姻问题上犯糊涂，不知道他到底要找一个什么样的人，也不知道什么样的人能和他过到一块儿，他这个人呀，这辈子不打光棍就不错啦！”

利娟爱怎么说就怎么说，吕欣和炳太不这么看就行，可我也拿不准。

母亲进来看一眼，转身又出去了。

收拾妥当我准备走，利娟说明天是星期六，她和桃桃今晚住这里。我道别父母，又和沈聪、桃桃打过招呼，便离开了父母家。

借着电梯里的灯光看了看手表：八点零五分。

走出楼门口时，空气中袭来一股寒意让人打了个激灵，脸上感觉痒痒的，用手摸摸，再抬头望望漆黑的夜空："下雪啦？"

往地铁站去的路上，我证实了自己的感觉。夜空中飘落着星星点点的雪花，就像小时候在电影里看到的那样。

贪婪地呼吸了几口弥漫在夜空中的寒气，好让自己有些迟钝的大脑尽快清醒过来。

过了晚高峰一号线地铁里乘客不多，找了个位子坐下，这样身体会好受些。

对面坐着一个农民工模样的小伙子，在摆弄手机，还不时地偷笑，脚上的鞋落满白灰。紧挨小伙子的是一位衣着考究的中年女子，端坐在那里目不斜视地望着对面车窗，嘴角撇出一丝克制的愠色。

我知趣地将目光从两人身上移开，中年女子的不悦也许是冲我来的。

在我出生并长大的这座城市，不同阶层的生存空间和舆论空间日趋重叠化，构成当今社会的一道独特景观。

铁轨发出有节率的震动，像一首单调乏味的催眠曲。那声音令人讨厌，却无法阻止它恼人地哼唱下去，只有进了站哼唱声才慢慢消停下来，继而是广播里的报站声和车门移动的声音。

从万寿路到礼士路只有四站路程，工夫不大就到了。我走出车厢，随着人群踏上了出站台的滚动式电梯。

在地铁里这段时间，外面的世界发生了令人惊讶的变化，刚刚还懒散无力的小雪，此刻变成狂暴的大雪。漫天飞舞的雪花恣意地在空中旋转翻腾，街道、屋顶、路旁的树木披上了一层厚厚的晶白。

路灯吃力地放射出惨淡的光，映得四周一片迷茫。

路人纷纷缩起头艰难地前行，农民工模样的小伙子也下了地铁，走在我前面。他敞开上衣昂首挺胸地迎着飘扬的雪花，走几步便停下来，伸开双臂仰起头像在喝雪，那样子让人想起《泰坦尼克号》里那个经典画面。

我也想那样做，但没有那样做。

再次吞下几口寒冷的空气，想用空气替换胃里的酒气。雪花扑在脸颊上瞬间融化，雪水温柔地又不由分说地钻进眼角、嘴角和衣领。我把上衣领子立起来，免得雪吹进脖子里。

步行回住处需要七分钟，向西经过一家银行继续走大约一百米，然后向南拐进一条不宽的街道。街道拐角处的路灯坏了，脚下被东西绊了一下险些滑倒。

这是一条能勾起人温暖回忆的街道，路面不宽，双向两车道，两旁生长着高大古老的树木，盛夏时节浓密的枝叶遮挡出一条怡人的林荫道。以前来往车辆稀少，街道很安静。

我从小住在这里，结婚后离开了几年，如今又回到老地方。街道还是那条街道，来往车辆多了，上下班时总是很拥堵。

街上偶尔经过的车辆小心翼翼，车灯把路面照得宛如白昼。“哈，一定是个新手，胆小鬼！”这么想其实很无聊，可此时大脑控制不住思维，酒精在我的血液里恣意作祟，理性软弱得束手无措。

想起前几天和周家荣的那场谈话，真想骂人。

走到家属院门口，停下脚步望着街对面正在营业的“古典风”。我用嘴里的哈气暖了暖双手，径直穿过街道朝对面走去。

咖啡馆内灯光昏暗，有人在拉小提琴，还有钢琴的声音，我站在门的一侧聆听着有钢琴伴奏的小提琴演奏。

演奏者是一位年龄和桃桃相仿的女孩儿，穿一件浅绿色毛衣，站在一个不高的木台上。看上去她有些紧张，身体一动不动，头顶上的灯光把她的脸映照得很苍白，给她伴奏的是一个年龄稍大的男孩儿。

显然她是一位业余爱好者，不过演奏还是获得了热烈的掌声。

扭头朝右侧角落扫了一眼，位子是空的。我准备走过去，每次来咖啡馆我都习惯坐在同一个位子上。

“文哥！”年轻的女老板、也是我的小邻居米红迎过来打招呼。

每次见面她都面带微笑，不是那种爽朗的或温甜的笑，而是一种飘忽又沉静的笑，就像被清冷的月光裁成的一幅剪影，又像被剪影细细截断的一缕和风。我一直怀疑那算不算笑，也许只是抿抿嘴，不过我宁愿当它是笑。

跟着米红来到右侧角落临窗的位置，我坐了下来。

“喝咖啡？”

“热奶吧，少放糖。”

她转身离开时脸上仍然浮着那副足够写一篇论文的笑容，“米娜丽莎……”我差点脱口而出。

用目光巡视一遍店内，今天顾客挺多，从刚才的掌声就能感觉出来。演奏者坐在钢琴附近的位子上，两人俯下身头靠得很近在悄悄地说着什么。女招待小慧为他们端上两杯咖啡。

米红将热奶放在我面前的小桌上，她表情平淡，那副笑容被她丢在了吧台。

“晚饭的时候喝了两杯，这酒还有些上头啊！”我把那副笑容捡回来贴在自己脸上，我敢打赌当时的表情一定吓着了小邻居。

“把外衣脱了吧，雪一化衣服都湿了。”她说话的语气很沉着。

我脱掉外衣，她拿来一条毛巾擦了擦衣服上的湿渍。

喝下一口热奶，肚里舒服多了。“今年这场雪下得好大，刚才差点摔了一跤。”我低下头，“这双鞋也不行啦，雪天冻脚。”

米红似乎不想马上离开，在旁边的位子坐下来。“是啊，雪这么大，附近小区的人没地方去，只好过来坐坐，真希望天天下雪啊！”沉着的语气中令人意外地添加了一丝轻佻，很迷人。

我没见她开过玩笑，也很少听她用这种语气说话，想必她此刻的心情很好。

那首小提琴曲旋律优美，钢琴的切分音伴奏与旋律十分贴合。以前没有听过这首曲子，不知道它叫什么名字。

米红告诉我这首曲子叫《三色堇》，拉琴的小姑娘住在附近小区，练小提琴四年了，男孩儿是她表哥、音乐学院大一的学生。

哦，我点了点头。

一男一女走进咖啡馆，米红起身去招呼顾客。

咖啡馆面积不大，进门正对面是吧台，左右两侧摆放着沙发和小圆桌。吧台右手靠墙有一架钢琴，旁边地上放置着一个木制小平台，就是刚才拉琴的小姑娘站着的木台。如果客满的话，整间屋子大约能坐二十来人。

小姑娘再次走上木台，在钢琴的伴奏下演奏了一首大家都熟悉的《梁祝》。

两首乐曲一中一西都很动听，如果不是过于紧张，她会演奏得更加完美。我使劲地为演奏者鼓掌，庆幸她有一位高水平的钢琴伴奏。

小姑娘向顾客弯腰致谢，脸上露出羞涩的笑容。

身体越发地不舒服，我起身穿外衣。

“要走啊文哥。”米红走了过来。

“是啊，今天想早点睡，这酒……”我用手捂住脑门儿。

“红姐，”女招待小慧急匆匆走过来，“红姐，涛哥叫你哪！”

小邻居叮嘱我雪天路滑脚下要小心，然后回身快步朝里屋走去。

雪下得累了，没有先前那样急迫和肆虐，变得温和从容了许多，空气中弥漫着的尖锐寒意也缓和下来。

街道上看不见车踪人迹，四周一片漆黑沉静，只有一阵阵北风夹裹着雪花发出嗖嗖的响声。

进屋后打开灯，脱掉被雪浸湿的外衣。头在隐隐作痛，浑身上下瑟瑟发抖。

我走进卫生间，想痛痛快快地洗个热水澡。

人跟着感觉走，有时走对了，有时会走错。

4

给桃桃过完十四岁生日，第二天早上醒来，头还在隐隐作痛。我揉揉眼睛，想想昨天都干了啥：桃桃的生日宴、“古典风”咖啡馆、今年的头场雪……

从父母家出来下雪了，坐地铁回自己的住所，车厢里坐着一个农民工模样的年轻人，他旁边是一位体貌富态的中年女子。出地铁后步行往家走，在街道拐角处险些崴了脚。去了“古典风”，喝了一杯热奶，听了两首好听的小提琴曲，米红用她飘忽的笑容送我离开咖啡馆。回到家后，好像洗了个澡，后面的事就记不起来了。

在桃桃的生日宴上，我和沈聪喝了酒，没喝太多，放平时那点酒不算什么。可昨天感觉很不舒服，说醉不是醉，思维恍惚，一时清醒一时糊涂，举止也不太正常，难道身体出了问题？

起身穿衣，顾不上洗漱和吃早饭，先沏了杯茶。我想静静地喝会儿茶，让疲倦的身体恢复过来，每当身体不舒服时我都会这么做，效果还不错。

坐在那把藤椅上，用茶杯焐手。温热的茶水顺着嗓子下去经过食道流进胃里，感觉好受了些。我忽然意识到昨晚是不是冻着了，五十岁的人毕竟不如二十岁时火力壮啊！想起“喝雪”的那个年轻人，心里好生羡慕。

略显苍凉的花园被白雪覆盖看上去很美，就像一个大大的盆景，弯曲的石板径上，雪已被清扫，一男一女两个中年人在上面走。穿过花园去院门口是条近道，我出门时也经常这样走。

去厨房续水时，顺便到书房从书柜里抻出一本书，开始写作前，半小时阅读可以使大脑活跃起来。那时我正在写第一部中篇小说，我的处女作。

回到卧室坐进藤椅，把茶杯放在旁边的小圆凳上，跷起二郎腿翻开那本书。

一张照片掉落在腿上，捡起来看：我和金炳太站在一块巨石前，我的一条手臂搭在他肩上，两人笑得很灿烂。

思绪被照片吸引住，端详了许久。

起身又来到书房，在一个纸盒里翻出一摞照片，拿着它们重新回到卧室，坐在藤椅上，一张张地看着照片。其中一张是四个人的合影：我和金将军在中间，我的右手边是孟华，金将军的左手边是吕欣。我和金将军穿着短袖衫，孟华和吕欣穿着连衣裙，四个人站在山间小路上，背景是绿葱葱的山脊。

这是我们去香山游玩时拍的，当时我和孟华结婚一周年，炳太和吕欣新婚，那时候还年轻，人人脸上露出幸福的笑容。

上大学后，不知多少次设想自己会爱上一个什么样的女子，一个什么样的女子又会爱上我，并最终成为我的妻子。我有过这样或那样的选择标准，想象过不同类型的人。可后来我推翻了所有设想，难道任何事先的预想不是徒劳吗？当真的遇见那个人，你不会去对照她是否和预想中的一样。

人跟着感觉走，有时走对了，有时会走错。

读硕期间我喜欢上一个比我高两届的女孩儿，在食堂饭桌上认识的。她的眼睛吸引你去接近她、读懂她。我被吸引了，纳入了她的节奏，天天想着她，时时想见她。可一段时间以后，发现她是一个永远读不懂的人，她总是心口不一，言不由衷，心里想去西嘴上说去东，当你真的去东了她会很不高兴，三天不和你说一句话。我被这个女孩儿折磨得疲惫不堪，半年后和她分手了。在回到孤独的单身生活的日子里，我反倒活得既轻松又快乐！

到学校工作的第二年，一位远房亲戚给我介绍女朋友。亲戚说她是同事的孩子，人很能干，个头和长相也不错，硕士毕业后在一家合资公司做财务，一个月有好几千元的收入，是标准的高级白领，只是年龄大了些，三十一岁，比我小三岁，问我乐意不乐意。听介绍对方学历和职业都还好，应该是位有素养的女子，至于年龄无所谓。我答应见面，把电话号码给了亲戚，见面时间和地点由女方定。

第一次见面是在新桥饭店西餐厅，那离她的单位近，下班后步行几分钟就到。

见面很顺利，两人几乎同时认出对方。

我花一秒钟时间用眼睛拍摄下她的相貌，并储存进大脑：大约一米六四的身高，长方脸下颌稍稍往里收，头发做得蓬松飘逸，宽宽的前额，眼睛明亮、活泼，看上去既精明又大方。

我们握了手，她的指关节很硬。

制服笔挺的男服务生微笑着迎上来，引领客人来到一张摆放好餐具的餐桌前。

洁白的桌布、红蜡烛燃起的烛火、食客们轻声的私语，还有叮叮当当刀叉碰瓷盘的细碎响声……初次见面时的尴尬很快被温馨舒适的氛围化解。

东拉西扯一会儿，谈话内容逐渐趋向一些抽象且严肃的话题。我惊讶地发现她对谈及的每一个话题都有明确意见，好像事先思考过这些问题。当我说出与她不甚一致的看法时，她并不反驳，垂下眼帘不说话。她说她相信物质对精神具有主导性，而我也不反对这一观点。

一个小时不算短。她家住北城，我提出送她到地铁站，她说叫辆出租车更好一些，可以早点到家。

这就是我和孟华的相识，标准的相亲程序。这次见面导致了我们七年的婚姻生活，一年后结婚，婚礼简朴而祥和。

就在那一年，炳太博士毕业正找工作，我把他推荐到我就职的这所学校，很快两人成了同事。工作问题解决了，接下来就是成家，已过而立之年的单身汉想女人是天经地义的事。我把这个任务委托给利娟，她很快通过同学圈把吕欣筛选出来。双方谈得很融洽，一年后炳太成婚。等他们度完蜜月，两家相约游香山，拍下了这些照片。

我和孟华在一起的头两三年过得还可以，虽平淡却也平静，没有发生什么恼人的事，有时候在一些小事情上会有意见分歧，互相谦让一步就过去了。婚前我告诉她不想要小孩，她没有表示反对，婚后谁也没提孩子的事，我猜她对生孩子也没太大兴趣。

后来夫妻关系开始走下坡路，两人对话越来越少，除了商量日常琐碎的家务事外，很少有思想上的交流。特别是她在单位由部门副职升正职后，脾气越来越大，有时竟冲我发火，好像站在她面前的不是丈夫而是下属。

我们开始吵架，然后是持续几天的冷战。她整天抱怨生活质量差，房子小，没钱买进口化妆品，上下班挤公交被同事看不起。我犯迷糊了，眼前这个女人不再是恋爱时的那个人，变得越来越陌生，越来越让人难以忍受。

我不止一次问自己，为什么要和这个女人结婚，是爱她还是对异性的渴望，或是觉得三十多岁该结婚了？始终没有得到一个明确答案，觉得自己稀里糊涂地结了一次婚。我想她也一定反思过这场不幸的婚姻，恐怕也是失望至极。

我曾跟金炳太、肖立军透露过内心的想法，立军说该离就离吧，既然过不到一块干脆各奔前程。炳太说最好别离，能凑合就凑合，跟谁过都一样，婚前看是一朵花，婚后看是一把草。我也犹豫过，试图挽救两人的感情，但一切努力均无济于事，我失败了。

终于，在婚后第七个年头我们和平分手。临走时孟华说，你的收入无法满足家庭生活的需要。我听懂了，把以优惠价格从学校购买的一套一居室给了她，祝她好运。那年我四十二岁。

时至今日，我仍不知道该如何评价这段婚姻。这事不能全怪孟华，她有权利追求自己想要的生活，有权利按照自己的意愿选择婚姻。她不肯无休止地迁就事与愿违的感情，向我挑明分手原因，说明她不想欺骗，从这点看她倒是个勇敢的女人。

这段七年之痒留下了教训也沉淀下经验，一场失败的婚姻责任不在某一方，双方应共同承担。当你喜欢一个人的时候，她哪儿都好，在她身上看到的都是优点，因为你愿意看到她的优点；当你讨厌一个人的时候，她一无是处，浑身上下都是缺点，因为你找的就是她的缺点。而一个人恰恰既有优点又有缺点，这就让喜欢她的人和讨厌她的人都能找到自己需要的东西，就看你需要什么。人的这种“选择性认知”在热恋时和分手时，在结婚前和离婚前，不是表现得很完美吗?

我总想客观地认识自己和他人，可这事做起来实在太难，因为人天生就是一种主观性动物。

多年后再次见到孟华时，她身上发生的变化之大，令人唏嘘不已。

漫长的单身生活挺过来了，读书、写论文、上课、找朋友喝酒。起初我还难以忍受日复一日、单调乏味又孤独寂寞的日子，过了很长时间才慢慢适应这种节奏。一旦踩准节奏，舞步也就流畅起来。

一个人过日子有一个人过的好处，晚上几点回家没人抱怨你，睡觉打呼噜没人推搡你，手机不停地响也没人疑神疑鬼……可生活就是这样，把时间和自由交给你任你挥霍，反倒有些心慌。凡是单身久了的人都知道，这种日子也真不是人过的，不信，你可以试试。

想过再找一个人，再结一次婚，别人给介绍过几个对象，都见了但没成。学校里那个姓莫的单身女教师条件也不错，曾几次给我暗示都被我装傻充愣地闪开了。如果你对一个人没感觉，她对你来说就是一个非现实的存在。

我对女人的态度越来越冷漠，厌倦了男女间的情感纠葛，甚至怀疑自己患上了“婚姻恐惧症”，年轻时的那种激情和冲动早已烟消云散，仿佛从来没有在身上停留过。我被“一个人的生活”腐蚀了，这种生活不仅腐蚀了人的心理，也腐蚀了人的生理，我开始怀疑自己是否还有那个能力。

离开学校前的一段时间，大概半年左右吧，我才慢慢从消极状态中摆脱出来，重新渴望感情生活。这种变化由何而来说不清楚，也许单身时间太久挨不住孤独寂寞，也许体内积存的荷尔蒙过剩需要消耗，谁知道呢。不管怎么说，在我眼里女人又变得美丽、可爱了。

茶水消除了身体的疲劳，头不再隐隐作痛。

我把照片收好，再次翻开那本书，准备先读一会儿，然后开始写作。

刚读了两页，手机响起“献给爱丽丝”的乐曲声。

金将军告诉我，立军来电话，邀请几位哥们儿到他怀柔的农家小院小聚，时间是明天下午四点。我不假思索就答应了，这两天正想招呼这几位凑一块喝喝酒、聊聊天呢。

想起明天的聚会，心情一下子舒朗起来。

在北大读博期间，我、金炳太、肖立军是在球场上认识的，论年龄我最大，三人很快成了好朋友。当时我正在写博士论文，炳太刚入学，读的是广告学博士，肖立军和炳太同一个专业，正在写硕士论文。毕业后我和炳太先后进了那所市属高校，肖立军硕士毕业后下海经商，混入了蒸蒸日上的广告界。

快二十年过去了，当年的大学生已步入中年。这些年大家经历了这样或那样的事，许多人和事早已经淡忘，就像眼前飘浮而过的云，没有留下一丝痕迹。而我们之间的友谊却历久弥新、万古长青，绝不像利娟说的，是几个凑一块只知道喝大酒吹牛皮的狐朋狗友。

顺便说一句，明天的聚会常凯肯定也参加，肖立军是不会落下他的。

那本不知何时掉到地上的书被我拾起来放在腿上，书名是《我的名字叫红》，它是这年荣获诺贝尔文学奖的土耳其作家奥尔罕·帕慕克的作品。

女人的笑容很难模仿，从春子的表情看，她显然收到了我那蹩脚的微笑。

5

按约定时间，第二天下午金将军开着白色大众车来接我，他健壮的身材坐在驾驶座上像一尊佛。

他说起学校的事，冯雍的正高职称已上报学校，答辩完了公示，同事们普遍认为如果不出意外，这次应该没问题。周家荣目前不主事，成天缩在办公室里，校园里很少见到他，那摊子事由冯雍助理，看来这家伙前途无量。

我默默地听着，对学校的事已不感兴趣，不再留恋校园生活。见我爱搭不理的，炳太也就不再提。

我问他什么时候评教授，炳太苦笑道，僧多粥少慢慢熬吧，又说他辅导的学生作品拿了全国大学生设计比赛一等奖，学校发了奖金。我问他在那家设计公司兼职的情况，他说还好。

一路闲扯着倒也不寂寞。三点四十分时，车子拐上了一条通往不远处一个村庄的小路。

这里位于怀柔区与顺义区交界处，属怀柔区管辖。村子约百十户人家，肖立军的小院位于村中央，偏村东头。村东有一条小河，河对岸是一大片杨树林，以前来过这里，对周边环境还算了解。

好久没来郊区，四周的乡村景象让心情豁然开朗。

行至一处有绿漆铁门的院落前，车停下来。

刚下车铁门就开了，肖立军笑呵呵地迎了出来。“嘿嘿，哥俩儿好准时啊，快一年没来了吧？”

嗓音很男人，笑容也颇具感染力。他个头儿不高，胖墩墩身材，皮肤油光锃亮，即使在冬天，露在外面的皮肤也像浸着一层汗水。

见炳太从后备箱拎出一袋水果，他又说道：“干吗还带东西，这可有点儿远了。”炳太也笑着说：“远就远了，水果还是要吃。”肖立军上前要接过水果袋，炳太闪开他，“哪敢劳驾您大老板啊！”三人边打趣边进了院门。

这是主人向村民租的一所院落，租期二十年，已经租了五年。为了打造令自己满意的乡间小院，肖立军租下院落后重新做了设计，翻盖了房屋，按城里标准进行装修，精心做了屋里屋外的装饰。这项工程耗时大半年，那段时间他的体重明显下降。幸亏有朋友帮忙省下不少钱，否则那可是一大笔花销。

院子挺宽敞，北屋三间青砖瓦房，房前带廊，东侧一排稍矮些的房子，西侧是与邻居隔离开的一堵墙。碎青石板铺成的十字形小道，将整座院落的地面分切成四部分，每部分都种植了一棵树，靠正屋种的是桃树和海棠，靠院门种的是两株梧桐。树的四周稀稀落落种了些蔬菜，树根处和院子的墙角还遗留着残雪。东屋檐下有一口大鱼缸，半缸子发浑的水没有鱼。冬天院子里有些萧条，但不失乡村特有的那份宁静与安详。

正屋的门开了，走出一男一女两个人。

“有日子不见啦，哥俩儿看上去不错嘛！”男的大高个，嗓音沙哑地打着招呼。他留着寸头，面色发暗，脸上疙疙瘩瘩。

“常凯，你这用粗砂纸磨的嗓子越来越难听了。”炳太先开了口。

“没办法，谁叫我们家老爷子年轻时候是木匠呢。”大个子常凯满不在乎。他是肖立军的发小儿，建材经销商，我们四个常在一起喝酒，彼此很熟悉。

站在常凯身边的女人不认识，个头儿不高，乌黑的长发，皮肤白嫩，两道细细的眉毛很好看，瞧样子三十多岁。

我随意地向她问好，她弯腰点头致意。肖立军介绍：“这是春子，以前在日本公司的同事，也是好朋友。”

我和炳太再次向她问好，春子也再次弯腰点头致意，随后大家跨进了正屋的门。就在那一瞬间，我断定这个女人和常凯没啥关系。

屋内装修很时尚，让人完全忘记了这是郊外小村庄里的一家农舍。东侧一间是主卧，中间是客厅，西侧一间是客卧，两个卧室都配有卫生间。客厅里有两株高大的绿植，一两片叶子已经萎缩发黄。在客厅与客卧之间的隔断墙下，放置着一个低矮的酒柜，上面有一盆跳舞兰开得正好，黄黄的花瓣惹人欢喜。

我心生感慨，这花能在寂寞的环境里自得其乐，倒也有几分气度。

大家围茶几坐下来，常凯在每人面前摆了一个茶杯。春子接过常凯手里的茶壶，小心地为每个人斟上茶水。

“立军，你不常住这儿，花开得倒挺好。”我随口闲聊。

“你是说跳舞兰吧，它开得好跟我可没关系，我请邻居大嫂每周帮我整理卫生，浇浇花，要不这院子就毁啦。”他大大咧咧地说道。

我点点头，冲花笑了笑。

这是一种感觉上的错位。肖立军是公司老板，在城里住着豪宅，却偏偏喜欢乡村景致。可租了村民的房子又丢不掉城市的居住品味，处处模仿城里的样子，如此“似乡非乡、城乡兼顾”究竟是一种浪漫情怀，还是一种虚华的享受？肖立军是一个现实主义者，但不是满身散发铜臭味的凡夫俗子，更重要的是，他是我的朋友。

除了春子其他人都是熟客，免了四下里参观，想必我们来之前，主人已经为她介绍过了。

几个人一边喝茶一边闲聊，消磨着冬日下午的时光。

安逸的时光使人暂时摆脱了纠缠身体和心灵的恼人俗务，大可放肆地窝在沙发里啜茶小饮，静静地倾听别人的交谈。有时候我很安静，就像利娟家的那只小泰迪。

肖立军又提起请炳太去他的广告公司兼职做平面设计总监，说报酬好商量。炳太顾虑眼下在这家设计公司兼职了三四年，老板对他很信任，公司规模不大，但离家近，报酬也还好，如果突然离职怕不太合适。肖立军没再坚持，表示以后想来随时欢迎。炳太冲肖立军端起茶杯，谢过这位同窗好友。

不知因何而起，他们谈起当今老年人的消费习惯。常凯器宇轩昂地发表了一通高见，大意是老年人在消费上不讲时间成本和精神成本，只讲经济成本，最常挂在嘴边的词就是“便宜”。

炳太似乎对这个话题颇有感触，接过来说道：“这就是习惯，习惯是养成的可以改变，怕就怕时代变了，条件变了，还死守着老习惯，甚至以此为荣。”

肖立军微微一笑，不紧不慢地说：“不能一概而论吧，有些老年人是这样，也有些不是这样。”

我对这个话题没兴趣，一直没开口。我扭头看春子：“日本老年人也是这样吗？”

她放下手中的茶杯，也抬起头看着我，语气温和地说：“人和人大体都一样吧，不过我还没有见过这样的老人。”

她的中文很好，说话时嘴角流出一道浅浅的笑容，很暖人。

出于礼貌我也冲她浅浅一笑……又失败了！女人的笑容很难模仿，从春子的表情看，她显然收到了我那蹩脚的微笑。

肖立军打断话题："各位，咱们开吃吧，边喝边聊怎么样？"

提议获得一致通过，大家起身离开北屋。

东屋一进来就是饭厅，靠北是厨房，靠院门那边是储物间。饭厅里安放着一张圆桌，上面摆满了各种肉食、蔬菜，还有酒，中央放着一个火锅。

"大冬天涮锅子喝二锅头，你们说好不好？！"肖立军并不是在征求大家的意见，他的安排又获得一致好评。

他告诉我和炳太，下午常凯开车带着他和春子两点就到了，肉和菜是常凯买的，还有二锅头，春子特意带了一瓶清酒，他本人什么也没准备，只提供场所。

听他这么说，我立马不自在起来，炳太还买了水果，自己却啥也没带，就带了一张嘴。"这样吧，下次我请。"我赶紧接上肖立军的话。

大家依次就座，主人接过电源烧上火锅，问各位先喝什么，二锅头还是清酒。炳太提议借着酒量先喝二锅头，然后再喝清酒。

男人们各斟了满满一杯，春子倒了小半杯。

锅里放了葱、姜、蒜，还有香菇、枸杞，汤水很快烧开，主人招呼大家举杯动筷子。

几位好友在冬日这个傍晚凑在一起吃火锅喝酒，确实是一件雅俗兼备、逍遥惬意的事。工夫不大半杯酒下肚，话题也敞开了。

"今儿我要重点推荐咱们这位女士，"肖立军的眼睛泛红，"春子可不是一般的女人，是一位极具个性的女子，不结婚不要小孩，一辈子只谈恋爱，敢爱敢恨。"他一边说一边夹起一片羊肉放进嘴里。

春子坐在他旁边，用手扯了一下他的衣袖："肖总又开玩笑了。"

"我没开玩笑，真的，哪天春子结婚了，我倒立着从这院子里出去。"

这倒是一句不怎么可笑的玩笑，但我没有打岔，继续听他聊。

见众人不语，肖立军苦笑着摇摇头。他看了我一眼："这和老沙有点像，他也不要小孩，但不反对结婚，对吧？人家结过婚，再结一次又何妨。"

这时春子也扫了我一眼，那目光一闪而过。

炳太叹了口气，放下酒杯插进一句："老沙单身快十年了吧，不容易啊！"

"是吗？"这回春子张大眼睛看我，"这十年有恋爱吗，有情人吗？"

我摇了摇头。

她一副吃惊的样子："怎么可能，太不可思议了，你怎么能做到？"那副神情固定在了她的脸上。

我笑了笑没回答。

春子秀眉微蹙："男人和女人不一样吧，不需要同情，也不需要安慰。"说完她似乎意识到自己有些唐突，便收住了嘴。

"错，"常凯有话要说，"你以为男人都是钢筋铁骨、铁石心肠呀，脸上的样子多半是装出来的。老沙这么多年怎么过来的，别人不知道，他自己知道，同情咱不需要，安慰还是需要的嘛！"他瞟了一眼春子。

春子忍不住又问："是吗，沙老师需要安慰吗，女人的安慰？"

我张嘴想说几句，却把话咽了回去。我不确定她说的"安慰"究竟指什么，但可以肯定的是，她不知道我需要什么。一个经历过失败婚姻，经历过职业和情感困惑的中年男人，还需要安慰吗？女人的安慰，是的，女人能够给予的、你心甘情愿付出并从她们那里得到的仅仅是安慰吗？或许，那只是个词罢了。

肖立军非和春子过不去，他用眼神示意她："你干吗不去试试，看看老沙需要不需要女人的安慰？"

春子的脸也红了，但并不生气，也不慌张："肖总你喝多了，话也多了，我和沙老师初次见面不熟，但和你熟，我可以安慰你。"

肖立军慌了："别别，我家里还有老婆儿子，有牵有挂，咱只需要资金和项目，不需要安慰。”

大伙儿笑了起来。

我、常凯、炳太心里都清楚，这点酒对肖立军来说只是开开胃。在我们面前他不是老板，只是个朋友，一个任由性情撒野的朋友。

常凯往锅里添了些水夹进些毛肚，春子夹起两块冻豆腐也放进锅里。肖立军拿起酒瓶看了看，五百毫升装四十三度二锅头，第一轮倒酒时就见底了。“咱们喝春子带来的清酒吧？”他说。

“请等一下。”春子站起身出了东屋。

不一会儿她回到东屋，一只手托着一个小木盒，另一只手拎着炳太带来的水果。

“对不起，让你们久等了。”

她将水果和木盒放在一旁的橱柜上，先从塑料袋里取出几个橘子每人一个，然后从木盒里拿出一个酒壶和几只小酒杯。

“太好了！”肖立军手里剥着橘子，“大冬天喝清酒还是温喝好。”

春子用一个稍大一点的容器盛上热水，把倒满酒的酒壶放进去烫，又在每人面前放了一只小酒杯。

看着她的一举一动，那娴熟而稳重的样子和肖立军形容的女人怎么也搭不上，我纳闷“这哥们儿从不信口开河啊”。

酒很快烫好了，春子在男人的杯子里斟上酒，也给自己斟了满满一杯。

大家重新举杯，谢过春子。

屋里热气腾腾，笑语不断。推杯换盏、插科打诨之际，炳太接过刚才的话：“老沙，该考虑找个人吧。”

春子向肖立军要了一支烟，肖立军替她点上。

“是啊，这岁数身边得有个人。”肖立军放下打火机，态度同样诚恳地说。

“说找就找到啦，到哪儿去找？”我开口了。

“这有啥难的，我帮你找！”肖立军拍着胸脯。

“其实在学校就有女老师喜欢他，可他不上心呀！”炳太说完又往锅里加了些水，再从一旁拿来调好的芝麻酱放在桌上，示意大家谁用谁添。

“那也不能谁看上咱，咱就跟谁好，总得两情相悦吧。”肖立军的口气越来越大，“当年多少痴男怨女喜欢高仓健、阿兰·德龙、栗原小卷、真由美，那又怎么样，还不是月里嫦娥，梦中情人！”他扯远了。

我只顾看春子吸烟的样子，她的目光有些恍惚，也许是被烟雾熏到了。

不知肖立军突然想到什么，脸上浮现出类似自嘲又略带苦涩的表情。他发出一声几乎不被察觉的叹息，缓缓说道：“唉，男女之间的事谁也说不清，多是闹心的事，最好还是躲得远远的，把小日子过好，不图精彩，图个省心。”

我注意到了他脸上表情的变化，心里五味杂陈。我理解肖立军，这个年龄的男人，包括炳太和常凯，谁肚子里没点故事呢。

“是啊，”常凯半天没吭声，这时冒出一句，“以前人说恋爱时我们不懂爱情，现在可好，懂爱情却不会恋爱了。”

“没错。”我再次发表意见。

“懂爱情了吗？”春子似问非问，“人懂的事情越来越多，却偏偏没有弄懂自己。如果有一天人弄懂了爱情，恐怕不是不会恋爱，而是不想恋爱了。”

她的目光里又闪出一抹忧郁，那是一种跟烟雾无关的叫人心慌的眼神。

春子说话的时候，常凯一直盯着她看，听得很入神。他八成看上了春子，因为我不记得他没看上哪个女人。他看女人时总是一副专注的神情，却不想想那会惹来人家的警觉。

春子话音落地，常凯又语气郑重地说道：“讲得好，所谓爱情不过是人体内某项生化指标的变化而已。”这句话他说得一板一眼，清清楚楚。

我一愣，这小子外表和内心像是完全相反的两个人，粗陋与细腻、夸张与严谨集于一身，你瞧，凭这话他真不该去卖瓷砖和水泥。

炳太哈哈大笑："照你这么说事情倒简单了，生孩子养孩子，孩子大了再生再养，爱情跑了打一针激素又回来了……"

肖立军的眼睛不那么红了，他打断炳太的话，认为春子和常凯说的有道理："不过嘛，人总是有日常生活和情感上的需要，结不结婚另说，身边有个人总归方便，万一出点急事，彼此有个照应。"

春子又往锅里放了几块冻豆腐："好无聊，几个老男人坐在这儿空谈爱情，真丢人啊！"几杯酒下肚，她说话的口气更大胆了。

此时我倒觉得她有点像肖立军说的样子，从看她第一眼起到现在，她给我留下了一个立体的印象。

时间过得真快，已是晚上九点多。一瓶七百五十毫升装的大吟酿精光光，人人喝得酒酣耳热。

我提议该回去了，问主人如何安排。肖立军一笑，今天常凯住这儿，村里有出租车，已经联系好司机，老沙、炳太、春子坐出租，明天他开炳太的车回城。计划安排得滴水不漏，这才是肖老板的风格。

往院外走的时候肖立军和我并肩而行，他悄悄对我说："老沙，有啥难处尽管说，别自己扛着，有句老话'没什么大不了的'。"我笑了笑："没事能过得去。"

跨出院门时，他又说最近公司有个项目，能不能帮忙搞个策划。我让他把材料发过来，先看看材料。

出租车已在院门口等候，与立军、常凯道别后，三人上了车。我让春子坐在副驾，我和炳太坐在后排。

车子出村口上了高速向城区方向疾驶而去。

我有些昏昏欲睡，一直没开口。途中迷迷糊糊地听到司机不厌其烦地大谈油价和份子钱，不知是谁逗起了他这个话头儿。

在心烦意乱的时候，巴赫可以让凌乱的心情平复下来。

6

自从怀柔回来身体就不大舒服，头晕犯困睁不开眼，起初没在意，以为写作疲劳休息一下就好了。可一周后状况仍然没有好转，我开始有些不安，午睡起来步行到附近一家医院想咨询一下医生。

在医院一楼大厅东张西望有些茫然："挂什么科呢？"

以前除了学校每年组织的体检外，从没进过医院，也没和医生打过交道，不知道自己的情况属于哪个科室的事。

来到服务台说明自己的情况，医务人员建议去心内、神内或内分泌科。我想了想，挂了一个心内科的号。

电梯里挤满了人，空气中弥漫着一股说不清的味道。

"5 号诊室。"坐在三楼分诊台里的人用头顶告诉我。

分诊台对面几排座椅上坐满了候诊病人，我拿着挂号条去诊室，刚拐进楼道就被眼前的一幕吓了一跳：各诊室门前也坐满了人。

真让人不知所措，这要等到什么时候！

一个小伙子推着轮椅，上面坐着一个低头耷脑的老头儿。小伙子将轮椅堵在一个诊室门口，正大声和里面的人吵着。分诊台的人赶快过去劝解，小伙子这才将轮椅推开。

之前竟不知道医院里是这番情景，着实吃了一惊。医护人员整日在这样的环境下忙累一天，谁会有好心情呢！炳太的老婆吕欣就在医院工作，曾听她说干这行的人有脾气也被磨得没了脾气，我相信此言不虚。社会上有三种职业一辈子跟“有问题”的人打交道：律师、警察、医生，他们的耐心令人敬佩。

等了约半小时听见喊自己的名字，赶紧从座位上起身。

一位与我年龄相仿的男医生坐在诊桌前看电脑，见患者进来他指了指桌旁的圆凳。我顺从地坐下来，将挂号条和病历手册递过去。

“怎么了，哪儿不舒服？”他揉揉鼻子问道。我将半小时前就想好的话告诉他。“来，量个血压。”他打开血压计，带上听诊器。我脱掉外衣露出右臂，让医生量血压。

“低压一百，高压一百六十。”他在摘听诊器。

“正常吗？”我说话的声音有些颤抖。

“你说呢，这还正常，高血压。”

“那……”

“以前血压怎么样？”

“挺好呀，每年单位体检都正常。”

医生又用耳朵问了三个问题：吸不吸烟，一天吸多少支；喝不喝酒，是否天天喝；是否经常熬夜。我底气十足地对这三个问题给予了肯定答复：一天一盒烟，经常喝酒，近期工作忙睡眠不太好。他头也不抬，在小蓝本第一页写着什么。我呆呆地看着他写字的动作，脑子里乱七八糟。

如果别人用头顶、鼻子或耳朵跟你说话，你会觉得自己像只飘忽的影子。

下面的话我听进去不到一半：“像你这种情况得高血压是早晚的事。把烟戒了，酒也少喝，先开点药吃吧。另外每天要测血压，做记录，下次开药带上你的血压记录。”医生在电脑里打印处方。

“要底方吗？”他又问。

“底方做什么用？”我迅速地集中注意力。

“单位二次报销。”

“那要吧。”

医生打印好处方，嘴里喊出下一位患者的名字。我穿好外衣拿着处方刚要往外走，又被他叫住：“下次单位体检后，好好看看体检报告，有问题就来医院做进一步检查。”他边说边接过一位女患者递过来的挂号条。

医生态度很好，我道过谢走出诊室。

今天有幸在医院排了四次长队：挂号、候诊、交费、取药。下午两点进的医院，四点出了门诊楼。

走出医院大门时，我猛然反应过来，随手将处方底单撕了个粉碎。

没有单位了，不会有什么二次报销，也不会有什么单位体检报告，如今咱是一只单飞的老鸟儿！心头涌起一股难言的挫败感，不过这种感觉很快就过去了。

天哪！我得了高血压，终于光荣地加入了老爸所属的那支队伍！

医生曾轻描淡写地说，得了这个病需要终身服药。我听懂了“终身服药”这句医学用语背后暗藏的“刑事”含义：无期，不得假释。信不信由你，当时你付钱叫我相信这个事实，我也不要你的钱。我还年轻，身体棒着呢，一定是被冤枉了，得申诉，如果申诉不成，我就……他妈的越狱！

从医院回来的路走得很艰难，两条腿像灌满了铅迈不开步。

一个大肚子女人推着一辆婴儿车在街上走，车里坐着一个两岁左右的小女孩。那女人看上去年龄并不大，一脸的从容自若。她一定家境殷实，不愁吃穿，要不怎么敢一生再生呢。

令人感动的一幕出现了，小女孩扬起脸冲我微笑。我努力报以回笑，自信那笑容格外慈祥。

“慈祥”赢得了超额回报，“爷——爷”小女孩抬起小手指向我。“爷爷”迅速转换了一副面孔，紧走两步超过了她们。

走到家属院门口犹豫起来，不想回家。

“去米红那坐坐吧。”心里想着，脚下也轻快了些。

咖啡馆里人不多，只有五六位顾客。米红坐在吧台后面，见我进来她朝我招招手，脸上依然挂着“米娜丽莎的微笑”。

走到右侧靠里临窗的位子，小慧笑着迎上来。我将外衣搭在沙发背上，“啤酒”。小慧再次笑着点点头，转身去了吧台。

我喜欢喝冰镇啤酒，冬天也是如此。小慧将酒瓶和酒杯放在桌上，酒瓶上还挂着水珠。

我倒了多半杯啤酒，看着白色泡沫迅速蔓延到杯口，然后猛地喝下一大口。

米红走了过来，手里也拿着酒瓶和酒杯。她坐下来给我的杯子倒满，又给自己倒了一杯。

音响中飘来一首年代久远的、只能在留声机里听到的乐曲，一首由口琴吹奏的布鲁斯。那散漫、幽怨的旋律浸透出这类曲子特有的阴郁情调，它不经意地、却又不留情面地暴露出我此时此刻的心情。

曲目很适合在这种场合播放，但不易找到，不知道米红从什么地方淘来的。

对面沙发上坐着一对年轻情侣，女孩搂住男孩的脖子在亲吻。

有米红陪着喝酒，这让“一地鸡毛”的心情得到了些许宽慰。

我和身旁的小邻居举起酒杯轻轻碰了一下，各自喝下一口酒。看着米红举杯、喝酒、放下杯子的一系列动作，不禁让我想起她小时候的模样。

我们住在一个院子里，她比我小好多。虽说我有年龄上的优势，可经历未必如她。

正当我神情恍惚、东想西想的时候，店里进来三个穿中学校服的女学生，其中一个肩上挎着一把琵琶。

米红走过去和她们说了几句话，挎琵琶的女学生点了点头。她拿起手中的乐器坐在小台子上，刚要演奏又停了下来，红着脸站起身向顾客鞠了个躬。

两首琵琶曲都很短，但很好听。

演奏完那个女学生鞠躬谢过鼓掌的顾客，又谢过店老板，便和一起来的同学径直离去了，谢绝了店里提供的免费咖啡。

送走演奏者，又送走了两位客人，米红回到我身旁。

她为我续酒，问起沙伯伯、沙伯母近况。我说父母都是七十多岁的人，身体还健康，只是父亲患高血压每天吃药，老两口现在不愁吃不愁用，还计划着出国旅游呢。她又问娟子姐好吗，我如实地将利娟的情况告诉了她。米红让我代她向家人问好，我点头答应。

小慧又拿来两瓶啤酒，还拿来一盘小点心和一盘干果。这显然是她自作主张，我没有点这些东西，但我很高兴，这丫头心细会看场面做事。

酒吧、咖啡馆里的啤酒都是那种小瓶装的，握在手上很像电影里八路军扔的手榴弹。

外面的天色暗下来，店内昏昏的灯光为各处角落留下暧昧的阴影。那对年轻情侣不见了，不知什么时候离开的。

“该聊些什么呢？”我的脑子很乱。

两人谁也没有开口，再次碰杯默默地喝下一口酒。

音响中又传来乐曲声，一首由克莱德曼演奏的钢琴曲。

在各种乐器里我最喜欢钢琴，小时候曾恳求父母给我买一架。当时父亲用惊愕的眼神瞪了我一眼，母亲说钢琴可贵呢，等你长大挣了钱买吧，现在买回来家里也没地方放。后来我长大了，当有能力买得起一架钢琴的时候，却发现自己没有了买琴的愿望。

“还拉小提琴吗？”我终于开口问道。

“早不拉了，哪有那个心情啊！”米红似乎想笑却没笑出来，脸上流露出无奈的神情。

“这些年你受苦啦！”我说的是真心话。

“哦，别这么说，我没有、不是……”她话不成句，好像被我的真心话扰乱了思绪。

“学了那么多年琴，丢掉很可惜的！”我说的仍是真心话。

“是啊，挺可惜的。”她稳住了自己的思绪。

“别放弃，有时间的话再把它捡起来。”

“哦……”

咖啡馆墙上挂着一些著名音乐家的照片，虽然早就看过，我还是用目光扫了一遍。

“中国音乐家里应该还有一位——黄自。”我说。

“听说过他，可惜没有时间做。”

“我帮你做吧，好做的。”

“好啊！”米红的脸上浮现出红晕，那神秘的笑容也展开了。

我突生一个念头，先是犹豫了一下，最后还是忍不住提出来。

“去旁边的湘菜馆一起吃晚饭吧？”

听了我的建议，她先是一怔，随后说道：“今天怕来不及了，要给小涛弄晚饭，时间挺紧的。”说完她面带难色地看着我。

我立刻意识到自己的提议太愚蠢了！米红不方便这是可以想到的，干吗非要提出来。我一直自信不会做傻事，可这段时间以来却傻事不断，到底怎么了，怎么越活越蠢呢，难道血压高也影响人的智商？我比她大十四岁，可在她面前却像个愣小子，我的聪明才智在小邻居这儿施展不开，“米娜丽莎的微笑”就像托塔天王手掌上的宝塔。

米红看着我说，改日一定请文哥吃顿饭。我勉强笑了笑说，谁请客无所谓，在一起聊聊天很愉快。

让男人受伤的不是一柄刺过来的剑，而是一句温婉的拒绝。

当时如果预见到我们的关系后来的发展，我一定会用轻松的玩笑化解难堪的场面，可我不是神仙。

再待下去意思就不大了，我站起身。

米红拿起沙发背上的外衣要给我披上，衣兜里掉出来两盒药。

“什么药？”

“降压药。”

“给伯伯买的？”

“不，我吃的。”

“你也有高血压？”

“是啊，今天才开的药。”

“文哥，你可要好好保重身体……”

感受着米红关切的目光，我重重地点了点头。

街上的路灯像接到命令似的齐刷刷地亮了，这个时辰店里顾客最少。

一个人形单影只地走进“古典风”旁边的湘菜馆，一盘辣椒炒肉、一份鸡蛋汤和两碗米饭。

我惊讶地发现自己对辣味敏感起来。以前爱吃辣的，记得一次和利娟吃朝鲜冷面，她把碗里的辣椒都拨给了我，我一边吃一边喊过瘾，吃得满头大汗。可现在怎么不能吃了，是自己的味觉出了问题，还是血压高的原因？

一个人随着年龄的增长，感觉器官一定会发生某种变化，迟钝、不耐受或敏感度下降，这些都是自然衰老的征兆，应该属正常吧。贫乏的医学知识令我自惭形秽，只能胡乱找些理由安慰自己。

盘子里的肉吃光了，辣椒剩下了。

今天真是倒霉透顶的一天：医生判我得了高血压，米红拒绝了晚餐邀请，又被辣椒欺负得龇牙咧嘴。人赶上不顺的时候，走路都会自己绊倒自己。

回到家从冰箱里拿出一瓶矿泉水，一口下去顿觉从嗓子到胃爽快极了，嘴里的辣味也不再那么刺激。

百无聊赖之际顺手打开音响，升 C 小调夜曲，这是我最喜欢的一首肖邦夜曲。可听到一半就取出光碟，再放进另一张碟，巴赫钢琴十二平均律。

来到卧室阳台，坐在藤椅上听着从音响中传来的钢琴声。

我曾不止一次地感到奇怪，以前不喜欢巴赫，一听就犯困，可现在总想听，前天还买了一张勃兰登堡协奏曲。在心烦意乱的时候，巴赫可以让凌乱的心情平复下来。

有人说一个人从喜欢肖邦到喜欢巴赫，大致有两种情况，一种是音乐修养越来越深厚，另一种就是这个人老了。咱有自知之明，属于第二种情况。

窗外的天空是黑色的，从冰箱里取出来的矿泉水是冰凉的，音响中传出来的音乐不动声色地按照同一种韵律流淌着，仿佛永无休止。

此刻，那颗心如夜空般清澈、宁静。

男人很容易迷恋上一个女人，而女人似乎不是这样。

7

那天从怀柔小院坐出租车回城的路上，我和春子互留了电话。她恭敬地问金老师的电话，炳太笑着说，找到老沙就找到他了，春子“啊”了一声没再说什么。我觉得炳太不该拒绝春子的请求，那样很不礼貌。后来我才明白炳太的心思，别看他表面粗犷，心眼儿却不粗。

我和春子有了单独的联系，会发短信相互问候。我对她有好感，从她的反应看对我也不反感，似乎有进一步接触的愿望。渐渐地两人聊得多了，涉及的话题也越来越广泛，我常给她讲一些笑话，令她乐不可支。

下面是她看过笑话回复的短信：

哈哈哈，逗死我了！

你怎么这么会讲笑话，笑死我了！

哈哈，太好笑了，你不知道我现在都笑成什么样子啦！

她的反应有些过头，笑话并没有那么逗，至少没有她的回复逗。可谁知道呢，也许逗女人开心才是件很逗的事。孟华从不认为我是一个有幽默感的男人，她看错了。

我预感到我和春子之间会有一段故事，只是当时没有意识到，这个女人命中注定将在我的生活中扮演一个特别的角色。

根据以往的经历，对女人我不缺乏勇气，倒是缺乏经验。

中午意外地接到她的电话，热情地邀请我去吃居酒屋。我问去哪儿，她说六点钟在“燕莎”门口见。

放下电话不免有些紧张，突来的惊喜令人激动。女人的主动邀请绝非随意的决定，这让人隐约觉得我们之间的故事就要开场了。

午睡起来在电脑前忙活了两个小时，然后洗了澡，换身衣服，大约五点钟刚过就出了家门。

出院门时瞥了一眼街对面的“古典风”，那边静悄悄的，玻璃窗透出店内微弱的光线，看不清里面的情景。“不知客人多不多？”这些天咖啡馆生意清淡，米红有些发愁。

我住在西城，“燕莎”在朝阳，一东一西距离很远。那时候地铁十号线尚未开通，要乘一号线到国贸，再转乘几站公交车，这样才能到达约定地点。

提前二十分钟到达了集合地，不见春子的人影。我站在停车场外点燃一支烟，暗嘲自己干吗出来那么早。吸完烟还不见春子出现，我走进了商场。

从商场出来，见春子在不远处低头看手机。我紧走几步上前在她身后轻轻喊了一声，她回过身也叫了一声“沙老师”。那一瞬间，她的眼神里流露出一丝欢喜，想起在怀柔小院喝酒时她那恍惚、忧郁的眼神，我的心怦然一动。

两人沿商场北侧的街往东走，我告诉她已经到了一会儿，闲着没事就进商场逛了逛。春子说她也早到了，刚才也在商场里面呢。两人相视一笑，我不再为提前到达感到不好意思，如果迟到那才叫失礼。

一家叫“百合谷”的小馆子，跟着春子走了进去。

系围裙的中年男子迎上来，春子用日语同他交谈了几句，中年男子不住地点头，将我俩领到靠里面的一张桌子。他也朝我点点头，用中文一再说“欢迎光临”。

屋子不大，四四方方很干净，有五六张桌子，全木制的，可能时间尚早，没有其他客人。店里不是很热，我们还是脱去外衣搭在旁边的椅子上。

她穿一件乳黄色齐脖羊绒毛衣，袖口很短坦露出手腕和一小段手臂，人的肩部和胸部也被质感柔软的衣服清晰地显示出来。不怕人笑话，我喜欢看到女人美丽的胸部。

“喝什么酒，沙老师？”春子先问。

“烧酒。”我没有喝过烧酒，想尝一尝。

她扭头用目光寻找着，一位女招待快步来到面前。春子同她叽里呱啦地说了几句，女招待也不住地点头，嘴里“嗨嗨”地应着。

一碟毛豆，一碟银杏核，一份烤多春鱼，还有泡菜、炸豆腐。年轻女招待给春子上了一杯啤酒，又问我烧酒加冰块还是加温水。我不知所以然，随口说了句加冰块。

我爱喝酒，酒量却不大，二两正好，三两有点多。除了洋酒，白酒、啤酒、红酒、花雕都喝过，微醺发热、话多爱笑乃最佳状态。

酒菜上齐，春子举起杯微笑道：“来，碰一个吧！”

酒凉凉的，淡淡的，不明白为什么要加冰块，是要冲淡酒的度数吗，这酒的度数本来就不高啊！

“你看，这像什么？”春子将手中的酒杯放到桌上，用眼神示意我。

像什么？一杯啤酒而已。我不明白个中意思，不知说什么好。我抬眼看她，春子俏皮地眨着眼睛。

“仔细看，像不像富士山？”

酒杯上收下放，杯口直径小于杯底直径，圆锥柱形，白色啤酒沫浮在杯口很像富士山头覆盖的皑皑白雪。

哦，我恍然大悟。这倒很有意思，便问她这是一种特意设计，还是喝酒的人偶然发现呢，春子说她也不知道。

我又问烧酒和清酒有什么区别，她告诉我清酒口感淡，发甜，烧酒度数高，味道重。我觉得好笑，跟中国的白酒比起来，这酒的度数实在排不上号。她又说清酒的价格普遍比烧酒贵，品质好一些的清酒价格很可观。

一杯烧酒很快喝完，我又要了一杯，特意嘱咐女招待酒里什么都不要放。我问春子要不要再来一杯，她看了看还有半杯的啤酒摇摇头说，吃完这家还要去下一家，日本人下班后总要喝上两三家的。

听她这么说我觉得很带劲，今晚可以痛痛快快喝一顿。我对她说，在渡边淳一的小说里，主人公就是这样喝酒的！

“原来是这样，你喜欢日本小说，都看过哪些作家的？”她很好奇的样子。

我迟疑了几秒钟，随口说出几位日本作家的名字，又告诉她我最喜欢川端康成，他的《雪国》《伊豆的舞女》《古都》看过不止一遍，《雪国》是三十几岁看的，看完还挺激动哪！

像大多数川端康成的爱好者一样，我被他的小说中散发出的某种气息、字里行间浸透出的独特文化气质所吸引。

等我说完，春子说她也喜欢川端康成，日本味很浓，然后露出羡慕的表情，夸我可以给学生教授日本文学了。

教授日本文学？是不是我的“吹牛”招来了她的奉承话？我忙说虽然读过几本日本小说，但不能说对日本文学有多深入的了解，喜欢归喜欢，要说给学生上课那是另一回事。

“你去过日本吗？都去哪里了？”她的表情漫不经意。

“哦，去过一次，去了……”

我告诉她前年去东京参加一个关于东亚文化的学术会议，休会期间去了浅草寺和上野公园，那里有一个不错的美术馆，还在大阪待了两天。我还告诉她，那是我第一次去日本，并没有留下特别深刻的印象。

说来也怪，“学术会议”四个字一出口，我就有点恶心。自从离开学校后，对学术、学问、专家、教授这些字眼总有些反感，更不愿提自己是博士、副教授。我现在无家无业，无着无落，简直就是一个无固定职业、但不调戏妇女的流氓！可话已出口，收不回来了。

“哦，你去过大阪，我家就在大阪呀，大阪怎么样？”春子全然不知我此时的内心感受。

我说大阪的工商业很发达，不过走马观花看不出来。那次去了大阪城、京都、奈良，参观了奈良的东大寺，京都的清水寺和金阁寺，都是很好看的地方，只是游人太多，不能静静地游赏。

“没去品尝大阪的美食？”

“嗯……没有。”

我意识到自己的话多了，但依二锅头的酒量，这点酒还不算什么。

我又要了一杯烧酒，春子看着没说话。刚才她不断地提问，我一直在回答，现在又轮到向她提问了。

“你觉得……男人最可贵的优点是什么？”我想聊点深刻的。

“男人的优点和缺点往往是同一个，看你从哪个角度观察。”回答很干脆。

我嘴里嚼着一粒毛豆，咂摸着她的话。

对面墙上挂着两幅画，一幅是一个穿和服的女子，脸涂抹得白白的，大概是歌伎或舞伎吧；另一幅是一把打开的扇面，写着两个看不懂的字，两幅画的色彩都很浓艳。

春子的回答让人无话可说，也无话可问。

店里的客人陆陆续续多起来，中年男子一边照应着客人，一边忙碌着操作台上的活计。

几碟小菜吃得干干净净，酒也喝光了。春子提议去下一家，我主动要结账，她说既然她请客就由她来结账。

和居酒屋主人反复致意道别后，两人来到街上。

外面的空气比屋里冷，冷风一吹，酒劲上来了。路灯的光很朦胧，我做了几下深呼吸。

“啊，真好啊！”春子抬起头望着夜空。

我不清楚这句赞叹因何而发，夜色、酒、还是两人的闲聊……不过今晚的夜色的确值得赞美，在这美丽清静的夜晚人的心情怎能不好呢！

每当夜幕降临，随着夜色愈加浓厚，三里河、后海、簋街、好运街便热闹起来。就好运街而言，极富色彩又略显神秘的景象不在街面上，而在每家店面并不起眼的酒馆里。北京城区东西南北的景象颇为不同，各具风采，不仅仅是城市建设，也包括自然、商业、人文。

两人不紧不慢地并肩而行，偶尔聊一两句闲话。

沿来的路返回，经过一个十字路口再拐进一条狭窄的小巷，来到一扇映照着微弱灯光的小门前。推开门沿台阶向下走，掀开一卷布帘，进入一间灯光明亮的屋子。

长条形屋子宽不过三米，一侧是货架和操作台，另一侧是客人就餐的座椅。主人和客人面对面中间只隔一条矮矮的餐台，客人一边的台面上摆放着筷子、调味瓶、餐巾纸等物，一家“很日本”的小酒馆。

屋里很暖和，七八个位子坐满食客，男男女女喝得正酣，说话声嘈杂。

店员一男一女，男的不到四十岁，大脸盘，戴一副眼镜，穿一件印有圆形白色图案的黑色短袖长褂，腰间系着围裙，头上围一块蓝布条。女的比他小，看上去二十多岁，头发染成浅黄色，也系着围裙。

与店主人又是一阵弯腰点头打招呼。恰巧两位客人起身结账，腾出了靠门口的位子。相邻坐着两个女孩，年龄与浅黄色头发的女店员相仿。

“我们喝清酒好吗？”春子问。

“好啊！”我满口赞同。

浅黄色头发温好酒，将酒壶端上来轻轻放在我们面前。我拿起酒壶先给春子斟了一杯，又给自己倒了一杯。酒还有些烫，不能马上喝。

炸南瓜，“真好吃！”我边吃边夸。

“谢谢！”大脸盘微笑着看了我一眼。

春子也低头吃着，一边吃一边点头，似乎也在说味道不错。此时她的脸微微泛红，白嫩的皮肤发出亮光。

“人长得很媚，也很柔和，大概性情也是这样吧。”相由心生，我迷信面相，但不肯定这里面是否有科学依据。

酒可以喝了，我端起酒杯看着春子的眼睛，她立刻反应过来，两只酒杯轻轻地触碰发出清脆的“当当”声。

平日不怎么吃日餐，去日本开会期间天天吃。我觉得日本的饮食挺有意思，每份量不大，但有好多份，吃前担心吃不饱，吃到最后又撑着了。春子却觉得还是中国饮食好，大盘大碗吃起来很豪爽，人往餐桌前一坐看着满桌饭菜，永远不用担心不够吃。

我又给她倒了一杯酒，见她有些酒量，很开心。

春子的脸更红了，我也觉得酒劲在往脑子上冲，日本酒后发制人啊。目光无意间再次触碰到她的胸部，我用力把它拽了回来。

听肖立军说过，女人的身体是一个陷阱，你心甘情愿地跳下去，往后就由不得你了。这话我还理解不了，当一个人说饭菜不好吃的时候，他多半是吃饱了。

浅黄色头发又端上一壶酒，大脸盘在两人的盘中各放了一只炸大虾，而盘中的香肠还没动。

邻座的女孩结账离开，店里除了我俩还剩三位客人。这时我才听到店里播放着音响，一位日本女歌手在演唱。

“老板，有河岛英五的歌吗？”我问大脸盘。

“哦，喜欢河岛英五，当年他可是大歌星啊！可惜死得早，不到五十岁就过世了。”他放下手里的活边说边翻找着，不一会儿音响中响起一位男歌手的歌声。

“就是这首歌，很好听！”我看了一眼大脸盘，再看一眼春子，说话的嗓门升高了。

清酒比烧酒度数低，口感也更好，喝进肚子里暖暖的很舒服。第二壶酒也快喝完了，我想要第三壶，春子劝住我。

“沙老师，我可以称呼你的名字吗？”

“当然可以，叫我老沙。”

她摇了摇头：“不可以这样称呼，你们男人才这样称呼。我今年四十三岁，比你小很多，就叫你沙哥吧……可是，”她顿住了，表情有些犹豫又有些为难。“可是，又觉得不好听，发音也……别的女人怎么称呼你？”

别的女人？哪有别的女人！哦，小邻居，虽然她不是我的女人，但我喜欢她那样叫我。

“叫我文哥吧。”

“文哥？好，这个称呼好，以后我叫你文哥，你叫我春子！”

我笑了起来，也一个劲说好。四十三岁？没看出来啊！

我告诉春子她的酒量令人肃然起敬，她不好意思，眼里闪出兴奋的光。

“来，文哥，再干一杯！”她轻轻抚了一下我的手。

这是一个美妙的夜晚，清酒、河岛英五、乳黄色齐脖羊绒毛衣、店家的款待……当然，还有春子的笑、她说话的腔调、看我时的眼神，这一切统统让我痴迷。来第二家居酒屋的路上两人并肩走着，她的手臂不时地挨到我，显得很亲昵，我不肯定这种身体接触是有意还是无意，是存心试探性动作还是不由自主的身体晃动。我们已是近五十岁的人，不再是情窦初开的少男少女，但彼此刚有身体接触，内心还是会泛起对异性的别样感觉。

我们没有像外国电影里的男女主人公那样，一见钟情后就开始拥抱、亲吻，然后迫不及待地宽衣解带。男人很容易迷恋上一个女人，而女人似乎不是这样。

我很想问问她对我的印象，又觉得这个问题不仅不深刻，反而听上去很傻。

春子看了看表："十点多了。"这回我坚持结账，她没再执意。

和店家道别后走出小巷来到街口，一辆空驶的出租车正好经过。两人并排坐在后座，刚坐下我忽然想起忘了看店名，这家小店以后可以再来啊！

东三环沿路高楼耸立，灯火辉煌，我的心被灯火映照得无比灿烂！

想起肖立军的话，我有些忐忑不安。

8

在性观念上我不保守，但离婚后没有接触过几个女性，也没有和哪位女性建立起“伙伴”关系。

男女间的“性事”并非单纯的生理需求，年轻时也许是这样，到了一定年龄则更看重其中蕴含的情感因素和心理因素，只有性和情两方面需求同时被满足，“性事”才是完美的。对此我和春子似乎有了某种默契，尽管两人没有就这个问题进行过交流。

手机上聊天越来越频繁，两人就像相识多年的老朋友。坦率地讲，我对她既有生理欲求，更有情感上的依赖，特别是几次愉快的见面后，这种依赖相当强烈。

渴望爱与被爱是男女间永不过时的主题，关乎情，也关乎性，无性之情不是爱情。我们没有在对方面前装腔作势地扭扭捏捏，而是步调一致地加快了热身步伐，最后像所有成年人那样走到了床边。

那个下午，我的住所。

接近黄昏时分屋内光线越发黯淡，两人默不作声，就这样持续了很久。

我半躺半靠在床头，春子倚在我的胸前脸朝床侧。这不是我们第一次身体接触，却是第一次无条件的全面接触。

我用手指轻轻滑过她光润的脊背，她的身体抖动了一下，“痒。”她细声地说。我又用手掌在她背上摩挲，时而轻轻拍打她脑后的黑发，“舒服。”她依旧细声地说。

隆冬时节屋外寒风凛冽，屋内却很暖和。我的身体从里到外都在发热，脸颊像被火烘烤一般，只有脚尖享受到丝丝凉意。我的手轻触着春子微汗的皮肤，她也在发热，从颈部到腰部烫烫的，泛出一层淡淡的红润。我感觉很疲倦，大脑变得空洞而迟钝。

我挪了挪身体让自己舒服一些，她微微抬起身好让我挪动，然后一只手臂枕着头依旧伏在我的胸上。她面朝床侧，看不到她的眼睛，不知是否闭上了像入睡那样。我也有些困倦，闭上了眼睛。

但我无法入睡，眼前总是浮现春子那张媚人可爱的面容。她爱笑，笑起来眼睛眯成一条缝，红润的嘴唇张启，露出两排洁白整齐的牙齿。当然她的眉毛很好看。

大脑很活跃，容不得一丝睡意，我索性睁开眼睛。

对面墙壁挂着一幅水粉画，群山峻岭下是一望无际的草原，一道彩虹架在两座山峰之间。画的色彩很淡雅，草原、天空和山峦的颜色协调地搭配在一起，那道若隐若现的彩虹勾起人视觉上的朦胧感。画是炳太送的，但不是他画的。

“小时候妈妈总让我穿紧身内衣，说我的胸发育得早，出门会招惹坏人。”她掠起挡在前额上的发丝，“可我不喜欢穿，不舒服。后来妈妈发现我骗她，就看着我穿。”

“后来呢？”

“上高中就不穿了，她也不管我了。”她嘿嘿一笑，“累吗？”

“有点，还好。”我不知道自己在说什么，“你呢，累不累？”

“嗯。”她回答问题经常模棱两可，虽然迎合了对方，却让人觉得什么也没说，也许男人都喜欢这种半透明的女人吧。

我发现自己迷上了她，成了她的俘虏，只是还没到乐意让她用鞭子轻轻抽打的程度。那天从好运街回来后，眼前总是晃动着她的身影和那件乳黄色羊绒衣，想看到她的笑容，听到她的声音，嗅到她的气息，这样心里才踏实。和她聊天轻松愉快，她不会让聊天陷入尴尬的静默，这也是我喜欢她的原因。一个让人感觉舒服的人，你就愿意和她在一起。

上午接到她的电话，说想我，没等我开口，又说到家里来找我，把我激动得一时语无伦次，电话那头响起一阵爽朗的笑声。笑声让我觉得自己真的很笨拙，为什么不能在关键时刻表现得像个沉着的男人！

进门时她面带微笑，脸色冻得有些苍白。我接过她手里的围巾，紧紧抱住她。

春子偎在我怀里轻声问想不想她，又嗔怪地说，为什么不主动邀请她，偏要让她主动提出来。我没有用语言而是用男人的身体作出回应，她软软地“哼”了一声。

在地上耗的工夫不大，我们把时间扔到了床上。

她迅速脱掉衣服等我，让人很冲动。当一个女人在你面前克服了羞涩时，她已经决定将自己的全部交付给你。这是个令人感动不已的时刻，真正的男人不会辜负这一时刻。

她翻身压在我上面，随即叫道“啊——！”她耸起臀部，用鼻尖点了一下我的鼻子，这才慢慢放平身体。

我的手在她背上不停地摸索，寻找着某个地方。手有些慌乱找不到要去的地方，“真笨！”她帮了一把。

两人长时间地接吻，她疯狂的动作竟弄疼了我。我不顾一切地积极配合着她的动作，在她耳边低语。

她扭动身子口中不停地喘息，突然，她发出一声重重的叹息……那一刻，我看见了天边那抹粉红色的彩虹！

“好吗？”她动也不动。

“什么？”我听清楚了，可还是随口问道。

“念大学那几年妈妈可辛苦了，一天做三份工，回到家躺下就不想动。”她轻轻叹道，又掠起挡在前额上的发丝。

一股莫名的香气从发丝间飘来，我嗅到了。

“你爸爸他……”

“好吗？”

“什么好吗？”

“感觉好吗？”她提高了声调。

“嗯。”看着她丰腴光润的裸体，我用她的方式回答。

墙上的挂钟发出清晰的嘀嗒声，屋里重归寂静。两个人的身体贴合在一起，彼此能够感受到对方心脏强有力的脉动。

人真是一种奇特的动物，有时连自己都无法理解自己。我曾以为已经没有了那个能力，可今天却对自己的表现十分满意。整个下午我全然忘记了年龄，自我感觉还年轻，就像一个未经人事的小伙子，莽莽撞撞，愣头愣脑，虽然很疲劳，但这不正是多年来期待而未得的激情燃烧吗？

想起和孟华的床笫之事，实在乏善可陈，除了不断消退的性欲冲动，完全没有男女间本该有的那种缠绵悱恻的情爱过程。

春子带给我的感受令人兴奋异常又长久难忘，我经历了一次从未体验过的情爱之旅，它是一场疯狂的肉体游戏，又是一顿丰盛的精神欢宴。幸福和快乐来得如此突然而强烈，像一阵不期而至的暴风雨。我从内心里感激春子，是她唤醒了我沉睡的欲望。

“一个人住不寂寞吗？”她翻过身面朝我微笑。

“当然啦，要不要搬过来？”我低下头看她。

“不。”她语气肯定地回答。

“为什么？”我做出惊讶的样子。

“看着我，你说……你真的喜欢我？”她凑过来偎在我怀里，扬起脸看着我的眼睛。

“喜欢。”我笑了。

“是吗……”她若有所思地望向屋顶，回过眼又看我，“那我们就不要住在一起。”

“嗯？”我又作出惊讶的样子。

她没再接我的话，拉过我的一只手放在她略显夸张的胸脯上，那是我在居酒屋用目光抚摸过的地方，柔软而饱满。她似乎很享受我的抚摸，过了好一会儿才慢慢转过去。

她继续伏在我的身上，浓密的长发遮住她的脸。我嗓子发干说不出话，再次用手掌在她背上摩挲。

“春子可不是一般的女人，是一位极具个性的女子，她不结婚不要小孩，一辈子只谈恋爱，敢爱敢恨。”

当下有不少像春子这样的女子，她们选择了一种认为合适的生活方式，追求自由自在，自得其乐。可我免不了用我这个年龄人的思维去想这件事：她遭受过什么重大挫折吗，是否被深爱的人抛弃？男人或女人主动选择一辈子不结婚一定是有原因的，春子究竟是怎样一个女人？想起肖立军的话，我有些忐忑不安。

她可以和你温文尔雅地聊天，也可以和你疯狂地滚床单，当你把这两个形象联系在一起时，会发现那是完全不同的两颗心灵。我不是情场老手，但还不至于像个生瓜蛋子似的在女人面前拜下风，可面对这个女人我不那么自信。

男人的虚荣先放一边，还是要感谢老天赐予我一个既善于纵情又不失分寸的女人，使我八年苦行僧般的生活得到补偿。虽然承受着激情过后的空虚，但肉体很满足，内心也十分充实。我沉浸在这种满足与充实中，用意念细细地品味刚刚经历的那个过程。

幸福和快乐要持续下去，不能饥一顿饱一顿地过日子，它们必须常态化，就像美酒的芳香时间越久才越浓郁。请别怪我贪心，小狗永远不会厌倦主人的爱抚和可口的美食。在情爱的诱惑下，时光穿梭，返老还童。

天渐渐黑下来，小区道边的路灯亮了。

亮光透过窗帘弱弱地洒进来，她在用手擦眼睛。我扳过她的身子，手指触碰到她的脸颊时竟有一丝湿凉凉的感觉。

“你哭了？”我有些慌张，不知道发生了什么。

她闭着眼睛默不作声，泪水流淌到她的下巴。

我越发慌张不知所措，“你说话，为什么，我说什么让你伤心了？”我垂下头亲吻她湿润的眼睛。

过了好一会儿，她才开口说道：“没事的……喜欢上一个人就会这样，好没出息啊！”

我松了口气，用双臂紧紧抱住她。

人在悲伤时会落泪，在喜悦时也会落泪。而我恰恰见不得女人哭，无论她们是喜悦还是悲伤，看到眼泪我就心软心慌。今天我理解春子的眼泪，她是多么需要男人的爱抚啊！

时间在挂钟清晰的嘀嗒声中一秒一秒地消逝，体力在迷乱的性感回味中逐渐恢复过来。

我拉过一条小棉被盖在她身上，一只手伸进被子里抚摸她的胯部。她的肌肤光滑细腻弹性十足，是一具充满热情和诱惑力的躯体。

在我越来越具有挑逗性的爱抚下，春子发出低沉的呻吟，臀部和腿部在微微抖动。她掀掉被子回身扑到我身上，又是长时间的动情深吻。两人的舌头忘情地缠绕在一起，交换着对方的唾液。

突然她的一只手抓住我的那只手，不让它触及身体的敏感部位。两张嘴分开了，却还张着。

“今天不行了，我们下次吧。”她长出一口气。

“那，下次什么时候？”我急切地问。

“随你，我随时恭候。”她拍了一下我的腿，挺直身子坐起来。

她说晚上公司同事聚餐不好迟到，说完在我脸上亲了一口。我们起身穿衣，并约定了下次见面的时间和地点。

出门前两人又长时间拥吻，她的嘴伏在我耳边：“今天你好棒，不过……还是有点紧张。”声音很轻，但我听得真真切切。

我庆幸遇到这个女人，她的出现改变了我的生活状态，心里有了惦念，不再空落落的。但是我们会长久在一起吗，能够永远像今天这样强烈地需要对方吗，会不会有一天她或我……望着她出门时的背影，我陷入了一种难以排解的纠结之中。

那晚我伴着彩虹睡在大草原上，一觉到天亮。

如果人的命运由偶然性决定，它的合理性又在哪里？

9

高血压，一个让人不愿接受又无法逃避的事实。这是老爸那代人得的病，儿子怎么也得了呢，诊断可靠吗，是不是医生搞错了？

服了几天药后我擅自停止了用药，相信不吃药血压也能保持正常。可停药以后血压骤然上升，以前那些症状又出现了。而一旦继续服药升上去的血压降了下来，维持在正常值内。

不得不承认身体确实出了问题，人们常说的那些基础病找上门了。此时我才深切地体会到，五十岁的人已经踏上了一段新的生命旅程。本以为自己还像年轻人一样，可以和他们一起跑步、踢球，当然也可以和他们一样谈恋爱。可现在一切都变了，自己不再年轻，壮年也不是，实实在在进入了中年。

中年人什么样儿？头顶上的头发稀疏了，眼袋鼓了，脸上出现了黄褐斑，粗粗的腰围，走起路来鞋底拖地，唉，想一想都可怕。人活到这份儿上，如果旁人向你投来鄙视的目光，千万别瞪人家。

人生苦短，岁月无常，该及时行乐才是。“干吗要一个人过上这么多年，苦苦挨过那些孤独寂寞的岁月，为什么不去找女人，管他爱不爱，只要是女人就行。可是……我真的需要她们吗，没有爱的接触能带来快乐吗？”我为曾经的年华虚度感到沮丧，同时又庆幸自己从未丧失理智。

渐渐地我接受了这个现实，每天按时服药、量血压，每月跑医院开药，计划每年去医院做一次体检。我还没有老，不过是一个老年轻人罢了。况且我现在拥有春子，我们享受着一份炽热的感情，她就像冬天里的一把火，消融了我心头的寒霜。

年轻的时候经常思考人生问题，很多问题没有答案。四十岁以后自觉想得少了，也许因为忙。由于教学的需要，我更多地思考诸如哲学、艺术及历史问题，阅读的书目也大多是这方面的。可哲学、艺术和历史离不开对人性、人生的探寻，这是回避不了的，借口忙而疏于思考只是一个假象。今天和年轻时相比，我思考人生问题的角度、方法和参照物不同罢了。

从死亡的角度理解生的意义，让人颇为激动。我不赞同圣人说的“未知生，焉知死”，觉得恰恰应该倒过来：未知死，焉知生。当人没有真正理解死亡的意义时，不可能真正理解生命的价值，又怎么知道如何过一种有意义的生活呢？当人们害怕下地狱或追求长生不老时，就是出于对死亡的恐惧和否定，而否定了死亡，也就否定了人生。所以人不能回避或忌讳谈论死亡，不能对一件必然的事物采取视而不见的态度，不能靠欺骗自己来安慰自己，直面死亡就是直面人生。

医生说坚持服药，高血压是可以控制的，我相信他的话。

好几天没去“古典风”了，下午没事去坐一坐。看墙上的挂钟，三点四十五分，我拿上手机下了楼。

刚走到咖啡馆门前，门开了。小慧表情严肃，没有微笑，也没和我打招呼，只是轻轻拉开门等我走进去，而她也只是默默地站在门边。

更令人意想不到的是，米红坐在我的位子上在独自喝酒！什么情况？今天两个人的表现极为反常。我一时搞不清楚状况，又不便马上问。

“咖啡。”我边说边向座位走去。

米红往旁边挪了一个位子，坐在我右手的正前方。

小慧端来咖啡，米红对她说：“给文哥拿啤酒！”说完举杯喝了一口，满满一杯酒只剩下杯底。

她一脸倦容，眼圈发红，将杯底酒喝光后，又倒了满满一杯。我有种不祥的预感，心情顿时紧张起来。

“慢点喝。出什么事了？”我将酒瓶移到自己这边。

“没事，就想喝酒……”她还要说什么，却打住了话头。

小慧拿来啤酒，瓶子上仍挂着水珠。

我肯定了自己的预感，没有急着追问，过了片刻才说道：“不想说么？不想说就别说，喝酒可以，不能喝得这么急。”

看来事情是有，但不知何事。米红不是个多事之人，小小咖啡馆也从来没有复杂人员来来往往，唯一的可能是他，难道应涛又出事了？

米红又喝了一口酒，这次下去的不多。“小涛又要和我离婚，我……”她的眼圈更红了，低下头手里把弄着酒杯。

听她这么说，我多少有些紧张的心反倒松弛了下来。

应涛曾不止一次向米红提出离婚，我是知道的。这些年小两口过得不容易，虽然挣了些钱，可生活中有难解的题，依目前情况若继续捆绑在一起，谁都难以解脱。应涛提出离婚有他的考虑，米红不同意也有她的道理，这次老话重提，怕是依旧无果而终。

“这次他怎么说？”

“还能怎么说，觉得拖累了我，不忍心看我这么过下去。”

“那没事，可能这两天心情不好，又胡思乱想了。”

“这次和以前不一样，口气很重，如果我不同意他就自杀。”

“自杀？”我刚刚松弛下来的心又紧绷起来。

以前从米红嘴里听到过一些关于应涛的事，感觉这个人很重感情，对米红、她的父母和身边朋友都挺好。但自从出事故以后，他的思维有些执着，有时候不听劝，一旦激动起来或想不开有可能做出过激的事，这是最让人担心的。

“这次不像是吓唬我，这个人说得出做得出，况且出事以后他也真受了不少罪。”米红用纸巾擦鼻子，“这几年我也习惯了，反正就那点事，谈不上多累，如果他坚持看病吃药，说不定能好起来呢。”说话的时候她两眼茫然地望着窗外，鼻尖泛红。

我默默地听着，希望一直听下去。米红从没在我面前流过泪，也很少像今天这样似乎有满肚子话要跟我说。虽然两人从小就认识，但多年没有见面，半年前两人重逢后才有了联系，最初不过一个老板、一个主顾而已。今天她再次跟自己吐露心事，让人找到了那种当“大哥哥”的感觉。

有客人进来，米红起身去招待。

我唤小慧再拿一瓶啤酒，将酒杯倒满，看着白色啤酒沫顺着杯沿缓缓地流淌下来……

在礼士路老工业部家属院，我家住三号楼，米红家住五号楼。她爸爸米卫国是部里车队的司机，妈妈梁秀英是机关食堂的服务员。

米红小时候在同龄孩子中不起眼，个头儿比别的孩子矮，头发又黄又稀，身子也比同龄孩子瘦弱。院里的小孩不带她玩，她就跟在人家后面不走，实在没办法了，只好一个人孤零零回家。

一天在院子里看见她在前面跑，大概是想追上前面的小伙伴。她跑得急，不小心摔倒在地上。我跑过去把她扶起来，她眼里含着泪，却没有哭出来，抹了一把眼泪一声不吭地继续向前跑。我认识她，米卫国的小孩，利娟常带她来家里玩，老妈也挺喜欢她。

也许是看到女儿在小伙伴跟前不开心，不想让她受委屈，米卫国给米红买了一把小提琴，又花钱请老师教她，学了乐器孩子就不会总往院子里跑了。

米红上小学那年，我在顺义插队。在后来的日子里，对她只保留着一些模糊的印象，偶尔从利娟嘴里听到她的名字，上大学以后，连这个名字也忘记了。离婚后我搬回礼士路家属院，那时米红不在院里住，据我的记忆两人从未遇见过。

从念大学算起，转眼快三十年了。半年前的那个傍晚，第一次走进“古典风”，坐在右侧临窗这个位子喝了一杯咖啡。当时没有认出招待我的就是当年那个可怜的小姑娘，还是米红先认出了我。

“不好意思，是文哥吧？”结完账后她问道。

“你是……”我打量着眼前这位年轻的女老板。

“我是米红，咱们住一个院儿，娟子姐应该记得我，你可能不记得了。”说话时她的眼睛似乎在笑。

我一时语塞，脑子飞快地搜索着多年前的记忆。看着她略带腼腆的神情，我猛地想起来：“米红？你就是那个……”

“小黄毛丫头，小时候你们都这么叫我，记起来了吧？”

眼前的米红高挑的身材，一头乌黑的短发垂在腮边，一双似笑非笑的眼睛。说实话她长得算不上漂亮，但很耐看，特别是她的笑有一种说不清楚的感觉……那种笑耐人寻味！

重逢来得太突然，让人有些不知所措。两人随口聊了几句念旧的话，米红提起当年摔倒后我扶她起来那件事，还说欠我一声谢谢。她居然还记得，弄得我反倒有些不好意思。她说曾经在院子里碰到过我，我看都没看她一眼。哦，难怪这么多年过去了，她还能一眼认出我。

第二次来“古典风”，临走时要结账，米红说她请客，我没答应坚持付了钱。此后来得次数多了，每次结账太麻烦，我就在店里存了些钱用完再续。一来二去两人又熟悉起来，起初我没问过米红的个人生活，她也未提及。

一天在“古典风”，看到一个坐轮椅的面孔英俊的小伙子在听钢琴演奏，就问那人是谁。米红告诉我那人是她的丈夫应涛，四年前他和朋友登山失足摔伤，经抢救命保住了，可腰以下失去知觉丧失了行动能力。

原来是这样！难怪她的笑容里含有一丝忧伤。我一度替小邻居感到惋惜，感叹命运的不公和无常，但看到她对丈夫照顾得体贴入微，店里生意也打理得井井有条，心里多少得到些宽慰。

那以后个人生活才渐渐进入两人聊天的话题，我很少见应涛露面，但应涛这个名字被越来越多地提到。我也说起过自己的职业和婚姻状况，当然那是米红先问的。

米红回到我身边，从气色和神情看她的情绪稳定了许多。我扶了一下她坐过的椅子背，示意她坐下来。

“文哥，让你见笑了，跟你唠叨那么多无聊的事。”坐下后她说。

“这么说就见外了，有什么难处尽管说，别窝在肚子里，能帮上忙的话，我尽力而为。”

“谢谢。最近忙些什么？”

“唉，还不是学校那些事，没什么新鲜的。”

我撒了谎，不是刻意隐瞒，只是觉得跟无关的人谈论这件事毫无意义。

米红给我的杯里添上酒，却没有给自己倒。

我的思绪还游荡在对往事的追忆中，一大一小两个米红的身影总在眼前晃。当年那个瘦弱的小姑娘如今变成一位健康挺拔的少妇，经营一家店铺，在外人眼里她应该是幸福的，据我的了解，她婚后的确度过了几年幸福美好的时光。可谁能想到命运一夜之间拐了弯，灾难突然降临到他们头上，两个一起向前跑的伴侣其中一个再也不能跑了。难道老天爷在玩平衡，先送你一枚蜜糖，再给你一粒苦果？

世事如此难料，在上天给一个人安排的命运中，难道只存在一种可能性吗？一个人的最终归宿是这种可能性的必然选择，还是众多可能性中的一次偶然相遇？如果人的命运由偶然性决定，它的合理性又在哪里？

自从和米红重逢后，发现她身上有一种说不清道不明的气质，我曾反复琢磨那究竟是一种什么气质，最终也没有找到答案。我隐隐约约觉得，在她身上散发着只有那些具有特殊经历的人才拥有的气质。

她比利娟小好几岁，可她的言谈举止间少了些许阳光，多了些许阴郁，恰恰因为这一点，让她看上去比同龄人成熟。今天她肯向我诉说心中苦闷，已是对我莫大的信任，虽然还不能窥见她内心更多的真实，我已然心满意足。见她无意重提刚才那个话题，我也就不再多问。

桌上的咖啡一口没喝。米红和小慧送我走出“古典风”。

人离开了咖啡馆，思绪还留在那里。我步履匆匆正要横穿马路，突然响起一声惊恐的汽笛，紧随一阵刺耳的刹车声。

“想什么哪，不要命了！”司机愤怒的吼叫冲我扑面而来。

父亲恢复了老样子，耷拉着脸不吱声，孤单单地坐在沙发上发呆。

10

人上了年纪脾气会变得古怪，固执不听劝。老爸不是这样，他没等上年纪，打年轻时起性情就固执，这辈子他为此付出了沉痛代价。

二〇〇七年元旦刚过，他犯了一次病，心脏毫无征兆地要撂挑子。这个令人意外的事件把全家人都吓坏了，母亲、我和利娟，心头都蒙上一层重重的忧虑。

那天早上六点多钟，手机突然响起来。我心里一惊，这么早谁会打电话?

拿起手机接通电话，听了几秒钟后我对那头说道："妈，您别着急，叫120，再给利娟打电话，让她马上来，我这就过去！"

急匆匆穿好衣服，冲出屋子跑到楼下，开上车疾驶出院门。

路上我一直在想到底发生了什么，根据母亲的描述他很可能心血管出了问题。这种病很凶险，平时症状不明显，一旦发作又令人猝不及防。学校一位同事的父亲就是这个病，因抢救不及时人走了。

我虽然不喜欢父亲在家人面前端着的那副样子，但还是希望他身体健康，能和母亲一同安度晚年。七十多岁的人不算老，不指望活到一百岁，再活十年是完全可能的。老爸虽固执，脾气却倔强，他不会轻易被疾病击倒，就像他不会轻易向别人服输。他正计划和母亲去“新马泰”旅游，我和利娟都支持，费用不用他们操心。但愿这次只是一个小小的意外，并无大碍。

天还没有亮，路灯疲惫地强睁着眼睛。

开门的是利娟，她神态如常。

“怎么样？120还没来？”我急切地问。

没等妹妹应话我就进了屋，来到客厅眼前的情景让我愣住了：父母坐在餐桌前吃早饭，老爸看上去和平时没什么两样，桌上还有一副碗筷，显然是利娟的。

我站在原地傻傻地愣着，不知道发生了什么。

见我一脸狐疑，母亲开口了。

老头子一大早起来去卫生间，刚下床还没站稳就捂着胸口歪在那。母亲急忙过来搀扶，见他两眼紧闭、面色发白，眼看要往床下出溜，赶紧将他推上床躺下。母亲急得不知该怎么办，想喊邻居帮忙又放心不下老伴，这才给儿子打电话，又给120和闺女打电话。忙活了一阵子进屋再看老伴，他起身坐在床上像是缓过来了。不一会儿利娟慌慌张张到了，进门就奔卧室，边走边问爸怎么了。见到老爸她说您别着急，120马上到，咱们去医院。可老头子却说没事了，用不着去医院。

“120来了吗？”我又问。

利娟接过话：“来了。人家问了情况，量了血压，说八成是心肌梗死，要马上去医院。可爸死活不去，说好好的去医院干吗。怎么劝也不行，最后人家走了。”

听了母亲和妹妹的描述，我大体明白怎么回事了。父亲的脾气我了解，人家是到老才犯，他是到老也没改。

我没说什么，问老爸现在感觉如何。他一脸的不在乎，说啥事也没有，你们该干吗就干吗去，不用守着他。

母亲又拿来一副碗筷，叫我也吃早饭。我在餐桌前坐下，见利娟三口两口吃光碗里的饭，说要赶着上班。临走前她又问老爸有没有事，父亲有些不耐烦："走吧走吧，赶快上班去吧。"利娟叫我守在父母身边，自己拎着包先走了。

饭桌上我跟父母商量了三件事：一是带老爸去医院检查，有病治病，没病大家都踏实；二是请个保姆，如今你们都上了岁数，轻巧活可以自己干，买菜、做饭、打扫卫生让保姆干，万一有个意外，身边也有个帮忙的；三是让利娟或我搬回来住。

没等母亲开口，父亲一件也不同意。他不紧不慢地说，三个月前单位组织体检，除血压外其他指标都正常，平时吃得香、睡得着，身体棒着呢。刚才要去解手起得急，一会儿就没事了，如果听 120 的，让他们绑在担架上去医院，到了那什么事也没有，丢不丢人。说完他抹了把嘴，那张脸又耷拉下来。

你看，一时半会儿说服不了他。

母亲说去医院检查是应该的，请保姆这事，听起来省事其实更操心。双方合得来合不来另说，我们这辈子没让人伺候过，名义上她伺候我们，可我们还得想着她。再说，你和娟子平时都忙，住我们这就得分心耽误事业，我们老两口住惯了，怕吵怕闹，还是图个清净好。

我的三个提议全部遭到否决，索性把这事先放一放。

昨天睡得晚，有点困。母亲叫我去小屋，拿来一条毯子盖在我身上。

一觉睡到快中午，要不是母亲喊吃饭还会睡下去。

"妈，有水吗？我渴。"母亲赶快端来一杯白开水，我一口气将水喝光。

午饭很丰盛，葱爆羊肉、熏干芹菜、酸辣土豆丝、鸡蛋西红柿汤，都是我爱吃的。母亲一再把盘子往我跟前推，父亲斜了她一眼。

他面色正常，动作自如，与往常无异。我揣想应该不会有事吧，上了岁数偶尔这疼那疼不奇怪。我小心地观察父亲的情况，尽量不被他察觉。

“爸。”我咽下一口菜。

“嗯？”他夹起一片羊肉。

“您还记得米卫国吗？”

“米卫国？哦，怎么不记得。”

我告诉他米卫国的女儿在家属院对面开了一家咖啡馆，经营好几年了。

他咽下那片羊肉，眼神变得游离起来，“米卫国的女儿？小米的孩子都那么大啦？”

母亲笑了：“过去多少年了，你退休都十好几年，孩子还不长大呀！她比娟子小几岁，算起来该有三十五六了吧，叫个什么来着……”

“米红！”我脱口而出。

母亲想起来了，她用记忆勾勒出米红小时候的模样：矮矮瘦瘦，一脸受气包的样子，娟子常带她来家里玩，孩子挺懂事。

母亲用纸巾擦擦嘴：“孩子小时候身体弱，她妈带她跑了不少医院，都没有查出毛病，就给她做鱼啊肉啊增加营养，还买了好多滋补品。那时候邻居们都劝她妈，小孩子吃那么多补品会吃出毛病的，她妈不听还是买这买那。”

我告诉母亲米红现在不矮不瘦，人也漂亮多了。母亲点了点头，是啊，现在想想也许那些营养管了用，谁知道呢。女孩子长大是会变样子的，娟子小时候体质也不强，现在不也好好的嘛！

见老伴吃完，母亲把父亲和自己的碗摞在一起，叫我慢慢吃。

她继续回忆说：“那些年米卫国两口子工资不多，大部分钱都花在了米红身上，除了做好吃的，又花钱请老师教她小提琴。两口子省吃俭用，连件衣服都舍不得买，你爸还给过米卫国两件衣服呢。”

父亲的眼神稳定了下来，脸上浮现出历经岁月后的沧桑。对米卫国他是熟悉的，以前听他提起过。

这时他接过母亲的话："当年我外出用车，小米总是照顾得体贴入微，一口一个老处长，先问你晕不晕车，又问累不累，要是路远就叫你在车上睡一会儿，到了地方喊你，可会疼人啦！"

他侧过头望了望窗外，脸有些涨红。当年父亲在部里职位不高，却是上上下下受人尊敬的老人儿！

我和母亲静静地听着，谁也没有插话。父亲回过头来继续说道："那时候小米总戴一顶鸭舌帽，骑一辆旧凤头，是个帅小伙。他爱人叫……哦，小梁子，对，叫小梁子，机关食堂的，中午打饭大伙儿总爱和她开玩笑，人挺热情。小米、小梁子都是好人，朴实得很哪！"说起米红一家他兴致很高。

我又讲起咖啡馆的事，告诉他米红邀请附近小区学乐器的孩子到店里演奏，激发他们的自信心，很受家长和孩子们的欢迎。他听后不住地点头说好，接着又回忆了一些部里的往事。

很久以来，老爸第一次和我滔滔不绝地说这么多话，眼神中不时流露出我从未见过的一丝伤感，那饱含感情的目光令人震动。

小时候我很崇拜他，高大的身躯，严峻的面孔，黑亮的眼睛，在我心目中他无所不能，有他在身边什么都不怕。后来我长大了，对他的脾气秉性越来越了解，他变得不再那么高大，我甚至认为他待人冷淡，为人处世不灵活，不善与人周旋。可今天父亲的表现让我觉得他不是一个薄情的人，内心里对人挺友善，也许儿子并不真正了解父亲，他一时突发的情绪反应，或许是真性情的流露。

"米红结婚啦？"母亲问。

"早结了，有十来年了吧。"我说。

"她爱人是做什么的？"母亲又问。

"她爱人……是个残疾人。"我回答时有些犹豫。

"残疾人？！"老两口异口同声。

后悔了，何必跟他们说应涛的事！话已出口后悔也来不及，不想说也得往下说，否则老两口会跟我急，于是我把知道的一些情况告诉了父母。

米红和应涛是同一所大学的同届生，米红学食品与营养学，应涛学旅游管理，毕业前两人确立了恋爱关系。毕业后米红去了一家四星级酒店，应涛进了一家国有旅行社。三年后他们在北三环外租了一处房子，建立起新的家庭。又过了一年，夫妻俩双双辞职，在亚运村附近开了一家小饭馆，饭馆生意不错，几年下来既还清了债务又积攒了一笔资金。

经济条件改善了，可米红已年过三十，想要个孩子，将来好有个安稳日子。于是他们关掉饭馆，在现在这个地方经营起咖啡馆，由于喜欢古典音乐，就给小店起名“古典风”。经营内容的改变使每月收入大幅下降，这是预料中的事，两人想把更多的时间和精力放在家庭上，收入能够维持日常开销就可以了。

本来事情进行得很顺利，一切都在朝计划的方向一步步展开。可天有不测风云，命运似乎另有安排，就在米红精心搭建理想中的安乐窝时，理想却在瞬间被彻底摧毁。得知丈夫意外出事，伤势严重，米红一下子瘫倒在地，她无法接受这个事实，好几天缓不过劲来。幸亏有父母、小慧的支持和帮助，她才重新振作起来，默默承担起照顾病人和打理生意的重担，这一晃又是四五年。

米叔米婶想让女儿、女婿搬回家住，米红不肯。老两口又提出白天到店里来帮忙照料应涛，米红还是不答应。眼看生意大不如前，女儿不得不拿出积蓄维持开销。老两口一商量，反正退休了，干脆把房子腾出来出租，钱给米红，他们到密云米红姨家去住。

“嗯，明白了，怪不得这几年见不到小米、小梁子，他们受苦啦！”父亲又是一脸沧桑。

母亲的表情很凝重，她一生经历过不少坎坷，上了岁数经不住别人有危难，她理解人在困境中的感受。

“男方家呢，他们不管？”母亲用凝重的表情看着我。

“男方家在四川，应涛一个人在北京。”我说。

母亲用手掌抹了把眼睛，深深叹了口气。她对记忆中那个弱弱的小姑娘满心爱怜，公婆在外地，爹妈又不在身边，要伺候一个残疾人还要挣钱养家，可苦了她。小时候身体就不好，大了还要遭这样的罪，真是一个可怜的孩子。母亲动了感情，一边说着一边不停地抹眼睛。

气氛有些伤感，我连忙打圆场说，小两口过得挺好，米红对应涛照顾得很周到。咖啡馆虽然挣不到大钱，可月月有固定收入，维持日常生活不成问题，不像外人想得那样糟。

母亲似乎好了些，嘱咐我见米红有什么难处记得讲给他们，他们会帮帮孩子。

父亲恢复了老样子，耷拉着脸不吱声，孤单单地坐在沙发上发呆。我不由地同情起他来，走过去坐在他身旁，只是陪他坐着，没有开口说话。

晚饭前利娟和沈聪来了，利娟说她今晚住这里，叫我早点回去。母亲也说年过半百的人啦，禁不起折腾，早早回去休息吧。

想起早上发生的事，心里仍七上八下。以前父亲从没出现过这种情况，这些年坚持服用降压药，每年参加单位组织的体检，各项指标也还算稳定。今天突然出现状况，是身体发出的警告，还是一次偶然事件？父亲嘴硬，命也硬吗？我一时搞不明白，打算找一天再劝他去医院检查，这样才踏实。可想到他那脾气，我又有些泄气。

我没有坚持自己的想法，这成了我后半生的痛。

茶几上有一个小瓷瓶精巧别致，引起我的注意，顺手拿起来端详。

11

家里没米了，父亲叫我去买米。

我骑上他的自行车去粮店，从粮店出来后，将米袋夹在车后座往家骑。快到家门口的时候，轧到一块石子，车子猛地颠了一下，米袋从后座掉了下来。袋子扎得不牢，米撒了一地，我用手将地上的米一捧一捧地装回袋里。

回到家把刚才发生的事告诉大人，母亲笑了。我以为这次会躲过责备，没想到屁股上还是挨了父亲一脚，这脚用的是内脚背。不过他也没占什么便宜，他不得不花半天时间陪母亲将五斤大米一粒粒挑拣一遍。事后父亲好像对那一脚有点后悔，星期日带我去二七剧场看了场电影。

那年我上小学三年级，骑自行车只会"掏裆"。

银灰色捷达在第一个路口等红灯，我特意朝左侧街里扫了一眼，心想："不知二七剧场还有没有？"

民族文化宫也演电影，但从没进去过。小时候每次路过那里，都被这座雄伟壮观又漂亮无比的建筑所吸引。当时看着那些进进出出的男男女女，我幼小的心总在羡慕猜测，他们该是多么重要的人物啊。

在那个年代，人物的重要性通常是被这样的事体现出来的：他可以进入某类场所，如北京友谊商店、人民大会堂；他可以得到普通人平时不易得到的东西，像某件商品的购物券、只在特定日子供应的食品、内部放映的电影票；还有就是他家的院门总是关着的，似乎从未被人推开过。

我的父亲不是什么重要人物，那些事也从未发生在我家，就连二七剧场的电影票，也是他的同事作为“处理品”塞给他的。

多年后当再次路过民族文化宫时，我对这座建筑的印象完全不同了。

一个初中同学的姑奶奶住在西单，我们常去西单玩，顺便看望姑奶奶，每次去那位同学都会有三块钱进项。那时的西单路口不像现在这么宽敞气派，西南角是淮阳春饭庄和又一顺饭庄，西北角是一家水果糕点铺，东南角有一家文具店和庆丰包子铺，东北角是一个足球场。令人难忘又值得炫耀的是，我们在几家饭馆花过不止一次三块钱。

驶过西单路口，电报大楼的钟响起东方红乐曲，接着是两下浑厚悠长的报时声。

大楼对面原是首都电影院，每当电影放映前也会敲两下钟声，与电报大楼的钟声很相似。二十世纪七十年代的头几年我在这座电影院看过不少次电影，国产片、朝鲜片，还有南斯拉夫和罗马尼亚的。朝鲜电影《看不见的战线》是一部反特片，影片开头一个韩国特务趁雨夜潜入朝鲜，他走进一家小饭馆，服务员问吃什么，他说“来碗热乎的”。这句话后来成了我们下饭馆的一句口头禅，时至今日我和当年的小伙伴还会拿这句话逗乐子。

离晚高峰时间还早，宽阔的道路上车流急速。经过新华门和天安门广场就看见王府井饭店，它应该是那个年代北京最高档的饭店吧。

记得有一次去王府井新华书店，路过那里时见一群人倚着饭店外的铁栅栏朝里观望，期待从里面走出外国人，要好好看看他们。当时我是一名高中生，也想近距离看看真的外国人长啥样，但老师告诫我们不得在街上围观外国友人。

记忆不该是压箱底的小儿衣或断了腿的老花镜，应是摆放在案头上的香包，时时散发出勾人思绪的温香。

过了东二环建国门桥再经过三个路口，右转进入一条僻静的街道，很快来到一个小区门前。

春子建议我开车，一来她的住所离地铁站有一段路程，二来她有固定车位不用为停车发愁。

按照她告诉的车位号将车停好，快步来到一个单元门前，先确认了单元号，然后按动了对讲机。

顾不上说话，两人迫不及待地拥抱亲吻，搂抱着一步步挪向卧室，双双倒在床上。

她的床足够宽大舒适，淡蓝色床单散发出一股迷人的浪漫气息。衣服凌乱地散落在地板，我的一只袜子甩到旁边椅背上，像一块肮脏的抹布。

紧紧搂住她，亲吻那多情的眼睛、柔软的耳唇和光滑的脖颈，她双眸微合不停地扭动着头，嘴里发出“啊、啊”的声音。两只饥饿已久的狼把对方身体当作可口的美食，不顾一切地互相撕咬、吞食，将贪婪而温热的情欲注入对方体内。

不可思议，八年单身生活没怎么碰过女人，一天天也过来了。可现在竟度日如年，洗澡时想她，睡觉时想她，坐在藤椅上喝茶时也想她。我问她想不想我，她说“想，时时刻刻都在想，快想疯了”，难怪我们一见面就如此冲动，按捺不住亢奋的情欲。

时间消失了，世界消失了，人的思维也变得麻木而停滞，只有一对疯狂的恋人兴奋地撩拨着生命中的欲火。两个人仿佛被魔鬼施加了法术，义无反顾地跳进火堆，情愿让自己化为灰烬。

我们变换着不同姿势充分享受做爱的乐趣，房间里除了沉重的喘息声和迷乱的呻吟声，一切都凝固了、静止了。此刻，欢爱就是幸福的含义，拥有对方就是活下去的理由。

以前从未体验过这种乐趣，对于两鬓渐染的男人来说不免有些滑稽和残酷。虽然在小说和电影里读到或看到过类似场景，也曾激发起内心的幻想和渴望，但那是一种空洞的幻想和渴望。

今天在春子身上我切实地领略到性爱的美好，这不仅是自然本能的宣泄，更是心灵与情感的升华。不知道现实中的男女是否都经历过这种激情体验，像立军、常凯、炳太他们。

我不是一个纵欲者，否则不会时至今日才学会做爱。在爱欲中我倾注了对一个女人的珍惜，并通过身体零距离接触向她传达了这个信息，如果要用一个词形容这种感受，我宁愿用无与伦比这个词。

床单上布满凌乱的褶皱，松软的蚕丝棉被不知什么时候滑落到地上，空气中弥漫着一股从湿淫淫的汗液中散发出的浑浊醉意。

我们脸对脸微笑，用眼睛告诉对方狼已经吃饱了。瞬间，一切意义都变得毫无意义，大脑像苍白而虚无的空洞，一只乌鸦疲惫地叫着从空洞掠过……

春子一声沉沉的叹息，两眼直勾勾望着我，双手死死地抓住我的脊背。伴随着背上火辣辣的疼痛，我僵硬的身躯瘫软下来，像一具毫无生命的皮囊肉袋。

燃烧的炭火渐渐黯淡，虚弱的小火苗仍在轻佻地跳跃着。四周重归寂静，只闻潺潺溪流发出的轻言碎语。

春子拾起地上的蚕丝棉被盖在我俩身上，她的头偎住我的肩，一只手无力地瘫放在我的胸口，我抬起手臂将她揽进怀里。

“文哥……”

“嗯……”

“我好幸福！”

她的脸在我胸口磨蹭，一缕乌黑的发丝掠过我的鼻尖，弄得那儿痒痒的。

房间位于楼宇的第十七层，窗外没有遮挡物，灰蓝色的天空一览无余。那是平静无垠的大海，我们静静地躺在淡蓝色床单上，仿佛漂浮在海面。两人慵懒地缠绵在一起，谁也没有说话。

时间又回来了，窗外的海蓝色渐渐消退，变幻成纯灰色，在飘忽的光线浸染下床单也变成了灰色。

过了约半小时，两人起身穿衣。春子搭上那条性感的粉色胸罩，示意帮她一把。我光着上身为她系好后面的扣子，她语气娇媚地道了声“谢谢”。我用手指在她翘起的臀部轻轻弹了一下，她扭动着臀部尖叫起来。

性感不仅来自肉体，也来自声音、色彩、表情和言语……

“稍坐一会儿，我去泡茶。”春子从后面抱住我，脸贴住我的脊背。

这套宽敞明亮的三居室，一厨两厅两卫，向阳一侧还有一个很大的露台。三间卧室中两间是现代家居陈设，另一间铺着榻榻米，各房间墙壁上挂有一两幅书画。卫生间配备了智能马桶，餐厅有一个小吧台。整套房子的装饰既漂亮又舒适，礼士路那套小三居和它比简直就是鸽子窝。千禧年以后盖的房子更人性化，当然啦，商品房与福利房不可同日而语。

孟华的生活理念有其道理，虽然话只说对了一半：“物质对于精神具有主导性。”

“一个人住这么大的房子，好奢侈啊！”我看着在客厅摆放茶具的春子。

“不是的啊，这是公司为高级职员租的房子，我不在的时候会有别人住，另外……”她往茶杯里倒茶水，“另外公司总部来北京出差的人，也会在这里落脚，有时候要住好几个人。”

听肖立军说过，春子所在的日资公司为十几家大企业在华北地区代理广告业务，在业界颇具影响力。他以前也在这家公司任职，后来出来单干，注册了自己的公司，目前发展得也不错。

转悠回刚才那间卧室，床单已被换过，现在铺的是带暗花的白色床单。

走到梳妆台前，一张照片引起我的注意：三人合影，中间站着一位中年妇女，左边是一个身材稍矮的女孩，右边是一个高个子男孩。三人表情严肃，没有人们照相时常露出的笑容。

“高中毕业那天，我和母亲、弟弟。”不知什么时候春子站在了身后。

“哦，从照片看分不出是日本人还是中国人。”

“是吗……”

“你父亲呢？”

“死了！”

这两个字说得丝毫没有犹豫，就像事先知道我一定会问。本想说句道歉的话，可不知为什么我没说。

两人不再说话，气氛在短时间内有些尴尬。

回到客厅坐在沙发上，屋内光线开始暗下来，在依稀可见的光线下仍能清晰地看到她的表情。

“同事从日本捎来的抹茶，喜欢吗？”她的脸还泛着红晕，乌黑的长发略显蓬乱，她抬手拢了拢头发，神情怡然自若。

“不错，挺好喝。”茶具是日式的，小巧玲珑，瓷看上去有些粗糙，但握上去很可手。

嘴上说着茶心里却在想：她今天一定很满足，因为我一点也不紧张。

茶几上有一个小瓷瓶精巧别致，引起我的好感，顺手拿起来端详。

“茶叶瓶，在东京一家路边店买的，喜欢的话就送给你。”

“那怎么行，你还要用。”

“那怎么不行，可以再买一个，拿去吧。”

“谢谢啦，我很喜欢！”

春子放下手中的茶杯，凑过来偎在我怀里：“人都送给你了，它又算什么……”声音懒懒的，那只手又不安分起来。

她的神情瞬间变得迷乱，双唇张启呼吸在加重，隆起的胸脯剧烈地起伏，目光中流露出渴求。我的心脏由快走变成小跑，咚咚地撞击着胸膛。她的挑逗让人无法抗拒，我动手解她的衣扣。

我们把沙发当成了床。

天花板在旋转，屋内陈设不时地错乱着位置，空气中又散发出那股浑浊的醉意。激情来得更为猛烈持久，膨胀的生命力刺穿了世俗的种种束缚。

一切都似真似幻，既实在又虚妄。

离婚多年的中年男子机缘巧合地遇到一个女人，不顾一切地爱恋上她，终日幻想着她的面容和骄人的身体。有了第一次便渴望下一次，而等待又是那么令人心烦意乱、魂不守舍。在我并不丰富的情史上，记得二十几岁时出现过这种情形，以后再也没有过。我终于懂得没有女人的日子不好过，有女人的日子也不好过啊！

我的生活被春子的介入彻底改变，这种改变强而有力。从此我不再压抑内心的感情，可以畅快地抒发它，因为有人需要它，愿意为它付出同等的回报。

“天哪！……”春子发出一声令人沉醉的叫喊。我的身体早已不由自主。

大海涌起一波波白色浪花，我驾驶着一叶扁舟奋力划向海的深处。天边升起一道夺目的彩虹，那美丽的粉红色在向我召唤。

我拼尽全力划着，去追赶梦想中的伊甸园！

不知出于何种考虑，炳太冷不丁地提起学校的事，让我心头一惊。

12

入冬以来的第二场雪，势头跟头场雪一样大。前天和春子在沙发上缠绵时，外面下雪了，离开她家后雪已经消停。今早又下了起来，大片雪花密密麻麻地从天而降。

坐在卧室阳台的藤椅上，望着窗外纷纷扬扬的雪花心情平静，雪清除了空气中的污染物，也排净了内心杂念。我说不清为什么喜欢雪景，是雪的颜色给人以纯洁之感，还是雪花飞舞看似春花满园？雪花的形成和飘落是一个奇妙的过程，大自然中充满了令人眼花缭乱、又叫人匪夷所思的种种奇妙。

打开窗子，让外面洁净的空气扫荡屋里的污尘浊气。窗子敞开足足半小时，屋内空气清新如洗，家具看上去也都焕然一新。

电话铃响了，金将军找我。

下午一点三十分，金将军准时到达，我一出院门就看见那辆白色大众。

在副驾落座后，我和后排的吕欣寒暄了几句。我问她永哲一人在家没事吧，她说没事，现在儿子巴不得爹妈出门呢，说看见我俩就烦。我笑了，青春期的孩子不待见父母啦，他们不再需要甚至厌烦大人们喋喋不休的关心。

“臭小子！”炳太也笑着骂了一句。

雪越下越大，路上行驶的车辆速度都不快。炳太看了看车上的表，嘟囔了一句：不知两点半能不能赶到。

我问他立军平时这么忙，怎么有闲工夫出来赏雪。炳太说正巧赶上周末，大忙人也有闲情逸致的时候啊。

驶过军事博物馆在京西宾馆路口赶上红灯，炳太将车稳稳停住。他轻声告诉我，今天春子不来，立军说她有事回日本总部去了，过两天才能回来。

我随口“嗯”了一声，可心里纳闷，怎么不打个招呼就走，即使临时决定也不妨来个电话。

到达颐和园门口，时间是二点二十分。炳太停车时我接到肖立军的电话，他和常凯已经进了园子，让我们到了就进去。

三人买票进了园子，见肖立军和常凯站在正面大殿台阶上。

五个人凑齐后，立军搓着手说，咱们别像没头苍蝇似的瞎逛，天气太冷，各位腿脚也都不年轻了，不如找个地方坐坐，赏赏雪景。炳太往手上哈了口气说，好呀，到哪里坐呢。立军说石舫那边有个茶楼，到那去吧。

一行人沿长廊缓缓而行边走边聊，肖立军凑过来低声说，上午给春子打电话，她正在机场候机准备回大阪，下周才能回来。我告诉他在路上炳太说过了，他“啊”了一声。

雪天颐和园真的很美，白色是主调，柔软而厚实的落雪覆盖着亭台楼榭、山石树木，温暖着冰冻的湖面。抬眼望去，几处绿柱红栏、黄墙灰瓦从单调的白色中跳出来，衬托得景色越发活泼生动。记不得是否雪天游过颐和园，上次是什么时候来的也忘记了，那年和孟华、炳太、吕欣一起游香山，也没进颐和园。

经过万寿山，炳太问想不想上佛香阁，大家都摇头。吕欣拽过丈夫说，跟着大伙一起走，别自个儿瞎跑。

出了长廊不远就到了石舫，果然有一座茶楼。

扶梯而上进到里面，两位中年女服务员正站在柜台后面悄声说话，见有客人来她俩止住话，一脸好奇地看着我们。

肖立军跟她们打过招呼，选了一间背西面东的雅座。

我第一次体验这种略带猎奇意味的闲适，感觉有点意思。我让自己尽量放松下来，好好享受这个下午。

年纪大一点的女服务员端来茶壶、茶杯，年轻些的女服务员端上几盘小吃。

肖立军说他要了一壶铁观音，其他人想喝什么随便要。我说咱们人多，再要一壶茉莉花吧。

雅间里有暖气，几个人嗑着瓜子，吃着蜜饯，品着温烫的香茗。窗外是雪景，桌旁是闲话，心里是散淡的情趣。

雪悄悄地停了，太阳从云层后面钻出来，阳光照在雪地上反射出强烈的光，看久了眼睛会难受。

园子里游人不多，少了平日那份喧嚣，多了一份肃穆和凝练，仿佛它也在歇息，也在静静地思考。

远处冰冻的湖面上，有人试探着一步步朝里走，像是要去南湖岛，他们小心谨慎的样子叫人揪心。几只飞禽不知从何处飞来降落在湖面，停留片刻后又振翅高飞，渐渐消失在远方。

“真美啊，这是世界上最美的园林！”吕欣自言自语。

这位三甲医院的护士长出门前一定特意打扮过一番，脸上化了淡妆，嘴上涂了唇膏，短发一侧别着一枚发夹。她似乎有意掩饰发福的身材，羽绒服下面穿了一件紧身毛衣，恰是这件毛衣暴露出女人丰硕的胸部和隆起的腰腹。在我的记忆里当初把她介绍给炳太时，那还是一个清丽水灵的女孩子，如今当年的模样了无痕迹，看来这些年金将军疼老婆的方式不大对头。

“最美的园林……是啊……”肖立军的语气漫不经意。

他的话音刚落，炳太慢条斯理地说道：“说起园林，怕一时半会儿说不完。”园林艺术是炳太的业余爱好，这个话题显然勾起他的兴趣。“园林设计与空间和方位关系密切，借景立石，疏密有序，与环境浑然一体，那才看出造园人的奇思妙想。如果不受空间限制，随你怎么铺陈对比，收与放、扬与抑、明与暗……”他意犹未尽，却半道打住了。

“园林与地域和气候也有关系，中国南北差异大，园林的格调也不同，不能一概而论。”就像和其他有这样或那样专业背景的人比起来一样，和炳太比常凯自然是外行，但不妨碍他遇到任何话题都有自己的看法。

“而且，别总盯着皇家的、有钱人的园子，”他接着说道，“平头百姓家的也很有看头，青苔翠竹，碎石藤架，还有……种上一陇大葱，养条狗，大姑娘小媳妇在园子里耍，你说有多好！过日子嘛，得有一种生活态度，也得有审美乐趣。”无论聊什么，常凯说话时总是一副庄重表情。

“我那小院里就种了葱，还有白菜、西葫芦、黄瓜，隔壁大嫂每周……”

“哎哎，我说各位，”炳太忍不住打断肖立军，“园林和菜地不一样吧，园林里有赏鱼池，菜地里有化粪池，也不一样吧，扯哪儿去啦！”

我和吕欣都笑了，她靠向我身边悄声说：“我可知道你们男人凑一块都干吗了，没东没西地胡扯，这还没喝酒呢！”

肖立军也笑了，他又提到一处别人没想到的地方，除了皇家园林和民间百姓的园子，道观寺庙里的也算吧。

“还有我们家小区的。”我给吕欣的杯子续上茶水。

“哈哈，怎么给忘了，”肖立军一拍脑门儿，“老沙是教文化史、艺术史的，应该也懂园林艺术，有什么高见，快跟我们说说？”

我收起脸上的笑容说道，家属院里的花园天天看，越看问题越多。如今城市居民都住小区，每个小区都搞园林建设，占地面积挺大花钱也不少，请的都是专业机构，可做出来的活儿往往弄巧成拙，更别说格调了。

这么一说众人纷纷表示赞同，常凯举出他家小区的花园作为佐证支持我。可说来说去大家觉得这个问题没那么简单，也就没人再发表什么意见。

常凯侧头注视着什么，随他的目光看过去，雅间窗台上摆放着两盆花，红红的花朵很好看，但我叫不出花的名字。

常凯起身走到窗台前，用手摸了摸花瓣，又俯身闻了闻，转身面对大家：“你们看，这花儿草儿是真实的吧，露水的湿润，叶瓣的嫩滑，土壤和花蕊的气息……可一旦把这些花儿草儿写进一篇优美浪漫的散文里，它们依然很美，可你却触摸不到生命的质感。”

这家伙！真叫人捉摸不透，突如其来地说了这么一段话，说花草还用了儿字，像念戏词儿似的。在座的一时都没反应过来，只是盯住花看。常凯回到座位上，一副做完报告等待大家鼓掌的神态。我也在等待掌声，可雅间里很安静。

雪又下了起来，没有午后那样急迫，稀稀落落的雪花懒散地在空中飘洒。

几个男男女女的游人在附近游逛，一人手指远方像是看到什么，其他人探头瞩目朝那方向望去，还不住地点头附和。

年纪大的女服务员拎着暖瓶进来续水，肖立军又要了两盘南瓜子。

他突然兴致大发，提议说面对如此美景应该有诗相伴，谁开个头吟诗一首以助雅兴？

没人搭茬。

他看金炳太，炳太一愣神，说有点饿了，先嗑会儿瓜子吧。他转而看常凯，常凯噌的一下站起来，不行了，得去趟洗手间。肖立军一拍桌子做出生气的样子，不过是作首诗，又不是上绞架，怎么就这么搪塞狼狈呢！

我哈哈大笑，肖立军看着我摇了摇头。

他正生着气，常凯笑嘻嘻地回来了。肖立军打定主意要和发小过不去，他冲常凯说道："现在压力解除了吧，今天你要作不出一首诗来，本座今晚就陪你住在这儿！"

常凯一听顿时抖擞起来，不就是一首诗嘛！他咳嗽了两声，用沙哑的嗓音念道："雪花啊，雪花……"

"停、停，"肖立军做了个暂停手势，解释说此时作诗需是格律，七言、五言均可，做不来律诗就作首绝句。

常凯猜到肖立军故意刁难他，于是瞪着眼说，一百年前新文化运动主张白话诗，毛主席老人家也主张作白话诗，为何你偏偏要作格律，白话诗不是诗吗？！

肖立军听罢也无可奈何，露出一脸苦笑，也好，白话就白话，看你如何作出一首诗来。

常凯仰起头，又咳嗽了两声，继续用沙哑的嗓音念道："雪花啊，雪花，你为何要哭泣？"

他停下来看了看身边几位，大家满目期待地望着他，等待下面的句子。他嘿嘿一笑低头说了句："完啦！"话音一落，响起一片嘘声。

开头这句还不错，只可惜没了下文。肖立军叹了口气，唉，打小儿不好好念书，老了就这水平！从常凯的表情看肖立军说的不是他，他对别人的调侃从不介意。

炳太觉得这个建议让大家有些为难，格律诗讲究平仄对仗，还要会用韵用典，如果平时没点积累，现买现卖可来不及。

肖立军又叹了口气，不赞同炳太的话。他说你看古人每逢良辰美景顺口一溜就是一首千古名篇，再看看你们，半天憋不出个所以来。

"那你就作一首嘛！"刚才一直默不作声的吕欣来了一句。肖立军捅了她一下："我要是行，还麻烦他们干吗！"

常凯似乎有话要说，又被炳太打断。炳太吐了口瓜子皮，不同意肖立军的说法，他说古人能信手拈来那都是饱读诗书的秀才，知识分子，并非一般人哪！

肖立军一听鼓起眼珠子，一脸的大惑不解。他放下茶杯说："各位，在座的五个人，两个博士，一个硕士，一个学士，只有常凯没上过大学，可书读得不比谁少，古时候这都是太学出来的，难道不算知识分子吗，作首古诗就这么难？"

如此一说，炳太自觉理亏，声音缓和许多，笑着说别说作古诗，现在连中国字都快不会写了，提笔忘字是常事。他的话引起共鸣，大家你一言我一语地诉说起各自相同的经历，雅间里响起一阵阵笑声。

肖立军嘴里一个劲念叨："唉，都是知识分子，诗不会作，字不会写，赶明儿话也不会说了，看你们怎么办。"

常凯一脸不屑："不会作诗不会写字，也没有变成文盲，还不是照样读书、教书、写书，个个过得都挺好。你说的明儿指什么时候，一百年以后还是一千年以后？"

肖立军"哼"了一声，没理常凯。

雅间里异常安静，大家默默地望着昆明湖。黄昏时分阳光不再强烈刺眼，灿灿的霞晖落满湖面，给僵硬的冰冻铺了一层柔和。

不知出于何种考虑，炳太冷不丁地提起学校的事，让我心头一惊。

他对立军和常凯说，那个女生在信里对我的授课内容仅仅表达了某种困惑，提出一些质疑和不满，并无过激言论，不像有什么特定目的。据说她事先让冯雍看了信，冯雍为她做了一番深刻剖析，又上纲上线、添油加醋，结果口味就重了。信的署名只有女生一个人，外人并不知晓其中还有"高人"参与。现在冯雍的正高职称已经批了下来，又当上院长助理，一副春风得意的样子！

这些"小道消息"我早已知道，前些日子炳太告诉我时，一股怒火直冲脑门儿，真想找冯雍送他点“血光之灾”，大不了落个“激情揍人”的罪名。可冷静下来一想，消息是真是假没弄清，跟小人置气只能伤自己，况且把事情捅到台面上我未必占理。

当时既气愤又郁闷，找炳太喝了顿酒，骂了几句出出气，也就这样了。我不能将自己的观点强加给别人，也解释不清学术和其他什么的关系，既然说我错了，那就认吧，退一步海阔天空嘛。可后来每当想起这事就后悔没揍他一顿，凭我的体格肯定打得过他。

这些事肖立军和常凯不知情，他们知道的只是校方公布的消息，我又不想让他们了解更多内情，事情已然过去，不要再去纠缠。可今天炳太突然把旧账抖搂出来，势必会引起肖、常二人的反应，这教人有点担心。

果然，炳太说的过程中，肖立军和常凯一直没作声，脸色越来越难看，常凯几次想插话都被肖立军拦住。

炳太刚说完，常凯马上嚷嚷道：“我看这小子欠揍，哪天找几个哥们儿……”

“先别急，”肖立军打断他，“目前有两件事，一是确认冯雍到底参与没参与，二是抓他个把柄。第一件事可能费点工夫，第二件事好办，没有不上钩的鱼。”他看着炳太，“这样吧，哪天你约他出来喝顿酒，祝贺他评上教授，又仕途得意。”

“立军，”吕欣有点紧张，说话时眼睛盯着肖立军，“就算冯雍是个小人，咱也不能动粗，不能做违法的事啊！”

肖立军朝她摆摆手：“你放心，咱好酒好菜伺候着，绝不动他一根手指头，那太蠢了。”他又瞟了一眼常凯，常凯点点头。

炳太看上去有些为难，没有马上接茬。我理解他的难处，一来我们平时与冯雍走得不近，突然请他喝酒难免事出唐突；二来我出事以后，有传言说冯雍做了手脚，可又没有真凭实据，双方见面照样打个哈哈，但彼此都提防着对方，这时请他出来恐怕有醉翁之意之嫌。

我正寻思着，炳太开口了，过一段时间吧，等周家荣退休两个人一起请，更顺理成章。肖立军说那也好，这事就拜托炳太啦。

两人一起请倒是个办法，但猜不透肖立军肚子里究竟打的什么鬼主意，这哥们儿荤素通吃，吕欣的担心并非杞人忧天。可一想到能给冯雍一点小教训，似乎也不为过，有时候心太善会让小人蹬鼻子上脸。

年轻的女服务员走了进来，手里拿着两样东西。她看了一眼客人说，这是介绍颐和园的小册子，免费送的，这是介绍颐和园的光盘，收费的。说完她看着我们，问要不要。

肖立军接过册页，这个我们要了，光盘以后再说吧，说完又补了句谢谢。女服务员微微一笑说没关系，转身出了雅间。

他拿着册页翻了翻，轻声叹了口气："清朝皇帝为了一个人花这么多钱修这园子，真让人不可理解，拿这笔钱充军费不是更好吗！"

炳太斜了他一眼："按你说的去用这些钱，今天我们在这看不到这处文化遗产了。"

肖立军咂巴了一下嘴："倒也是，可这笔钱给老百姓也好呀，还能彰显咱大清朝皇恩浩荡！"

常凯也叹了口气，把手里的瓜子皮往桌上一扔，摆出一副架势："中华两千多年帝制，皇权是百姓苦难的根源，却被朝廷说成是百姓幸福的源泉，这理到哪儿说去！"

我跟着叹息了一声，心想他要是再会作诗那就更好啦！

苦难不可怕，可怕的是看不到它的结束，而人的忍耐力是有限的。

13

夜里起风了，早上风速达五六级，呼啸的北风一波波拍打着窗子执意钻进屋里，无声地摔碎在地板上。

今天是周末，要回父母家。

在利娟住的小区附近为父母买房是我的一个英明决策，无须时刻挂念两位七十多岁老人的日常生活，有利娟在他们身边让人很放心，每周乃至两周回去一趟也没问题。

客厅里摆放着饭桌，上面有案板、面团和馅儿，利娟擀皮母亲包。

我问妹妹什么馅儿，母亲回答白菜韭菜猪肉。我朝沙发走去，边走边说多放点盐，上次包得太淡，不香。

父亲坐在沙发上手拿放大镜看杂志。他反驳我说，搞那么咸干吗，钠吃多了伤血管，血管伤了就得高血压，这些常识人人都懂嘛！

我说白毛女的头发怎么白的，没盐吃，盐少了浑身没劲。说完我等待他下面的话，并且想好了该如何反击。

奇怪，这回竟然没能挑起他的战斗精神。他头也不抬地看杂志，丝毫没有继续下去的意思。我落了个无趣，只好偃旗息鼓。

母亲乐了，听父子俩斗嘴是她的一桩乐事。她低头包饺子，嘴里缓缓说道，以前经济条件差，包饺子只担心肉够不够，油够不够，从来没跟盐较过劲。现在条件好了，人越来越讲究，活得也越来越仔细。

利娟边擀皮边搭话，以前有啥吃啥，没那么多讲究，人活得挺好。如今这也不敢吃，那也不敢吃，搞得人吃口饭都闹心，全怪电视看多了。说罢她瞅了我一眼，又瞅了老爸一眼。

这番话要是出自我的口，爱看电视的老爸肯定会跟我理论一番，可出自利娟之口，他一声不吭，权当没听见。

我挨父亲坐下，跟他说起部里以前管后勤的马司长。他摘下眼镜，丢掉手中的放大镜，耷拉着脸瞪着我：

“马胖子？肺癌晚期？你听谁说的？”

“院里人说的。”

“唉，这个马胖子啊！”他揉了揉眼睛，又陷入了对往事的回忆。

父亲对这位比自己年长一岁的老同事颇有好感，人随和口才也好，就是好抽烟喝酒，一天两包烟，什么时候进他办公室都是一股子烟味。

“听说现在瘦得皮包骨。”我说。

“那还不瘦，得了癌症吃不下喝不下，不瘦才怪！”

父亲又是一脸沧桑扭头望着窗外，那些尘封的往事总能勾得他多愁善感起来。只有这个时候，在我眼里他才是个有感情的人。

“爸，”我低声叫了一声，“您这辈人可要好好注意身体啊，身体好生活才有质量。”

“当然，”他扭过头来，“上心着呢，吃喝拉撒睡都得留心，每天按时吃药，每年参加体检。现在呀老同事凑一块就是聊健康问题、饮食问题，人人都怕死啊，哈哈！”他终于笑了，似乎从往事中逃了出来。

我借机提起上次犯病的事，建议他去医院查查。他摆摆手一脸的不以为然，说上次就是起床急了点，一会儿就好了，后来再没出现过那种情况。当然重视是应该的，前两天利娟给买了一瓶硝酸甘油，有事可以救急。我说去医院检查也不费事，有问题早发现早治疗嘛。他明显不高兴了，瞪着我说，身体好好的非说有病不成，医院又不是啥好地方，进去就别想再出来！

看这架势，我没再劝。人老了越发固执，好像他几十年的经验是亘古不变的真理。

利娟边喊吃饭边摆放着筷子、小碟，母亲端来两大盘热气腾腾的饺子，四口人围坐在桌旁吃午饭。

我夹起一个饺子，吹了吹一口咬下去。“妈，您这和馅儿的手艺越来越绝了，不咸不淡，不油不腻，正好！”母亲绷着脸：“我看够油腻的，要不怎么油嘴滑舌呢！”利娟哈哈大笑起来：“好吃你就踏踏实实吃，别跟桃桃似的边吃边嘚啵。”

我咬了口蒜，一连吃下三个饺子，用餐巾纸抹抹嘴，吸溜了一下鼻子。

“哥，我给你讲个故事吧，不，是真的，妈刚给我讲的。”没等我开口，利娟就绘声绘色地讲了起来。

那天吃过晚饭老两口下楼遛弯，在电梯里发现只小鸟，小小的是只雏鸟，看见人害怕地躲在角落里。电梯门一开，它就飞了出去，翅膀还没长硬飞不高也飞不远，等人出了电梯再找，找不见了。

外面风大气温也低，老两口遛了一会儿就回来了。在楼道里又看见小鸟，它在地上蹦跶，见人来扑扑地扇着翅膀躲进一户屋门犄角里。人走过去看，它仰头也看你，浑身抖抖的，不知是吓的还是冻的。

进屋后父亲找来两个药瓶盖，一个盛小米，一个盛水，要给小鸟送去。回来后他在客厅来回溜达，嘴里一个劲嘀咕。母亲问嘀咕啥呢，父亲说天气这么冷，小鸟在外面待一宿会冻死的。母亲说那还等什么，你把它抓上来，放在屋里就不冷了嘛。

老头子一听转身又出了屋门，回来的时候手里抓着那只小鸟。到灯下一看，蓝紫色和浅黄色羽毛，爪子又细又长，小脑袋晃来晃去。母亲找来纸箱子，里面撒了些小米，放了一小碟水，晚上就让小鸟睡在这里吧。

第二天一早，母亲听见纸箱子里噼啪噼啪乱响，走过去打开箱盖。小鸟扑地飞了出来，落在客厅地板上，小脑袋左右摇摆，东瞅瞅西看看，可爱极了。

父亲抓起小鸟把它放到阳台上，这里阳光充足又有花，你一定喜欢，这是你的家啦！

小鸟在阳台上飞来飞去，一会儿飞到晾衣竿上，一会儿站在花盆沿，小嘴啄着盆里的土，不时发出吱吱的叫声。

老两口喜欢得不得了，母亲说跟老赵借个鸟笼子把它关起来吧，别不小心开窗户给跑了。父亲说不急，你没见它这么高兴，关进笼子里多憋屈，鸟跟人一样谁愿意待在监狱里呀。

吃过午饭老两口睡了一觉，醒来后父亲就往阳台跑。突然听他喊道：不好啦，小鸟死啦！母亲还在床上躺着，闻声赶忙起身来到阳台。只见小鸟躺在窗台上一动不动，头缩在翅膀下面，两只小爪子软软地伸开，旁边有几摊白色排泄物。老两口又伤心又惊讶，上午还好好的，怎么一会儿就死了呢！

父亲打电话把楼上老赵喊下来，他是老爸的棋友，家里养了好几只鸟。老赵站在阳台上左瞧瞧右瞧瞧，又在花盆里翻了翻，问母亲，嫂子，花盆里这些彩色小粒粒是化肥吧。母亲回答是呀，前天撒的，难道……？老赵说很可能啊，小鸟吃了化肥烧坏了肠胃。

父亲嗔怪道："你瞧你，没事撒化肥干吗。"母亲满脸委屈，我哪里想到有这一出，转而又冲老头子说："我叫你把它关笼子里你不关，还说什么监狱，早点关进去不就没事啦！"母亲叹了口气："唉，小鸟多可怜，来咱家不到二十四小时，本来是为它好，想让它活得舒服，养好了咱们也有个乐趣，没想到好心倒害了它！"

说到这儿利娟笑了起来，母亲在偷偷抹眼睛。

我历来不主张家里养宠物，除非有足够的时间、耐心和经验。桃桃一直闹着养宠物，利娟犯嘀咕，最后沈聪还是抱回来一条小狗。它在利娟家只养了两个月，沈聪就把它送去桃桃奶奶家。小狗像小孩子一样需要人的陪伴，也需要与人交流。

“妈，您别多想了，就是一只鸟，您和我爸想养的话，叫沈聪买两只来。”利娟察觉出气氛不对，忙去安慰母亲。

“千万别，养不好再死了，我可受不了。”母亲缓过神来。

利娟斜了我一眼，像在说：“真不该给你讲这个故事，惹得妈伤心。”

我起身要收拾碗筷，母亲说不着急收拾，坐下说会儿话吧。

“哥，”利娟给坐在沙发上的老爸端过一杯茶，回到饭桌叫了我一声，“听妈说米红开了间咖啡馆，挺能干的嘛，可她丈夫这个样子怎么办哪！”说着她用筷子翻腾着盘子里的剩饺子。

见我没吱声，她又说：“小时候她可爱跟我玩呢，看见我就娟子姐、娟子姐地喊。我带她来家里，她怕咱爸不怕咱妈，妈给她糖她就吃。后来她学小提琴，人挺聪明的。”

她把饺子一个个摊开。“米红胆子可大啦，有次在院里玩，我衣服上落了一条大肉虫子，吓得我直叫，她过来一把抓在手里，放在手上玩。我让她快扔掉，她慢慢地把虫子放到树上，还说人不能伤害小动物，让它回家找妈妈去吧。”

利娟拿来一个餐盒，将剩饺子往盒里装。

母亲唉了一声：“听你哥说她爱人以前好运动身体棒，谁想到受了伤，落下残疾，这几年躺在床上全靠米红伺候。她还是个孩子呀，要操持家务，又要打理生意，你说有多难，唉，这孩子！”

也许想起米红小时候那副样子，爹妈为她省吃俭用，日子过得挺紧张。如今经济条件好了，孩子也大了，可生活却不如意，这才触动了老太太的情绪。

“你们别用老眼光看人，现在的米红不一样了，前些年两口子做生意干得挺不错，挣了不少钱。”我说。

“她现在什么样？”利娟装好了饺子。

“现在……你去看看不就知道了。”

“那倒是，可哪有工夫啊，今儿这事明儿那事，没一刻闲着，等抽空我真想去看看她。”

“见到她你肯定认不出来了。”

“不会，从小一块的还能认不出来。”

我和利娟你一言我一语说着，脑海中又浮现出一大一小两个米红的身影。

她的父母和我的父亲在同一个单位上班，两家住同一个院子。我比她大，大许多，她可以叫我叔叔，虽然我更喜欢“哥”这个称呼。

年龄差距让一个年轻人不会去注意比他小那么多的小姑娘，甚至无须多看她一眼。利娟喜欢她，带她玩，那次摔倒我跑过去扶她，这对我们来说不算什么，但对她也许有意义，特别是当她在院子里感觉孤单的时候。

后来她长大成家，同龄女孩子沉湎于花前月下、灯红酒绿时，她和丈夫一起创业，经营餐馆、咖啡馆，为自己未来的人生努力打拼。而当同龄女孩子满怀爱意哺育小宝宝时，她却失去了这个机会。她不得不面对接下来的生活：每天伺候丈夫的起居饮食，处理他的大小便，还要打点咖啡馆生意。她被命运无情地困在一个狭小的空间里，无暇和朋友、同学聚会，也难得见上父母一面。一成不变的生活日复一日、年复一年地考验着她的忍耐力，四年过去了，她还能忍受多久？苦难不可怕，可怕的是看不到它的结束，而人的忍耐力是有限的。

春子应该幸运些吧，我们做爱后她说她很幸福。

女人的幸福是什么，她们渴望得到什么，如果得不到她们活下去的信念又是什么？

我不确定对这两个女人更了解哪一个，也许对米红了解多一些，但也只是表面化的知晓，还没有机会看到她真实的生活和内心世界。她给我的印象总是那么飘忽淡然，令人捉摸不定。春子显然更透明些，热情大方、无所顾忌地追求自己的所爱，在感情方面宁愿做主动的一方，也不愿做被动的一方，这或许是她幸运的原因。作为成熟女人两人风韵相当，区别在于外在表现力。在春子面前我很容易产生性冲动，在米红面前就不会，她看人的表情和说话的语气让你心无旁念。

这就是那时我对她俩的认识，说不上深刻，但我丝毫不怀疑自己的判断力。只是后来我逐渐明白一个道理：你所看到的往往不是真实的，至少不是真实的全部。明白这个道理后，我对任何人或事的初步印象都持一种审慎态度（这个道理与春子和米红无关）。

母亲开始收拾饭桌，利娟系上围裙准备洗碗，而我木然地坐在那里不知道该做什么。

我有点后悔将米红的事告诉家人，这么做的效果完全出乎意料。我本想告诉他们米红很有出息，年龄不大却做了那么多事，挣了钱还积累了生活阅历，虽然遇到困难但无怨无悔，她是个重情义又倔强的人。没想到的是，家人一提起米红就满是伤感，搞得气氛挺压抑，这又何苦呢！我不想让米红在家人心目中留下这样一个印象，这个印象有些失之偏颇。如果母亲和利娟总是用老眼光看人，说明我向她们传递的信息不完整、不准确。

“小米、小梁子过得怎么样啊！”坐在沙发那头的父亲突然冒出一句。

这是一首老歌，记得在什么时候、在哪里听过，应当是多年前的事。

14

那天从颐和园茶楼往园外走的路上，肖立军提到一件事。春节期间他准备带公司几个外地员工去本州旅游，问我去不去。

我说前年去过，近期没有再去的打算。肖立军鼓动说，炳太要回吉林去不了，常凯去，你也去吧，只需付往返机票，在日本的食宿他包了。我问初几出发，他说初二走初六回，五天四宿，现在就得办签证，订机票，订酒店。

我盘算春节期间父母、利娟那边有什么事，想来想去想不出什么事，就说可以去。见我答应了他很高兴，说那时候春子应该在大阪，方便的话可以为我们当导游。我“嗯”了一声，只说“那挺好”。

这些日子我和春子每周都要见面，经常一周两次，去我那里或去她那里，两人关系达到“白热化”程度。但在肖立军面前，我尽量回避谈论春子，倒不是想隐瞒这层关系，只是觉得没那个必要。

阴天，无风，空气有些浑浊，没有阳光的日子心情会低落。

刚下站台就听见列车进站，早高峰已过，地铁里乘客寥寥，我在车厢靠门的位子坐下。

不结婚，不要孩子，一辈子只恋爱，她到底是怎样一个女人？

在理性上我理解这种生活观念，当今不少年轻人持这种观念，但我还是想探究背后的原因。她不缺乏爱的激情，却否定婚姻，是相信“婚姻是爱情的坟墓”这句老话吗？

春子的出现使我的生活有了意义，但她身上笼罩着一层纱，看不清背后的真实细节。

我跷起二郎腿，随即又放下，将双臂交叉在胸前。

列车缓缓驶进站台，邻座的女乘客起身下车，上来一位男乘客坐了下来。

我也一度怀疑过婚姻，那是基于对爱情持久性的拷问。当两人激情过后，新鲜感消退，爱情也就死亡了。如果你对男女之情有太多需求，渴望下一次激情到来，那么现存的婚姻无疑成了一种束缚；结婚以后你要忍受漫长而一成不变的家庭生活，每天面对世俗世界的种种琐事，无休止地重复单调乏味的日子，眼睁睁看着自己在庸庸碌碌中一天天老去却无能为力，你会对婚姻产生厌倦感；再有，当你看到别人糟糕的婚姻从而产生恐惧时，咬定这辈子绝不过那种生活。

可爱情是什么，难道只是三米见方的一张床上的游戏？

隆隆作响的加速声打断了我的思路，金属大虫再次驶离站台。

从相爱到结婚应当是一个自然过程，一个使感情收获圆满的过程，为什么要人为地阻断它。爱情从成长、勃发再到衰落、死亡，是否与婚姻有着必然联系，人有没有智慧和力量让爱情之树长青，如果没有这种智慧和力量，为什么要把爱情失落的责任推给婚姻呢？

婚姻不过是爱情的一种形式，尽管不是最完美的形式，既然你们真心相爱，为何不肯为家庭生活承担责任，为何要害怕离婚！

除非爱情或婚姻本身就是缺陷所在，与人的处理方式无关，果真如此，那就看你是否肯为这种缺陷支付修理费。依年龄我倾向老派观点，若依所受的教育，我不会排斥新事物。我理解婚姻和家庭的多样化趋势，但相信无论谁生命中都不能没有爱情。问题不在于婚姻，在于人性。

有人向往单身生活，对此我最有发言权。选择单身需要勇气和毅力，每天同样要应付世俗生活中的一切，还要忍受长期的孤独寂寞，逼迫自己像品尝美食一般去品味这份孤独寂寞。当你独守在空荡荡的屋子里无所事事，只好自己和自己说话，这种日子不是局外人能感受的。生活给了你自由，你必须为它偿还代价。

车厢里响起报站声，我站起身。走出站口时，电报大楼的钟敲了十下。

图书大厦里人很多，想看的书不多。尽管兴味索然还是买了一本《小说写作技巧指南》，既然尝试写小说，就需要学习一些新知识。

春子不喜欢小孩吗？

离开图书大厦继续向北，走进购物中心。

三楼的货架上摆满各种品牌款式的男女皮鞋，每个货架前站着一两名女销售员。

“先生想买什么鞋，休闲的还是配西装的？进来看看吧，您瞧这是意大利进口皮子，坐下来试试？”女销售员紧随身后，一边引导顾客走近货架，一边热情地介绍自家商品。

我向她点点头：“谢谢。”

走出这家售货区来到邻近一家，这家的销售员马上靠上来，说的话和上一家一样，我也重复着刚才的话。一连经过三家，遭遇相同，不敢再去第四家，生怕自己的意志瞬间被销售员的热情摧毁。我暗自祈祷，那些女销售员别再来打扰，让我安安静静地看一看，相中了什么自然会找你们咨询的。

小心地沿着过道中间走，不轻易靠近哪家领地。我不想再“伤”那些女销售员的心，也不想被她们所“伤”。

向左拐经过两家领地再向右拐，无意间看到一家货架上摆放的一双皮鞋，便毫不犹豫地走了过去。

拿起鞋端详一番，然后坐在矮凳上试了试。身边的销售员嘴里不停地说着什么，我一句也没听进去。

把鞋放回原处，看了看价签，“一千二百元”，有点贵啊，可是……样子不错，穿在脚上很合适。根据以往的经验，一双鞋可以穿十年，每年一百二十元，每月十元，每天几毛钱，还是负担得起的。我自以为聪明地算了一笔账，看着女销售员笑吟吟地开完票，然后到收银台付款。

在五楼餐饮区吃了一碗卤煮火烧，我对炒肝、麻豆腐不感兴趣，却钟情卤煮。

吃完饭拎着漂亮的商品袋下楼，走出购物中心时舒了一口气，对今天这笔消费我十分满意（两个月后我在新街口路边店看到一双长相一样的鞋，标价七百九十元）。

按原路折回，脑海中浮现春子的容颜，白皙的皮肤，细细的眉毛，含情的眼睛……那是令我时时心动的姣好容颜。

走下地铁站乘上西行列车，乘客比来的时候多，人只能站在角落里。

可是春子需要爱情啊！

“伍德豪斯夫人，一位年过三十岁的寡妇。无论在生活上还是在情感上，她会遇到这样或那样的困扰，需要一个人给予帮助和鼓励，需要有人在身边倾听她诉说，安慰她。这个人不是姐妹，而是一个能够理解她、在精神上支撑她的男人。

“在寒冷的冬夜，她需要一个温暖宽厚的胸膛可以依靠，需要体验任何女人都无法给予的那种刺激和疯狂。在无力控制身体里燃烧的欲火时，她需要一个男人来熄灭火焰，让她沉入宁静而虚幻的深海之境，去掉一切世俗的羁绊和伪装，还原一个赤裸而真实的灵魂！哦，上帝啊，男人！

“在夏日那潮湿、闷热的傍晚，空气中弥漫出烦闷与无聊的气息，她突然地意识到生的无趣与无奈。当一个人倦倦地斜倚在沙发上时，他出现了，一个不经意的微笑让她重又容颜焕发，眼里漾出明媚的春光，脸上绽出盛开的花朵。

“接下来要做的不过是自然界中最普遍的行为，也是自然进化中所有物种生存的第一法则，唯一不同的是，人类的性行为不仅仅为了繁衍后代。”

这是二十世纪七十年代在京郊插队时在一本翻译小说里读到的内容，我把它抄在了笔记本上。从文学作品中读到的这类文字，对我青少年时期性意识的觉醒发生了不容低估的影响。当然到了现在这个年龄，再读这类文字感受完全不同。

春子需要什么样的爱情呢？

回到家坐在阳台藤椅上，思绪随着目光移向楼下花园。

一路上我问了自己无数个问题，却不知道答案在哪里。在怀柔小院聚会时春子说，如果有一天人弄懂了爱情，恐怕不是不会恋爱，而是不想恋爱，至于为什么她没有进一步解释。那天常凯也说，所谓爱情不过是人体内某项生化指标的变化而已，按他的话说也许自然法则能够诠释人类的行为模式。可问题是，在人类真正掌握自然法则之前，人无法充分解释自身行为，因为它的社会动机过于复杂微妙。

花园里的四季变换给了我一种自然秩序的启示，很多事情人无法掌控，这个时候如果必须做出选择的话，感觉比理性来得可靠。

春子究竟是怎样一个女人，持有怎样的生活观念和生活态度，这需要长期相处才能了解。眼下要考虑的是，我们是否彼此欣赏，彼此认可，彼此接受。春子就是春子，就是你所感知到的那个活生生陪你聊天和你做爱的女人。

想到这儿，我起身离开了藤椅。

午睡过后东翻西找总算找到了小蓝本，去医院开药得带上它。

今天医院里人不多，前面只有两个病人。出诊的还是那位男医生，他看过我的血压记录说，控制得不错继续服药吧。我接过处方下楼交费，然后到药房取药。

回家路上去了“古典风”，我和炳太约好在那里见面。

米红端来一杯咖啡坐在我身旁，我问她存在这里的钱应该花光了，再续一些吧。她说还有呢，用完了再说。我不记得上次续钱是什么时候，大概两个月了，怎么还有呢。

想再问问她，没等开口米红先说道：“行政司的马司长快不行了，恐怕就是这几天的事。”

消息让人意外，前两天她告诉我马司长住院，这才几天怎么就不行了，人要离开这个世界竟如此匆匆。

见我不说话，米红接着说道：“这个病到后期发展很快，听说又出现了肾衰竭。今天中午表哥开车带我爸妈来了，在这儿吃了午饭，差不多两点去的医院。爸爸说马司长是他的老领导，临终前一定要去看望一下，估计现在从医院出来直接回密云了。”

米叔、米婶进城来了，又没能见上一面。几个月前曾在咖啡馆门口碰见过，当时他们正要回密云，没来得及说几句话，这次又错过了。

我问米叔米婶还好吗，米红说还好，爸爸胖了，妈妈瘦了，人也显老。

我从米红的脸上收回目光投向手中的杯子，她说米婶瘦了，我心里不是滋味。人操心就老得快，这两年老妈也老多了，走路都不像从前那样挺直。马司长住院是个警示，上了年纪说不准哪天就有麻烦，不能不引起重视，必须劝老爸去医院做检查。

咖啡馆的门被推开，“一尊佛”走了进来。

米红起身让出座位，挥手召唤小慧。

我介绍说这是学校的同事金老师，米红叫了声“金老师”。炳太冲米红点点头，目光在她脸上停留了片刻。

我接过炳太手里的袋子：“这是黄自的照片，金老师帮忙做的。”米红先是一怔，连忙向炳太道谢。

见小慧端上咖啡，米红要离开。炳太说找把锤子和钉子，我帮你把照片挂上。米红连声说好，去储物间找工具。炳太巡视了一遍店里，说了句“这儿挺不错”。

米红拿来工具，炳太按她指示的位置将镜框挂好。米红很喜欢，说在所有照片里这张最好，既清晰又有质感，大小也合适。我也觉得照片做得不错，这是黄自最典型的那幅头像，黑色圆框眼镜，头微微斜侧，表情淡定。

对炳太来说这是小意思，学院和设计公司有设备有材料，他经常做这些玩意儿。我告诉米红金老师做这个可是一把好手，她又一再谢金老师，弄得炳太不好意思起来。

一阵客气过后，米红道歉地说耽误你们说话，你们聊我去忙了。

咖啡诱人的香气扑鼻而来，浓重的颜色勾起人的食欲。

音响中播放的是一首通俗歌曲，这在“古典风”不常见。一位不知名的男歌手用略带忧伤的嗓音缓缓吟唱，歌词让人心生感动。

这是一首老歌，记得在什么时候、在哪里听过，应当是多年前的事。我在记忆里搜索，希望能够回想起来。我对这首歌有印象，一定是在某个特定时刻和场合听到过它。可搜索一无所获，记忆里没有留下丝毫痕迹。

喝着醇香的咖啡，听着旋律优美的歌曲。

我想问炳太，那天在颐和园茶楼里为何提冯雍的事，惹得立军和常凯不知憋了什么坏主意。可想想算了吧，炳太不像故意为之，那两位也不至于和冯雍死磕，此时若再提起，炳太反而不安。

我问他最近过得怎么样，炳太说挺好没啥事。可我感觉有事，他吭吭哧哧想说没说，唉，金将军什么时候变得婆婆妈妈了。我一向不打听朋友的隐私，他们不想说的事从不刨根问底。

我对金将军太了解了，智商比情商高，人很实在又很善良，就是不善于表达自己。吕欣跟他搞对象时犹豫了很长时间，后来才对利娟说，“他是个好人”。我一直对金将军的工作和生活是放心的，不像常凯。

今天真是忙碌的一天，人忙起来时间过得很快。

眼看天色渐晚，我说一起吃晚饭吧。炳太露出一脸苦相，不行啊，还得回家给老婆、儿子准备饭哪。

这哥们儿真是个顾家的男人，老婆平时工作忙，他承担起大部分家务，还要兼职挣钱，活得也不容易。

见我俩站起身，米红、小慧走了过来。

“哎呀，文哥买了双新皮鞋，真漂亮！”小慧眼尖。

“是啊，文哥平时不打扮，稍一打扮就挺帅！”米红表情淡定地附和着。

“今天刚买的，穿着挺舒服。”我掩饰住内心的得意。

炳太看了我一眼，又看了一眼米红。我俩向米红、小慧道别后，一起走出了“古典风”。

顺便说一句，吕欣对炳太的评价是中肯的，我不怀疑。但“好人”不一定就是“老实人”，说不准哪天也会令你大跌眼镜。这是后话。

西边的太阳露出疲态，店里上灯了。

15

在你生活过的城市，某个特定地点：一幢楼房、一条街道、胡同口那家副食店、街边那块广告牌，会承载着你的一段记忆。它就像一本日记，每当翻开它，就能看见被遗忘的曾经的你。

在北大读博时，“古典风”咖啡馆这个地方原是一家书屋，那两年不知多少次推开书屋的门，正所谓进时容易别时难。

书屋不大，装满回忆。

第一次进去纯是出于好奇想随便看看，一家个体书店，门脸不大，装修不讲究，几个看上去不起眼的年轻人在经营，能有什么好书呢。

在店里转了一圈，发现书的种类还算齐全，虽然大部分是通俗文学、教学辅导、生活指南之类的，也有一些学术性较强的书，如中华书局编校的中国历史文献类书籍、三联书店出版的西方学术名著汉译本。

选了一本从英文翻译过来的《当代西方艺术思潮》。

“大哥，这种书进得不多，以后需要什么书提前告诉我们，专门给你进货。”坐在收款台上的女孩一边收款一边用大眼睛瞄我。

我对她的话颇感兴趣，不夸张地说，她的话让人心生一丝感动。后来知道她叫乐乐，书屋就是用她的名字起的。

每次从学校回家我都会去书屋转转，空手而归的时候少，买的多是历史、艺术和时政类的书。我会把自己想要而书屋没有的书的名字告诉她们，下次来就会低价拿到那本书。我和她们交上了朋友，乐乐书屋成了我的私人购书点。

不知是命运安排还是年轻人一时冲动，胖乎乎大眼睛的乐乐成了我的恋人。但两人没有从相识相恋发展到相知相爱，更没有走向婚姻，那是一段磕磕绊绊、酸甜苦辣掺和在一起的情感碰撞，最后因双方性格和志向不同使恋情走到尽头。这次经历给了我教训，却没能阻止我后来在孟华身上犯同样的错误。

第一部小说写的就是与乐乐书屋的相遇，主要情节是我和乐乐那段说不清道不明的恋情。

米红也应该光顾过这家书屋吧，不过在那里从没遇见过她。

一周前我把完成的小说交给一个朋友试读，希望他能给出一些评价和指导。今天收到邮件，朋友的回复令我大失所望。

他是师大中文系教授，专门研究中国现当代文学，发表过不少文章，在文学评论界颇有影响。读硕时我们住同一间寝室，彼此谈得来，我很佩服他，也很信任他。他在回复中没说一句我事先期待的话，更没有主动提出帮助联系杂志社，只说“让稿子在电脑里睡一段时间，然后再重新审视”。在所有差评的选项中，这恐怕是最差的选项。不过他又说“这个题材写一部中篇正合适”，这是他给出的唯一肯定评价，让人多少得到些安慰。

小说可以继续写下去，但如何修改一时毫无头绪。

浑浑噩噩地睡了一个午觉，起来后沏杯茶，坐在藤椅上头脑中仍纠结着朋友的回复，“让稿子在电脑里睡一段时间，然后再重新审视”。是啊，既然捋不出头绪干吗非要折磨自己，也许过一段时间该清楚的自然就清楚了。

来到门厅穿好外衣，拿上手机和烟。

冬季下午日落前，我总能在“古典风”享受一个小时令人倍感舒适的时光。

那段时间店里客人不多很安静，音响中传来悠扬的乐曲。小慧在储物间整理货物，或替米红到里屋为应涛拿烟递水。通常米红坐在吧台后面，手托下巴静静地望着街景。她面容红润，神态安详，一边的短发拢到耳后，看见我便露出迷人而深奥的“米娜丽莎的微笑”。

今天她又用那抹微笑迎接我。

在位子坐下后，见她拿着啤酒和酒杯走过来，“想喝啤酒了吧？”她说。回味着那神奇的微笑，我惊讶地想，“她怎么知道我今天想喝什么呢？”

柔和的阳光透过窗子斜射进来，光线中飘浮着细细的尘埃。音响中传来柴可夫斯基的小提琴曲《如歌的行板》，舒缓动听的旋律在人心里激起一波温情。

慢慢喝着啤酒，我们聊起过往的事。

米红小学一年级开始学习小提琴，老师是音乐学院的退休教授，一位慈祥、严厉的老奶奶。跟老教授学习了八年，初中毕业前通过了业余小提琴八级考试，而在她踏进大学校门那年，老教授因病去世。

那些年不管刮风下雨，冬寒夏暑，坐在父亲的旧凤头车后座去老师家上课，父亲的后背就是遮风挡雨的墙。回到家母亲会削一个苹果，或做一碗热汤面，米红说那是天底下最好吃的面。

说到这她轻“哎”一声，喝下一小口啤酒，接着说道，爸妈为她操了不少心，真不知道该如何报答他们。说完人竟笑了，举起酒杯跟我碰杯。

“文哥，又跟你唠叨这些，不会烦我吧？”

“怎么会呢。你平时喜欢听什么曲子？”

“嗯……安静的，让人放松的，钢琴、小提琴、吉他，有时候也会听几首古筝曲。”

也许我把话题转得过快，她回答时表情显得有些不自然。

“那天你放了一首流行歌曲，经常听吗？”我又问。

“哦，谁都会偶尔换换口味，不是吗？”她的表情恢复了常态。她不动声色地眨着眼睛，给两人的酒杯倒满酒。

小慧走了过来，在米红耳边嘀咕了一句。米红叫小慧再拿两瓶啤酒来，随后起身去了里屋。

回来时她一边用纸巾擦手一边跟小慧说了几句话，小慧点点头去了吧台。

很快音响中传来那首歌，哈，太神了，她又怎么猜到我此刻想听这首歌！我放下酒杯微笑着看着她：“以前听过这首歌，歌名忘记了。”

“《为什么要离开你》。”她淡淡地说道。

为什么要离开你，其实我没有理由离去，

和你一起的日子我拥有了我自己。

……

哦，想起来了，乐乐书屋和那段失望又难忘的恋情！的确是多年前的事了，当时我正申请去学校工作。

真该把这首歌写进小说，奇怪的是，为什么没有想起来呢？我把歌词记了下来，修改小说时务必加进去。

我喜欢跟人聊音乐，特别是彼此有共同的兴趣点。那几位哥们儿对音乐一知半解，和他们聊不到一块，能和米红聊音乐是与她重逢以来的一大收获。我曾跟她说，音乐是人内心深处复杂情感的完美表达，喜欢音乐的人大多感情丰富，心灵通透细腻。她说了句“音乐是一种渴望”，并用那抹微笑表示对我的说法的肯定。

“但愿人长久……”我举起酒杯看着她。

“但愿……”她也举起酒杯看着我。

突然想起有个问题早就想问了，她和应涛是如何走到一起的。

米红沉默片刻，语气轻缓地回忆道，他俩是在大学游泳馆里认识的。每次去游泳米红总能遇见这个男孩，他下水后一口气两千米，然后上岸走人。米红很惊讶，怎么能一口气游这么远，而且蛙泳、仰泳、蝶泳、自由泳替换着来，简直像专业运动员。她开始默默地关注他，想和他打招呼。

有了想法机会随时会来，两人终于搭上话，彼此说出各自的名字和专业。米红这才知道男孩叫应涛，旅游管理专业，四川奉节人，和自己同一年级。

那时应涛性情开朗，爱讲笑话，每次都逗得米红笑出眼泪。他们一起游泳，一起去图书馆，假期邀几个要好的同学一起郊游。渐渐地米红喜欢上应涛，想黏住他，“小子，让老娘看上了就别想跑！”一次闺密拿应涛开她的玩笑，她也开玩笑地调侃了一句。

米红脸上露出不常见的爽朗笑容，似乎对当年的勇气颇感自豪。我收起好奇心，后面的事知道了：结婚、辞职、开餐馆、开咖啡馆、应涛受伤、父母去密云……

我想起利娟，她从小受老爸疼爱，谈不上娇生惯养，也任性得很。一次老爸买回一块巧克力叫她和我分，她没有告诉我，一个人把巧克力吃了。母亲知道后偷偷塞给我八毛钱，我买了一大块巧克力。长大后利娟上大学、工作、结婚、生桃桃，可谓按部就班，一帆风顺。她比米红大四五岁，经历却差远了。

生活的磨难会使人消沉，也会使人成熟坚强。米红不愿意米叔、米婶整天看她伺候应涛、忙里忙外的样子，不忍心让他们陷入无休止地为她操心犯难的日子。她三十多岁独自挑起生活重担，对于城市同龄的女子来说，不是谁都能做到的。人们常说只要付出就有回报，不知道这句话对于米红意味着什么。

西边的太阳露出疲态，店里上灯了。

凉凉的啤酒变得温暾，我喝完最后一口酒。

“今天把钱续上吧，早该花完了。”我边说边掏钱包。

“文哥，”米红用手按住我掏钱包的手，“再别提钱的事，以后想来就来，想要什么就点。”

“那怎么成，如果这样的话……”

“没有如果，你来跟我聊音乐，听我唠叨闲事，让人开心得很，真的。”

“不行，这是两回事。”

“一回事，就算我们俩互相帮助吧。”她犹豫了一下，然后说道，“学校的事我早就知道了，也让我为你做点什么。”

我先是一愣，等缓过劲来明白了她话里的意思，顿时感到无比难堪和尴尬，米红早已经知道了！

她告诉我，事情发生后从网上看到的，虽然不了解详情，但她相信我不会做对不起学生的事。她说那以后我来“古典风”的次数明显增多，每次来都独自坐在位子上发呆，以前总爱开个小玩笑，现在连个笑脸都难得一见。她为我感到委屈和不平，可又不知道该如何安慰，希望时间能冲淡一切。

她这么一说，让我想起这段日子来“古典风”的情景。

以前总是小慧招待，米红打过招呼就坐在吧台上。可近两三个月以来，米红很愿意和我聊天，每次都过来坐坐，陪我喝酒说话。现在才明白她不便把事情捅破，只能用自己的方式宽慰我。而我却装出一副若无其事的样子，不仅没有看出她的用心，还对她撒谎，实在是愚钝！我为此瞧不起自己，不配拥有她非凡而又迷人的微笑。

离开学校后，我在外人面前故作姿态，尽量摆出一副一如既往的样子，不想让人看出我内心的感受。自己种下的果只能独享，何必用自己的痛楚引发别人的苦恼呢。可在米红面前我竟表现得如此萎靡不振，让一位比自己小十四岁的女子同情怜悯，可见我的内心并不强大啊！

凝视着米红垂下的眼帘，我心里充满愧疚和感激。

那首听过不只一次的布鲁斯，懒洋洋地游荡在被昏暗灯光笼罩着的咖啡馆内。口琴哼唱出低缓、散漫的曲调，像个坏小子似的恣意亲吻人们的脸颊，不仅让人平添一丝烦恼，也让店内的空气变得混沌迷茫起来。

我发现卧室梳妆台上那张三人合影不见了，它去了哪里？

16

一个男人和一个女人做多少次爱会彼此产生厌倦，十次、二十次、一百次？一年或两年？

若没有相关体验，无法就“刺激—反应”原理得出量化数据。据说刺激与反应的效应正相反，刺激频次越高，反应会逐渐迟钝。

我没有计算过和春子做爱的次数，时至今日我和她从未彼此厌倦。不仅如此，两人之间的新鲜感反而与日俱增，我们总能找到令人快乐的兴奋点，然后兴趣盎然地去享受每一个“意外的”发现。是不是相处时间不长，情感的火焰燃烧得正旺？

在约会这件事上，我有一种环境依赖症，认为私密、舒适的环境不仅使人放松，也让人胆大妄为，心无旁骛地专注于“事情”本身。我俩的约会更多地选择在春子的住所，只有少数几次在家属院我的小三居。

事后我们会去附近一家清静的本帮菜小馆子，春子不习惯白酒，我会陪她喝一瓶啤酒或一杯红酒。酒精的作用很神奇，它会给约会增添不少情趣，这也就是我喜欢爱喝酒的女人的缘故。她们很聪明，找到了生活中的一大乐趣。

乐趣是一种主观兴致，有待你去发现，不善于“发现”的人会平白地失去许多乐趣。读博那会儿，我曾劝炳太吸烟，他不肯，还嘲讽说“真不知道你的乐趣何在”。没办法呀，主观事物不具有普遍意义。

但可以肯定的是，一切发现都有赖于想象力，想象力是做成任何事情的先决条件，当然也是幸福感的源泉。想象力—发现—乐趣—幸福感，这是一条合乎逻辑的经验之谈。

上午十点钟来到长安街东面的那个小区，晴空下小区里很安静。

春子让我先坐下吸支烟，她要去冲个澡。

从浴室出来时，她身穿一件乳白色透明纱袍，美妙的身段躲在纱袍后面若隐若现，有的部位还是湿的，纱袍紧紧地贴在上面。

她朝我走来，我站起身也朝她走去。当两人快走近时我示意她站住，这正是彼此欣赏的时刻。

她大叫一声，随后两人相拥一处，嘴和嘴贴在一起……

“为什么每次刚见面你就这样了？”

“不好吗？”

“在别的女人面前也这样吗？”

“我还没有遇见像你这样的女人。”

“不许遇见！”

“……”

不许遇见！这是她下达的一道命令。

这道命令提示我：你是一个专属品，只属于她，不能像蛋糕那样与人分享。我不在乎被贴上专属品的标签，甚至很乐意佩戴它。

我和孟华在一个屋檐下生活了七年，她也给我戴过这个紧箍咒，只是我没有给她任何机会念咒语。男人和女人秉性相同，我何尝不这么想呢，说是珍惜对方，那也是珍惜自己啊！想起沈聪和炳太，他们大概也收到过同一道命令，但愿执行得和我一样好。

我从小喜欢游泳，身体浸泡在水里的感觉令人陶醉，水清凉柔软细滑，尽心尽意地抚摸和亲吻你的全身。对它而言你没有任何隐私，无须也无法躲藏，你只能将身体的全部呈现在它面前，任它为所欲为。

年轻时去北戴河，迎着旭日晨光跳进海里，一口气游到护鲨网。抬眼望去四周一波一波的海浪，不见人影，岸边的游人只是一个个小黑点。那时你能感觉到一丝恐怖，但很快会镇定下来。你会想：这是一次机会，有些经历一生也许只有一次。

于是憋足一口气猛地扎下去，睁开眼睛用力向下划。起初眼前一片黑暗，划着划着光线亮起来，那是白色的沙子。努力用目光搜索，沙子上面有一个暗点，不由分说地抓在手里，然后迅速向上划水。冒出水面后大口大口地换气，抹去脸上带咸味的海水，赶紧张开手掌看。“我在海底抓到过一只小螃蟹！”这是多年来我向别人炫耀的一段光荣经历。

除了想象力，人还要有一点冒险精神。

春子就有那么一点冒险精神，她从未拒绝过我的要求，乐意和我一同尝试没有做过的事情。一旦做成了，她会兴奋地大喊大叫，狂热地吻你，用拳头使劲捶你。你不得不用力按住她的双臂，待她松垮下来后，又怪你不温柔。

“干吗这么凶？”

“男人是暴力的象征。”

“暴力也有不同的风格。”

“你喜欢哪种风格？”

“凶猛而无伤害。”

“那你应该知足啦！”

春子从未知足，在这一点上我俩不分伯仲。

床单上密密麻麻的褶皱如同一道道蔓延开的火焰，烘烤着两具燥热的躯体。血液流动凝固，人的躯体不过一具躯壳；如果心灵被蒙蔽，血液流动也只能独自伤怀。

我不迷信，对什么灵魂啊、来世啊、报应啊之类的，从小就缺乏透彻的理解。我宁愿用心灵这个词而不是灵魂，人的一切行为来自心灵的指引，躯体是履行指引的工具，心灵获得慰藉才是行为的归宿。我相信种瓜得瓜，种豆得豆。这不是报应，不是来自某种外在力量的干预，一切都是自己修来的。去爱、去体验、去发现，一切好我享着，一切罪我受着。

春子说支配心灵的是人性，我赞同这句话。

她说，人性中的善令人感动，恶让人憎恶，可是恶往往源自于善，就像一枚恶果总是生长在一棵善良之树上。一个恶劣的男人多半是被一个贤良的女人惯出来的，她的善催生了他的恶。

春子问过我，会不会有一天不理她？我反问她，她沉默不语。

“文哥，我快要死了！”

“我不会让你死的。”

“现在大脑极度缺氧，真的快要死了！”

“我们一起死，来，平躺下，一会儿就死了。”

就这样躺着，很快进入了“死亡”过程，人渐渐地失去意识。

我很享受做爱后两人相拥缠绵，品味着激情消退前的万般柔情。当你沉浸在困倦疲劳的状态里时，会觉得那是一种肉体满足，精神放松，思维按下暂停键的状态。特别是小睡以后，睁开眼，“啊”！活着真好。我甚至想，学校的事算什么，日子值得继续过下去。

正午的阳光明媚多情，宽敞的客厅温暖豁亮，春子将朝南的百叶窗半卷，遮住了耀眼的光线。

她喜欢换床单，我见过的就有四五床，淡蓝色、白色暗花、银灰色、藕荷色……今天铺的豆青色床单是冷色调，我喜欢的色调，它的冷很内敛，如果把它的热情点燃照样会升起熊熊烈焰。

这时她拿出那床淡蓝色床单，我说干吗这么着急换，她说没什么道理，换上干净的床单心情好。

回到客厅坐在沙发上，我吸着烟，随手递给她一支，她示意不要。

“喜欢日本茶吗？”

“还好吧，平时喝绿茶少。”

“经常喝什么茶？”

“茉莉花茶。”

“哦，很有名的茶。”

“嗯……”

春节快到了，各地都准备放假，公司里也无事可做，春子计划下周回日本，这之前怕没有时间再见面。我说初二就和立军他们去日本，很快能见面的。她说是啊，真期待能在大阪相见。

她又说去颐和园那天正在机场候机，没能一起去赏雪很遗憾，而且走前没有打招呼非常抱歉。我说没事啦，公务紧急，身不由己嘛。她笑着说，你真好！

她凑过来坐在我身旁，拿出几幅照片给我看，大阪的家。

第一张照片是街景，窄窄的街道两旁竖立着电线杆，一栋临街的五层高普通公寓楼，这是春子家的外景。

“我家住在难波，从电车站出来步行五分钟，经过两个小街区就到了。公司总部在大阪中央区北边的梅田，坐电车要十五分钟。”她紧紧地偎着我。

在日本人们管地铁叫电车，而我们所说的电车指有轨电车或无轨电车。

第二张是屋内全景，厨房连着客厅兼餐厅，靠墙摆放着杂物，整齐有序。

“我家不大，室内面积不到四十平方米，也就是常说的两室一厅。平时母亲一个人住够大，如果我和弟弟一家回去就挤不下了。”她用一只手揽住我的腰，头靠在我的肩上。

又是一张客厅的照片，“这是母亲。”她柔声说道。

客厅临窗的椅子上坐着一位老人，背对镜头看不见面部。在所有照片中只有这张有人物，光线昏暗，还是背影，有一种孤独落寞之感。从镜头角度看，老人显得矮小瘦弱。

“母亲身体还好吧？”

“还好，有胃病，老太太一辈子要强，刀子嘴豆腐心。”

最后一张是一幅中国书法，行楷书写的唐人张籍的《秋思》：

洛阳城里见秋风，欲作家书意万重。

复恐匆匆说不尽，行人临发又开封。

“母亲退休后练习书法，这几年一直没有中断。字写得平常，但有了这个爱好，人的精神不一样了，性格也开朗了。我是很支持的，这次回去还给她买了毛笔和宣纸。”

我差点又问起她父亲，话到嘴边连忙收住。春子似乎有意回避这个话题，个中缘由自然不清楚，家家有隐私，人家不愿提起的事最好别问。

我将照片整理好，轻轻放在茶几上。

春子告诉我，这些年她不知搬了多少次家，这所房子是前年搬进去的，照片就是刚搬进去时拍的。她在我脸上亲了一下，说这次去日本肖总把日程安排得很紧张，若时间宽裕倒真想邀请我去她家做客呢。

我很满意春子向我介绍起她的家庭，这让我们之间有了进一步的亲近感。

就春子个人境况而言，若像大多数女人那样结婚、生子、过家庭生活，应该会幸福吧。她脾气好，聪明，收入也不错，具备所有相夫教子的条件，对于很多女人来说可遇而不可求，可她偏偏选择了这样一条路。

我想起曾经思考过又一直没有开口问的问题，可忽然意识到那些问题其实并不重要。生活不是一道数学题，很多事情没有答案，即使有通常也是个性化的，如果执着于寻求答案，怕是既浪费时间，也会迷失方向。既然一个人选择这样而不是那样，自有其道理，尊重人家的选择就是了。

我不再对春子的生活方式和生活态度感到好奇，越来越多的年轻人选择这一方式，自己不也是这样吗？如果我们只是萍水相逢不能长久在一起，仍然会彼此思念的。等老了，我也许会找一个老伴一起安度晚年，共同走向生命的终点。至于现在，我们只需尽情享受两人时光，莫要无事生非。

端着茶杯在房间里溜达，欣赏着摆放在各处的小摆件。我发现卧室梳妆台上那张三人合影不见了，它去了哪里？

第六感告诉我，她的家庭有些不对劲，哪不对劲说不上来。也许，我想多了。

我无法预测小两口的关系下一步将走向何处，但愿能相互扶持，平平安安地过日子。

17

上午正在家写作，小慧来电话，红姐腰扭了，躺在地上动不了，嘴里一个劲喊疼，她力气小搀不起红姐，问我能不能过去帮帮忙。

我放下手头的事，边下楼边想："腰扭了怎么会躺在地上？"

临近年根儿，街上的人一下子少了起来。

没等我开口，小慧一脸焦急的样子说了句"里屋呢"。

我快步来到里屋，应涛正倚在床头坐着，米红坐在单人沙发上，看见我想笑，却表现出一副痛苦的表情。

和应涛打过招呼，我问米红发生了什么事。她两手支着沙发扶手僵硬地挪动一下身子，告诉我说，今儿天气好，想推小涛到外面晒晒太阳，抱他上轮椅时没使对劲，腰眼一阵剧痛，人就动不了了。她赶紧喊小慧扶应涛上床，自己就势趴在地上，刚刚似乎好一点，撑起身子移到旁边沙发上。我问她现在感觉怎么样，她说不动还行一动就疼，坐着没事站不起来，更不能走。

嗯，就是扭着了，以前我也扭过腰，那疼痛的确令人难以忍受。

小慧脸上露出愁容，这么疼会不会伤着骨头，要不要去医院？我安慰她应该不会的，不过需要静躺，扭了腰少说十天八天才能好。小慧急了："那可糟糕啦，今天晚上还要开联欢会，红姐动不了怎么行呀！"

要是以为我什么都懂，那就大错特错了，我不是医生，无法确定米红的伤势究竟如何。沈聪应该懂，他出身中医世家，父亲是老中医，叔叔专长正骨推拿。

电话里听了我的描述后，沈聪说估计问题不大，这是常见的肌肉扭伤，静养几天会好的，如果怀疑骨头有问题，必须去医院拍片子。他又说肌肉扭伤和骨折骨裂疼法不一样，病人自己有感觉，先等等看，出现瘀肿剧痛就要上医院。

米红开口说道，别麻烦人家了，骨头不会有事，刚才疼得厉害，现在轻些了。她又对丈夫说，今儿你就在屋里待着吧，等我好了再推你出去。

我二话没说将应涛抱上轮椅，推着他来到店外。

天气的确不错，阳光灿烂的，空气也干净。我掏出烟递给他，嘱咐他有事喊一声。

回到里屋，在小慧的帮助下我将米红挪到床上。她吩咐小慧，给文哥拿喝的，坐下歇歇吧。

一时帮不上什么忙，让她独自静静躺一会儿吧。

来到外间坐在往常的位子上，小慧端来一杯咖啡。我说现在没客人，你也坐会儿吧。她不好意思地坐下，低头不说话。

我问她晚上开什么联欢会，她抬起眼一笑说道，眼看快过年了，红姐把平时常来店里演奏的小孩和他们的家长请来搞一次活动，一来密切大家的关系，二来促进消费。

她难为情地看我一眼，眨着眼睛说，这段时间客人不多，每天的流水勉强能够抵消成本，幸亏红姐想出这个主意，才留下一些客人。我说孩子演奏不过几分钟时间，演完了就走，对销售有什么帮助呢。小慧解释道，虽然演奏时间不长，店里还免费提供饮料，但家长们会相约着来。大家一块讨论问题，交流经验，还经常向红姐请教学习小提琴的事，一待就是两三个小时。

咖啡喝完了，小慧要去再冲一杯。我拦住她，沏壶茉莉花茶吧。

她沏来茶换上两个茶杯，红着脸说她也渴了。我说那正好，一块喝茶，又提醒她要不要先到里屋看看，她说沏茶之前到里屋看过了。

浓浓的茶水散发出熟悉的香气，小慧先给我倒了一杯，又给自己倒了一杯。

“平时都忙些什么？”我吹了吹杯子里的茶叶。

“晚上忙，白天客人不多，不过也闲不着，好多杂事要做呢。”她学着我的样子也吹了吹。

“能有什么杂事？”

“储藏间每隔两三天就要清理一遍，不要的废品杂物一收拾就是一堆。还要清点顾客遗落的东西，有的顾客会回来找，有的干脆不要了，不要的也得处理掉。”

想着她平日在店里招待客人的样子：点头微笑，话不多很勤快，每次见到我都叫一声“文哥”，表情还有些腼腆。像她这样从全国各地来北京的男孩女孩不知有多少，每个人对生活的理解不同，挣钱的门路不同，遭遇和出路也不尽相同，但期望是一样的吧。

“你是哪里人？”

“甘肃，”她抿了口茶，“家里有父母、哥姐，姐嫁人了，哥在家种地放羊，伺候老人，苦兮兮的。”

“来北京几年了？”

“初中毕业就和几个姐妹跑了出来，先是帮人家卖服装，发现老板心眼坏就不干了。后来就到涛哥红姐的饭馆做服务员，再后来就在这当招待，一直也没离开他们。”

听她说“涛哥”，我急忙站起身来到店外。

应涛还在吸烟，地上已经有一个烟头。我说晒一会儿就进去吧，街上冷别着凉。他没吱声，随手扔掉手上的烟头。

小慧跟了出来，她推着轮椅回里屋，我又将应涛抱上床。

米红已经下了床，坐在单人沙发上。小慧问她还疼不疼，米红说好多了，只是腰还不得劲，歇歇看吧。她又嘱咐小慧，我这没事，你把文哥照顾好。小慧说刚喝了杯咖啡，这会儿喝茶呢。米红说那你们去吧，有事我叫你。

回到外间屋，小慧拿来暖瓶给茶壶续水。她垂目看着手上的茶杯，深深叹了口气。我问干吗叹气，她露出苦笑。

她压低声音说，她同情红姐又敬佩红姐，总为别人着想，有苦往自己肚子里咽。一次生病一个人去医院，回来整整躺了一天，问哪不舒服也不说，换了别人绝对做不到。小慧又说她也同情涛哥，以前那么帅那么能干，现在吃喝拉撒都要人伺候，成天窝在小屋里，病不坏憋也憋坏了。两人好也行，一天到晚乐呵呵的，可现在……

我说米红把应涛照顾得挺好，什么时候应涛都干干净净、利利索索的，既然摊上这种事，也只能往好处想。

小慧又叹了口气，讲了一件发生在不久前的事。

那天中午米红给应涛弄好饭，便和小慧在吧台整理货物。突然“啪”的一声响，像是什么东西摔碎了，当时店里还有两位客人，也都抬起头张望。

米红和小慧放下手里的活慌忙跑进里屋，见应涛坐在床沿脸色阴沉地看着面前的饭桌，米红刚给他做的一碗面条摔在地上，面和碗的碎片散落一地。

“怎么了，把碗摔啦？”米红急切地问。

“什么怎么了，不想吃面条又做面条，看着就恶心！”应涛一脸怒气。

“问你中午想吃什么，你说随便，怎么又看面条恶心呢？”

“就是恶心，没胃口！”

“那你想吃什么？”

“米饭炒菜！”

“我去做米饭，炒一盘青椒肉丝？”米红边说边清理地上的碎片和面。

“这时候做等到猴年马月才能吃啊！”应涛脸上怒气未消。

“那怎么办呀，要不去旁边湘菜馆买一份饭？”米红怯怯地看着应涛，见他没吭声赶忙拿起清理的残渣出了里屋。

烧一壶水的时间，小慧拎着一个袋子回来了。她从袋子里取出餐盒放到饭桌上，米饭、辣椒肉丝炒笋尖。她把餐盒里的饭菜盛到碗和盘子里，一半给应涛，一半给米红。

应涛二话没说，端起碗大口吃起来。米红也端起碗，却一口也没吃，呆呆地看着碗里的饭菜。

等应涛吃完饭，米红收拾好桌子，把碗筷送到厨房，回来帮应涛刷牙，然后坐在沙发上守着他。

应涛躺坐在床上用遥控器打开电视搜索频道，他对米红说，你出去吧，我想一个人待会儿。

米红看了他一眼，没说话起身出了屋。她来到厨房想洗碗，小慧把碗洗了。她又进储藏间转了一圈，随后神情恍惚地走进吧台，坐在椅子上盯着店门外。

这一切小慧看在眼里，听在耳里，当时把她吓坏了，大气不敢出，只能凭眼力见儿替米红做点事。事后她看见米红偷偷抹眼泪，也不敢上前安慰。

说到这小慧嘴角咧出一丝笑：“文哥，幸亏有你，你来红姐就高兴，看得出她喜欢你，也信任你，你会开导她，以后常来和她聊聊天。”

“幸亏有你这个帮手，没有你，米红这些年更难。”

“慧儿……”随着喊声米红竟然自己从里屋走出来，她双手支撑着腰挺直上身，像个孕妇似的小心翼翼地挪着步。

见她能站起来走路，我知道问题不大，只是腰还得缓几天。

米红叫小慧去湘菜馆打几份饭，中午大家就在店里吃。小慧问晚上的联欢会怎么办，米红说不管怎样联欢会一定得开，年前没空了。

吃过饭我要回去午睡，小慧悄声跟我耳语：“刚才说的可别告诉红姐呀！”

其实她讲的关于米红和应涛的事，虽在意料之外却在情理之中。依目前处境，夫妻俩若不能相互理解，又不能有效沟通，麻烦会越来越大。爱来的时候不期而至，瞬间就能点燃，去的时候如抽丝剥茧一点点消耗，起初你并不在意，当你察觉到的时候，已经水泻千里一去不复返了。我无法预测小两口的关系下一步将走向何处，但愿能相互扶持，平平安安地过日子。

午睡起来磨蹭了一会儿，我搞搞家务，然后去药店买了一条护腰带。

前些日子母亲腰不好，沈聪买了一条，母亲带上挺舒服，但她时带时不带。腰带是皮革的，护腰的部位有二十几厘米宽，夹层里装有支撑力很强的金属条。

拿着腰带来到“古典风”，时间大约五点钟。

店门外贴着一张打印的告示：“今晚六点至八点本店将举行迎春联欢晚会，届时可能会给新老顾客带来不便，敬请谅解。本店欢迎您与孩子共度美好时光，各项消费均半价优惠！”

店里张挂了彩球彩带，地上撒了碎花，顿时有了喜庆的气氛。小慧正在摆放桌椅，看见我笑着说：“红姐好多了，自己能慢慢走啦！”

来到里屋门口我轻轻唤了一声，听见里面回应才走了进去。米红坐在沙发上正和应涛说话，见我进来吃力地撑着沙发扶手站起来。

我拿出护腰带，告诉她使用方法。她在腰上试了试：“哈，像练武的人带的，还是系在里面吧。”

我回到外屋，照小慧示范的样子帮她摆放桌椅。

一会儿米红走了出来，笑着对我俩说：“你们看，这个真管用，站立、走路利索多了，谢谢文哥！”她掀起外衣让我们看里面的护腰带。

看她走路的样子比先前自然，我很高兴，终于为她做了一件能解决实际问题的事。

参加联欢会的人陆续到了，店里顿时热闹起来，小孩子们显得很兴奋，叽叽喳喳吵个不停。带孩子来的有母亲一个人，也有父母全来的，孩子们拿着各种乐器，小提琴、琵琶、手风琴、长笛。各家都带着食物，蛋糕、水果、各式点心，一位家长还带来了刚包好的饺子。加上几位老顾客，店里坐满了人。

应涛坐着轮椅也来到外间屋，他换了一件深红色毛衣，系一条蓝领带，模样英俊潇洒。米红将他从里屋推出来时，店里响起一片欢呼声。

就在他转脸的一刹那，我们四目相对，我心里一颤，那目光好陌生！

米红发表了一篇简短致辞，感谢大家光临，随后宣布联欢会开始。

第一个节目是钢琴独奏，演奏者是我之前听过他演奏的那个小胖墩。他弹了一首库劳的小奏鸣曲，表情自信，技巧娴熟，演出非常成功。

接下来演奏的是小提琴、琵琶、长笛……我还想听那个穿浅绿色毛衣的女孩拉《三色堇》，可惜她没有来。

小慧忙前忙后，一会儿给客人加饮料，一会儿哄两个男孩别吵架，还不时地过来问我需要什么。我只在一旁独自饮着啤酒，欣赏着孩子们的演奏，并为每一位小演奏家送上我的掌声。

一对家长演唱了黄梅戏《夫妻双双把家还》，他们不时跑偏的音调和夸张的表演引来满堂大笑。

正当大家沉浸在欢声笑语中，一位妈妈提议请老板娘表演一个节目，屋里响起一片附和声和掌声。

“拉一首曲子吧！”

“是啊，来一首吧！”

米红涨红着脸连连摆手：“不行不行，这么多年没摸琴了，拉不了啦！”

“那就唱一首歌，唱首歌吧！”

“是啊，唱一首吧，《绿岛小夜曲》……”

屋里又响起一片附和声和掌声，一个小姑娘拿起手风琴坐在木台上准备给米红伴奏。

米红又连连摆手说，上午刚扭了腰，现在大气都不敢出，哪还唱得了歌呀。

家长和孩子们不肯罢休，不停地用掌声鼓励。米红看上去很为难，表情尴尬地站在那不知如何是好。我替她捏了把汗，担心她的拒绝会扫大家的兴。

“我给大家唱一首吧！”

屋里顿时鸦雀无声，所有人的面孔都朝向应涛。他撑着轮椅扶手挺直腰身，微笑着对木台上的小姑娘说：“《难忘今宵》。”

人群中又响起一片欢呼声！

歌声随手风琴的伴奏在咖啡馆内荡漾，嗓音清亮饱满，旋律从容不迫。小提琴加入了，长笛加入了，钢琴也加入伴奏，还有带节奏的掌声。米红走过去站在轮椅后面，双手轻轻地放在丈夫肩上，眼里溢出笑……

我被眼前的情景感动了，日子会好起来的，一切都会好起来的！

只是……我不喜欢刚才看到的目光！

那些年看春晚是家家户户年夜饭上最横的一道菜，晚会上的小品又是这道菜的精华所在。

18

对中国人来说，年三十这顿饭是一年中最重要的一顿饭，类似家庭“国宴”。

二〇〇七年除夕，母亲做了糖醋鱼、粉蒸肉、油焖大虾、红烧排骨，每年除夕她通常会做这几样，外加两道素菜，主食是饺子、米饭。

在中国文化史方面，我的兴趣偏重宗教、哲学、政治思想，民俗文化不是关注重点。但我对此做过专题考察，在一本介绍老北京年俗的书里，读到过一首民谣：“小孩小孩你别馋，过了腊八就是年，腊八粥，喝几天，哩哩啦啦二十三。二十三，糖瓜粘；二十四，扫房子；二十五，炸豆腐；二十六，炖羊肉；二十七，杀公鸡；二十八，把面发；二十九，蒸馒头；三十晚上熬一宿，大年初一扭一扭……”

咱们讲究吃，我说的是“讲究吃”而不是“喜好吃”。“讲究”中有传统，有程式，有礼仪，在我记忆的长书里年夜饭是重要一节。

小时候一家四口坐小板凳围地桌吃年夜饭，通常两荤两素，外加炸年糕或炸虾片。荤菜有扣肉、鱼（带鱼，偶尔黄花鱼，父亲会做鱼，后来不做了），素菜是白菜炖豆腐、韭黄炒鸡蛋或虾皮炒小白菜。

我喜欢吃扣肉和韭黄炒鸡蛋，利娟爱吃鱼和虾皮炒小白菜，我俩倒不打架。我和妹妹相差十岁，她永远是重点保护对象，每逢除夕夜“斩获”最多的就是她，依次是我、父亲、母亲。

后来父亲花十块钱买了张旧八仙桌，全家人可以坐在椅子上吃饭了。

那时候母亲做饭手艺不稳定，时好时坏，我说不好吃时，她就说“将就吃吧”。现在回想起来，咱们的“讲究吃”与“将就吃”倒也不矛盾。父亲吃了大半辈子母亲做的饭，这点我挺佩服他。

三十这天利娟下午就来了，我是五点左右到的，饭菜已经准备得差不多。

母亲又跟女儿唠叨起那只小鸟，看来小鸟的意外身亡给她造成不小的心理伤害。人老了感情变得脆弱，经不起小小的刺激。

沈聪和桃桃带来水果：苹果、橘子、香蕉、猕猴桃。外孙女给姥爷姥姥买了盒小点心，她悄悄告诉我，过年的礼物能换来十倍的压岁钱。我不知买什么好，只带了半斤茶叶。

我问外甥女哪天去奶奶家，她说初一去，奶奶也做了好吃的。我说你得多吃点，要不老胖不起来。她噘起嘴说，别看我瘦，浑身都是肌肉，不像我爸胖得跟头……沈聪鼓起眼珠子一瞪，她忙改口说，胖得都捏不着骨头。

我和沈聪聊了几句，请他见到父母代全家给老人拜年。沈聪问我最近身体没事吧，我说没事挺好的，只是记忆力不如从前，想起什么赶快干，要不扭头就忘。

他又问老丈人：“爸，您身体还好吧？”父亲说：“有啥不好的，好着呢，偶尔犯头疼，一会儿就缓过来了。”说完那张脸又耷拉下来。

唉，过年了，喇叭花能不能开放一天！

父亲手里把弄着放大镜，语气中透着惋惜。“马胖子走了，听说是小年那天走的。唉，人到这份儿上活着也是痛苦，走了一了百了，自己解脱了，家人也不受罪。”

我早听闻马司长去世的消息，没打算告诉父亲，怕他多想，可他还是知道了。我问他听谁说的，他瞪了我一眼：“这么大的事还能不知道，部里发了讣告，第三天就举行遗体告别仪式，本来我是应当去的，可你妈不让去。”停了下又说，“不去就不去吧，倒也不在这一面。”看着他的表情和眼神，知道他心里难过。

二十世纪五十年代父亲大学毕业，他和马司长同时进的部里，一个在设备司，一个在行政司，一起共事近四十年。如今一个走了，另一个怎能不伤情？可大过年的不能让悲伤气氛久滞不散，我拿出他喜欢喝的碧螺春，把话题岔开了。

有人敲门，桃桃跑去开门。

“老哥哥、老嫂子过年好啊！”

楼上老赵身材高大，方脸庞，大嗓门，正所谓“身高八尺，声如洪钟”。以前他是修理厂工人，技术能手，老伴已去世，退休后他和儿子儿媳住。

“老嫂子，这是儿媳妇泡的腊八蒜，你们尝尝，过年吃饺子可少不了它。”

母亲刚从厨房出来，接过老赵手里的瓶子：“赵师傅，谢谢你惦记，坐下一块喝口酒吧。”

“今儿不能打扰，赶明儿我和老哥哥喝两口。”说完他向父亲招招手，转身回楼上去了。

听到沈聪喊开饭，桃桃兴奋起来，第一个上了桌。两斤多的糖醋鱼，光看颜色就叫人垂涎欲滴，小姑娘迫不及待地动了筷子，嘴里又一个劲夸赞。

利娟训斥女儿：“嘴里吃着话还这么碎，你累不累呀，真是有什么样的舅舅就有什么样的外甥女。”

我很无辜，又不好反驳，便邀沈聪喝酒。他带了一瓶茅台，说要跟我好好喝一顿，我不明白冲他那酒量，怎么算“好好喝一顿”。但我还是高兴地点头说好，这回大舅子给妹夫倒酒。

“哥，”利娟低头吃着，“妈说哪天叫米红来家吃顿饭。”

“干吗？”

“不干吗，妈想见见她。”

我看一眼母亲，母亲放下筷子说道：“也没什么事，就想看看这孩子。这些日子听你们念叨怪想她的，好歹是邻居，又是从小看大的。小时候娟子常带她来家里玩，你看方便的话就请她来串个门。”

我没有马上表态，又和沈聪喝了口酒，这才说道：

“奉节那边来人了，等过两天问问她。”

老妈要见米红，多少让我感到有些意外。我倒不担心米红会不会来，如果她知道母亲邀请，一定会高兴的。问题是我，我还拿不准要不要请她来，虽然是多年的邻居，可长辈主动邀请晚辈是不是有些刻意呢。

父亲插话：“别看小米是个工人，他祖上可是大户人家，有大买卖，米家和朝廷还有关系呢！他家是……哪个省忘了，南方人，沿海地区的。”

“和朝廷有关系就是在中央有人呗？”桃桃夹了块粉蒸肉。没人理她。

沈聪的脸红了，说起单位一位领导如何如何，利娟打断他，大过年的说这些干吗，沈聪立刻不吭声了。可刚喝了一口酒，他又说起桃桃的学习成绩，这下把女儿惹急了，要跟她爸理论。利娟一把夺下丈夫手里的酒杯，把它放在我面前。我笑着劝利娟，又将酒杯递给妹夫。

桃桃最先吃完早早离开饭桌，趴在沙发上玩手机。利娟去厨房端汤，我和沈聪喝酒。母亲见此情景劝老头子赶紧吃，春晚就要开始了。那些年看春晚是家家户户年夜饭上最横的一道菜，晚会上的小品又是这道菜的精华所在。

老头子没搭理老伴，不紧不慢地吃着。见利娟回到饭桌，他说道：“当年我和你妈结婚的时候啥也没有，在职工宿舍两个单人床一拼就算办了喜事，几十年下来，不也挺好嘛，哪像现在的年轻人……”

一听他抱怨当下年轻人的生活方式我就不耐烦，可又不敢反驳。

提起旧事勾起母亲的回忆，老太太感慨地说：“你爸家原是地主，我们家是下中农，结婚前组织上找我谈话，要我划清阶级界限。我犹豫了好些日子，最后没听组织的话，还是和你爸结了婚，那时候心里好怕啊！”

利娟插嘴：“您家哪有钱供您上大学？”母亲一笑：“从小你爷爷喜欢我，就借给我们家钱供我念书，说是借其实就是给，我们家哪还得起。”

桃桃跑过来从盘子里拿起一瓣橘子放进嘴里，看着姥姥说：“你爷爷是为了我姥爷，想给我姥爷找媳妇。”

利娟吼她：“不是‘你爷爷’，是你太姥爷！”

桃桃嚼着橘子趴在沙发上甩出一句：“管他是谁爷爷，反正是为我姥爷，人家地主才不傻呢，是不是姥爷？”仍没人理她。“哼！”她用鼻声表达了不满。

关于家史母亲老早就讲过，从我上大学到结婚讲过不止一遍。可她从来没有给利娟讲过，也许看她年龄尚小还不懂事，也许因为是个女孩子迟早要嫁人，谁知道呢，老辈儿的心思不好猜。

我家是宣化人，古时候叫幽燕，新中国成立前属察哈尔省，现在属河北省张家口市。老爸老妈是同村人，又是同年同月同日生，老爸比老妈早出生一个时辰，那是一九三〇年的年末。这事在当时成了人们茶余饭后的热门话题，有人说这两个孩子前世有缘，今世必进一家门。爷爷请来一位算命先生，听信先生的话，就给两个刚满月的孩子订了娃娃亲。

父母长到七八岁时，日本人来了，新式小学停课关门。爷爷出钱请来私塾先生在家里教两个孩子念书，后来又送进县城里的中学。

听母亲说起过，每当学校放假父亲从县城回到村里，见过爷爷、奶奶后就跑到母亲家，担水、收拾院子、修理漏风漏雨的房子，为这他还招来不少闲话。

再后来爷爷又将两人送到北京念大学，父亲读工业学院，母亲读师范大学，毕业后一个进了工业部，一个当了中学教师。

为了培养他们爷爷花了不少钱，他怕两个孩子在北京念书苦，有时会卖些粮食或牲口托人把钱捎去。

爷爷五十来岁就过世了，那是抗美援朝的第二年。奶奶是“四清”后去世的，母亲说她是一位知书达理的婆婆。

父亲上头有两个哥哥，兄弟间不常走动。

母亲常跟我念叨家里的旧事，父亲从来不提，不知道爷爷在他心里占多大分量，他们之间的感情是否和我们之间的一样。父亲用过一把铜鞋拔子，后来不再用了，拿一块绒布包起来压在柜子底，母亲说那是爷爷留下来的唯一旧物。

桃桃喊了句“开始啦”！电视里乐曲响起，春晚主持人喜庆登场。

父亲要看晚会，母亲和利娟、沈聪收拾碗筷，我说想回去看电视先走一步，母亲和利娟也没挽留。

大年三十地铁里、街道上人车稀少，平日喧闹的都市突然安静下来。春节期间北京人更乐意享受这份难得的清净，就像忙活了大半年的农家，不紧不慢地消磨着安逸的农闲时光。

路过“古典风”，见门口挂出两个红灯笼，店里灯火通明却不见人影。前两天米红跟我说，今年应涛的叔叔和堂弟要来和他们一起过年，此刻应当正在里屋吃年夜饭、看电视春晚。

想起那天小慧讲的小两口吵架的事，我不由地轻叹一声。

回到家收到肖立军发来的短信，他说了句拜年的话，又提醒我别忘了初二的飞机，早上六点在首都机场航站楼集合。

令人欣喜的是，春子也发来拜年短信，再次说期待在大阪相聚。现在是晚上八点多，她在干什么呢?

自从上次见面后，过去了整整一周。此前每周都要见面，见面带来的快乐能持续好几天，所以一周没见面让人有些不习惯。从她的短信中，我能体会出她与我有着同样的心情。

想到在异国他乡有一位值得挂念的异性朋友，并且很快将重逢，心里泛起一波小激动。

“啪啪！”不知谁在院子里放了几枚爆竹，爆竹声在楼房之间发出骇人的巨响。

可我不记得什么时候跟常凯说起过米红，一定是我无意间提起过后又忘记了。

19

洗漱完毕胡乱吃了几口东西，背起双肩包匆匆出了家门。

天色漆黑。大巴车到达首都机场时六点钟刚过，立军、常凯还有几个年轻人已在路边的灯下等我。

七八个人像小旅行团，肖总领队。每个人的行李都很简单，一人一个双肩包，唯独常凯拖着一个拉杆箱，他爱干净又好打扮，箱子里不知装了几套衣服。

进入灯光明亮的航站楼，取了登机卡，又顺利通过安检，找到登机口后众人坐在排椅上候机。

睡意未散，我一连打了几个哈欠。

立军凑过来，说把这几天的安排再跟我商量商量。我有些莫名其妙，不是都说好了吗，还有什么可商量的?

“老沙，”他拍了一下我的腿，“你去过日本，大阪、东京都逛过，这次拉你出来是想哥几个散散心，平时在家各忙各的，难得有这么一次机会。”

我笑了笑说：“没事，一块出来玩挺好的，上次去日本游览的地方不多，逛得也不仔细，这次再好好逛逛。”

“那倒是。”肖立军停顿了一下，“我倒有个想法，不知你乐意不乐意。”

我看了他一眼：“啥想法，你说。”

他清了清嗓子：“今天到日本后，晚上春子请咱们吃饭。这两天住在大阪，去周边几个地方看看。你呢如果觉得意思不大，就让春子陪你去趟箱根，那地方不错，可以泡温泉。我跟春子说了，她愿意陪你去，你看呢？”说完他半笑不笑地瞅着我。

这倒是个好主意！可我不清楚立军是否知道我和春子目前的关系，也拿不准这样安排是否如他所说的那样。这段时间我和春子交往密切，但从未谈起过他。

“就我们俩去？”我问。

肖立军点了点头，瞅着我没说话。

“在箱根玩完以后呢，我们再回大阪？”我又问。

肖立军摇了摇头：“明天你们坐新干线去箱根，在那玩两天，然后春子把你带回新干线车站，她从那回大阪，你坐新干线直接去东京，咱们在东京会合。”

见我没有立即表态，他又说：“哥们儿别介意，这只是我的一个想法，你要是觉得不合适，咱们就在大阪玩，再一起去东京。”

肖立军办事缜密，没有考虑好的事是不会跟人说的，既然跟人说了，他就有一整套安排。

我表面上略显犹豫，随即语气肯定地答应了他：“行吧，那就麻烦春子了。”

“不麻烦，春子说她也好久没去箱根，正好去玩一趟。”肖立军脸上的笑容一下子展开了。

不管他出于何种考虑，我着实要感激他。

“立军，你真是当领导的料，而且是位好领导。”

“哈哈，为了哥们儿嘛，出来玩就得开心，是不是？”

商量妥当，我自然是乐意的，唯一担心的是常凯，他知道这个安排后会怎么想？那次在怀柔小院聚会时，我就察觉出他对春子有意思，后来春子告诉我常凯给她打过电话。刚才肖立军说这事时，对面的常凯不时地瞟我们一眼，能猜出他在想什么。

坐在排椅上的旅客纷纷站起身朝登机口涌去，肖立军招呼大家拿好行李和登机卡排队登机。

说来也巧，飞机上我和常凯并排坐在一起，肖立军和几位员工隔几排位子坐在我俩后面。

常凯往行李架上放拉杆箱，我主动问："都带了什么东西，看着挺沉。"他说："唉，都是乱七八糟的，刚才过安检还扣了我一瓶护肤霜。"我笑了："下飞机买瓶东洋的吧。"

虽然很熟悉，但我并不真正了解肖立军的这位发小儿。他人还坦率，只是有点好色，盯女人的眼神让人不舒服。

等待飞机起飞这段时间最无聊，我又没话找话地和他闲聊起来。

"最近建材生意怎么样？"我控制住说话的音量，免得打扰其他乘客。

"还凑合，干这行没什么大起大落的。"

"忙吗？"

"以前忙，现在小舅子帮我经营，他盯门脸，我就轻省多了。"

"我不懂经营，做买卖真的很难吗？"

"说起来很简单，付款、收款，中介物就是你的产品，收款多于付款你就赚了，相反你就赔了。"

"听起来的确简单，可是……"

"当然啦，干起来就没这么简单了。就说你那位小邻居吧，别看只是一家小咖啡馆，真干好也不容易哪，领照开业就一大堆事，工商税务、卫生环保、治安消防……你的货还得好，东西不好人家不来消费，东西好价格还不能贵，贵了人家也不来消费。开咖啡馆还好，要是开餐馆碰上几个闹酒的，你就有罪受了。其实最让人闹心的是……东西好，价格也不贵，服务还到位，就是没人来消费，急死你！"

我粗算了一下，从开饭馆到开咖啡馆少说也有八九年，米红能熬过来的确不容易，只是眼下“古典风”的生意并不看好。可我不记得什么时候跟常凯说起过米红，一定是我无意间提起过后又忘记了。

“立军的买卖怎么样？”我问他。

“立军和我不一样，人家那叫企业，我叫个体户，不是一个档次。”

“都是做买卖挣钱呗。”

“嘿，老沙，那可不是一回事。做企业当然要挣钱，除了挣钱你还要培养员工，还要承担企业的社会责任，环保呀、公益呀，那是干大事业的。”

肖立军从洗手间出来，朝我们这边走来。

常凯继续说道：“不过广告公司也难做，现在进入新媒体时代，传统的报纸、广播、电视快过时了，而新媒体时代的广告经营模式还没定型，所以立军有他的难处，毕竟养活着几十口人哪！”

“哈哈，老沙，常凯给你上课呢吧！”肖立军来到跟前，“能给教授上课的人啥水平？你怎么不记笔记，小心考试不及格。”他说话的音量有点高。

“我都听入神了，忘了记笔记。”

“忘了不行，你知道人家常凯满肚子学问，一字千金，一句万两！”

“去去，回你那坐着去，我没资格给老沙上课，给你上课绰绰有余，可就是不爱搭理你！”

肖立军笑着胡噜了一下常凯的头顶，腆着肚皮走开了。

我喜欢听他俩斗嘴吵架，那是酒桌上最棒的下酒菜。

有一会儿我俩都默不作声，片刻后常凯低声问道：

“哎，立军跟你说去箱根的事了？”

“啊……”我含含糊糊地应了一声。

“那你可上点儿心，别错过大好时机。”

“唉，别想太多吧，这种事……”

空姐提醒乘客系好安全带，飞机马上要起飞。我和常凯结束了聊天，无言地看着窗外的停机坪。

他肯定在意这件事，从他说话的口气和表情看得出来。但我没想到他会主动问，只能含含糊糊地敷衍过去。

飞了近四个小时，到大阪时已过中午，一行人出机场乘地铁进入市区。

来到预订的酒店安顿好，肖立军吩咐一名员工到楼下小超市买回几盒泡面。他对大家说，中午各位将就一下，晚上有大餐。

傍晚时分春子来到酒店，领路去了附近一家回转寿司店。大家围转台坐成一圈狼吞虎咽地吃起来，每个人面前都摞起高高的盘子，中午的损失得到了丰厚回报。结账时肖立军坚持不让春子结，他说这顿饭春子请客他埋单。

肖立军、春子和我三人商定，酒店离新干线车站不远，明天上午我和春子各自从住处出发，两人在车站碰面。

四个标准间，我和常凯一间，几个员工两间，肖立军说他睡觉打呼噜，自己单独一间。常凯怼了他一句："身为老板当然要单独一间！"

这两个人好了一辈子，也互相挤对了一辈子。晚饭时肖立军悄悄对我说："常凯说我安排你和春子去箱根玩是别有用心，这小子一肚子坏水，要是安排他去，肯定说我和他心有灵犀。其实有些事情不在于安排不安排，就像俗话说的，人算不如天算，是吧？"说完他冲我意味深长地笑了笑。

我体会出了他的笑，但我还是喜欢他们这种关系，好归好闹归闹，那种虚情假意的友谊根本算不上友谊。

进入房间，我将背包往地上一扔，仰面倒在床铺上，"这顿饭吃得可真够撑啊！"我困了。

浴室的水龙头被打开，哗哗的流水声像是外面下起雨。过了好一阵常凯用毛巾擦着湿漉漉的头从浴室出来，房间里弥漫着一股护肤霜的气味。

"东洋的？"

"楼下小超市买的，味道不错。"

"内裤也不错，很性感。"我开起玩笑。

"哈，品牌货，价格也很性感！"他低头看着自己。

受到他的感染，我起身去刷牙洗脸。回来后脱掉衣服钻进被子里，我很疲惫，用不了五分钟肯定会打起呼噜。

常凯已经躺进被窝，正举着一面小镜子照着牙齿。

“活得挺仔细。”我暗自发笑。

就在我要睡没睡的时候，邻床传来的问话打断了睡意。

“老沙，”他把我从困意中唤醒，“这辈子你上了几年学？”

“嗯……二十年吧。”我不想聊天。

“难怪呀，我才上了十二年学，高中毕业就工作啦。”

“你本可以考上大学的，只是没坚持……”

“唉，考了两次都没考上，别人劝我继续复读，我心里说算了吧，再考不上这老脸往哪搁呀。那时候家里困难，父母工资不高，我哥又是残疾人，我妹也正复习考大学。后来我接我爸的班进了机床厂，原以为国营厂是铁饭碗，这辈子拿下了，没想到后来破产倒闭工人下岗，唉，这下可惨啦！”他一连叹了好几口气。

以前听他说过，哥哥患小儿麻痹症，一直在街道工厂上班。此时睡意消了大半，于是侧起身朝向他，想听他接着往下说。

他双手枕在脑后望着屋顶，沙哑的嗓音透出感慨：“这些年好歹挺过来了，买卖还可以，钱也够花。咱媳妇是大专毕业，儿子今年又考上大学，我知足啦！”说完他歪头冲我一笑。

“你读过不少书，口才也好，可以试着写点东西，著书立说什么的。”

“嘿，这么说就抬举我了！书是读了不少，不客气地说也有那么点小聪明，要说写书那可差远了，不像你们仨……”

我、立军、炳太学历比他高许多，四个人凑一块时，常凯从未表现出自卑的样子，这一点我喜欢。

“哎，哥们儿，当年立军是不是要把他妹妹介绍给你？”我想换个话题。

“有这么回事，可那丫头看不上咱。你想想，她爸是外文局翻译，她妈是出版社编辑，都是高级知识分子。可咱呢，工人的儿子，又没上过大学，人家凭什么跟咱呀。我们两家住了几十年邻居，关系倒不错，她爸妈倒霉那会儿，兄妹俩天天在我家蹭饭。不过话说回来，幸亏没跟了咱，要不真委屈了那丫头。”

他到底还是有点自卑，埋藏得很深。

“后来呢，她找了个什么人？”

“部队的，没几年又离了。”

“立军两口子过得还好吧？”我又换了话题。

“他媳妇是日企高管，钱挣海了，豪宅住着，闺女送澳大利亚读书，没啥愁事。立军这人行，三教九流都吃得开，不过两口子嘛……好像有那么点别扭，具体的咱也没问，这事说不清楚。”

是啊，这事谁说得清楚，不信你问上帝和圣人，他们也得憋得脸红脖子粗。

我忽生一个想法，想问问肖立军和春子之间有没有那回事，可瞬间打消了这个念头，并为自己有这个想法而感到羞愧。

“老沙，你说这女人吧，得漂亮、聪明、听话，还得有女人味，不好找。”他又歪头冲我一笑，“天底下好女子有的是，都他妈给了谁啦。满世界孤男怨女，可大家都在喊人海茫茫，知音难觅，嘿，你说邪不邪！”

“没错，是不好觅。”

卫生间传来隔壁马桶的抽水声。

有一两分钟谁也没开口，常凯细细的呼噜声倒一点不沙哑，而我睡意全无。

以前听肖立军说过，常凯小时候爱打架，三天两头脸上挂彩。肖立军被人欺负了就找他，常凯二话不说就找人家报仇去。一次他拿酒瓶子把人家头打破了，对方又扑上来两个人，结果又被他打跑了，因为这事小伙伴们尊他“凯哥”。

唉，冯雍幸亏没遇上他，否则说不定身上会少点什么呢。

想着想着，邻床的呼噜声越发温柔，飘进了梦里。

一条河在峡谷间流淌，空气中又弥漫出那股怪怪的味道，这就是早川河和须云河交汇而成的河吧。

20

上午十点钟，准时到达新大阪车站，在人群中我一眼就找到了春子。

一件浅驼色中长大衣，灰色围脖，一头散开的长发披在肩上，人越发地年轻漂亮，完全不像四十几岁。

车厢里人不多，不少座位空着。

我将春子的拉杆箱放到行李架上，箱子很重。我说在箱根只住两个晚上，带这么多东西干吗。她瞥了我一眼说，女人的事你不懂。

待我坐下后，春子递过一本中文版日本旅游手册。我翻了翻便放在腿上，三个小时的旅途不算短，这本手册也许会派上用场。

上来一个外国旅行团，大约二十几人，男男女女多是上了岁数的老年人，也有几个四五十岁模样的，我一时辨不出他们是欧洲人还是美国人。

列车缓缓启动，春子又递过来一瓶水，问我对新干线印象如何。我说车厢里很干净，人不多挺清静。她说是啊，这条线路是二十世纪六十年代开通的，已经四十二年了，比她小一岁。

一位瘦高个男乘务员从身边经过，走到我们所在车厢的尽头时，他转过身朝车厢里的旅客鞠躬致意，然后回身继续朝前面车厢走去。

我看了看前后左右的旅客，有人在低头看书，大多数人仰靠在座背上打盹，没人注意男乘务员的举动。我想他每经过一节车厢都会这么做吧，这应该是新干线乘务人员的规定动作。

春子欠身轻声说了句“不好意思”，然后离开座位向后面车厢走去。她回来时说，后面车厢有个吸烟室。我马上站起身问在哪儿，她说在那边车厢中部。

吸烟室很小，只够容纳两个人。能在列车上吸烟让人很满足，看在这个小小吸烟室的分儿上，我对新干线又多了一分好感。

回到座位后，与春子闲聊了一会儿，她说有点倦，靠在座背上闭目养神。我精神头十足，于是拿起那本旅游手册打算好好读读。

箱根位于日本神奈川县，以富士山为背景，早川河和须云河在此交汇。箱根一直以来是大众休闲娱乐的地方，特别是它的温泉在日本很有名，在一个浅浅的峡谷里分布着十六个著名温泉。我从未泡过日本温泉，所以对此次箱根之行充满了期待。

看过箱根的介绍，又特意看了看伊豆半岛的介绍。那里曾经是夏目漱石、川端康成隐居过的地方，以后再来日本的话，一定去伊豆半岛住几天。

旅游手册很厚，一时半会儿是读不完的。

列车到达京都，旅行团的人下了车，车厢顿时空荡起来。到名古屋和热海时，上下车的旅客不多。

漫长的旅程终于到达目的地，在小田源下车时已过正午。出站后春子问我饿不饿，我说不饿，她说那就上山吧。

上山的轨道正在维护期间，登山小火车停驶，我们乘代行巴士上山。

山路依山势蜿蜒而上，路面不宽只够双向两辆车擦肩而过。当对面车辆驶来时司机并不减速，叫人佩服他的驾驶技术的同时，又替自己捏一把汗。

冬天的山峦还披着绿色，但散发出一股苍凉气息。透过车窗依稀看到山坡上和道路两侧残留的斑斑点点的积雪，提示着季节特征。箱根地处本州关东与关西分界处，气候多变。夏天的风雨和冬天的飞雪像一位不顾及主人面子的不速之客，想来就来想走就走，来时惊天动地，走时悄无声息。

春子坐在临窗的位子，她从衣袋中掏出一块糖递过来。我接过糖放在手上，小小一块糖，白色塑料皮包装，上面印着三个字：北海道。

春子侧脸望着窗外，嘴里也含着一块糖，她神情恬静地默默观赏山路风景，嘴里呼出淡淡的热气。车子急转弯时她会顺势倚靠在我身上，一只手紧紧抓住我的手臂，我会稳住自己的身体，用另一只手护住她抓过来的手。

大约行驶了三十分钟，巴士在一个停车场停下。这里是终点站，乘客们纷纷拿起行李下车。

春子在路边和一位老妇人说话，我猜测对方应是民宿主人。春子回身招呼我，我背起双肩包，接过她手里的拉杆箱跟在后面。

一条窄窄的巷子像蛇一般向山上爬行，巷子两旁错落着一幢幢民居。有的人家用木栅栏围出一个院落，院门口有石头砌成的台阶，种着低矮的灌木，齐胸的木条门将院里和院外隔开。

四周很安静，拉杆箱在水泥路面发出哒哒的响声。我看到一家门前停放着一辆白色本田轿车，心中顿生疑窦，这么窄的路车子怎么开进来，又怎么掉头出去呢？

狐疑之际，春子和老妇人已经与我拉开了一段距离，我紧走两步追了上去。

“就是这家吧。”春子站在一户院落前，看着老妇人打开院门。

抬眼望去，院落建在山坡一处平台上，背山面谷，除房屋外整座院落同路上见过的大体一样。房屋仿日本传统样式，木结构，带屋檐的斜坡屋顶，土黄色墙体，屋檐和门框呈深棕色。

“终于到家啦，我们进去吧！”春子语调中透出一丝兴奋，她面带笑容看着我，然后推开了木条院门。

“一、二、三、四……”进门后我拎着拉杆箱数着上坡的台阶，共九级。

到了平地放下箱子喘口气，用目光巡视一遍屋前的院落，院子里有一个形状不规则的小温泉池，池里的水冒着热气。

春子目视着房屋外观，问道：

“这家怎么样，还好吗？”

“嗯，还从没住过传统的日本民居哪！”

“你喜欢就好！”

在玄关换上拖鞋上到正屋，老妇人向春子交代一番，便转身离去了。

放下行李要做的头一件事是参观，我很在意我将栖身于何种环境里。

先看右手房间，第一间是卧室，榻榻米上放着两床被褥，往里是一道薄薄的推拉门，推拉门的另一边是第二间，中央安放着一张矮矮的长方形小桌。两个房间的北墙是放物件的柜子，上层是敞开的格子，下层是推拉的抽屉。经过第二间屋子再往里又是一道薄薄的推拉门，拉开门是一面朝东的落地玻璃窗。第二个房间的南向也是落地玻璃窗，长方形小桌正对着玻璃窗，可以看见屋外的院落，我猜想小桌应该是主人喝茶看风景的地方。

回身往西走，经过放行李的门厅依次是餐厅和厨房，餐厅很小，只在临窗摆放着一张餐桌。经过厨房右拐一个小弯，然后继续向西，左手是洗漱台，右手是卫生间，再往里则是一间小卧室。小卧室在整栋房屋的最西端，要经过餐厅、卫生间才能看见它，显得很私密。所有房间的装饰完全是日式的，以暖色调为主。

就在我四处转悠的时候，春子也没闲着。她接通电源，点亮各屋的灯，点燃天然气取暖炉，然后打开拉杆箱从里面取出花花绿绿的食品盒和一瓶清酒，把它们一件件堆放在餐桌上。

“文哥，你住哪个房间？”

“我住东边的大间！”

“哼，瞧把你得意的！”

她笑着，从东边房间抱出一床被褥去了西头小卧室。

我换掉拖鞋来到院子里，东张西望踅摸着。朝南的落地玻璃窗下有一张长条小凳，旁边小树墩上放着一个彩绘瓷罐和一个打火机。我掏出烟，一个人坐在小凳上观赏峡谷对面的山景。

起伏的山峦依然披着绿装，只是那绿色比起春夏时要深些，少了些生气，多了几分静穆。山坡上有几处地方腾起缕缕白烟，就像农家屋顶升起的袅袅炊烟，那是地热冒出来的蒸气。

掀开彩绘瓷罐的盖子往里磕了磕烟灰，“真讲究。”我看着漂亮的瓷罐子。

闻到一股奇怪的味道，不知从哪里飘来的。

小院被低矮的灌木围起来，院里种着一棵松树，弯弯的枝干伸向山坡下的峡谷，树根处立着一尊做工精细的石灯笼。温泉池只够三四个人坐在里面，淡淡的热气缓缓飘向空中，那味道像是从池子里飘出来的。

春子走过来和我并肩坐在条凳上，她接过烟吸了一口又还给我。“吃点东西吧，吃完我们休息一会儿，起来再做晚饭。”她柔声说道。

“好啊，我真有点饿了。”我将烟头扔进瓷罐盖好盖子，起身随春子回到屋里。

餐桌上摆放着两份食物，我拿起盘子上的面包咬了一口，里面夹着火腿和煎鸡蛋，“嘀，这不正是我经常做的早餐吗。”但我没有告诉春子。

吃完面包，喝完咖啡，两人各回各屋休息。

不知睡了多久，睁开眼见屋里很黑，春子什么时候把灯熄了？听到厨房有响动，我掀开被子穿上外衣，经过门厅来到厨房。

春子正在厨房里，听见我来回头一笑。

“吵醒你了，睡得好吗？”

“挺好的，你呢？”

“我也睡了一会儿，起来做晚饭。”

“吃什么？”

“寿司、泡菜、关东煮，还有乌冬面，可以吗？”

“好啊，我倒酒吧？”

“吃完饭我们去泡温泉，泡完再喝吧。”

窗外小院在夜幕笼罩下静谧而安详，两人坐在餐桌前慢慢品尝着春子的厨艺，边吃边东拉西扯地闲聊。

说起两人共同的朋友，我说：

“炳太对朋友很热心，常凯爱读书有思想，立军这人讲义气。”

“那我呢？”春子歪头问道。

“你很聪明。”

“你很狡猾。”

“狡猾？为什么这么说？”

“我们一起吃饭，一起聊天，还……一起上床，可你从来不谈你的感情。”

“可是……你也没有谈过呀！”

“哼！”春子嗔了我一眼。

她又问起学校的课程忙不忙，我不知该如何谈论这个话题，想了想说：“我正在写一部小说。”她露出惊讶的样子：“写小说的人很了不起啊，什么时候发表？”我说等发表了一定送她一本。话虽这么说，可小说什么时候写完、能不能发表，我心里哪有底啊！

平时很少吃日料，对春子的手艺不敢妄下雌黄，但几样菜品都很好吃。这次箱根之行她事先肯定做了功课，事事安排得贴心周到，尽量使我过得无忧无虑，对此我心存感激。

吃完饭春子拿来一件和式浴衣，让我先冲个澡再去泡温泉。她又嘱咐说浴衣里不要穿内衣，在这里泡温泉是要赤身的。

冲完澡穿着浴衣来到小院，先往四周观察一番，这才去掉浴衣。用脚试试水温，两条腿探进池里，直至整个身体浸泡在水中，入水的一瞬间我确定那味道就是从池里飘出来的。

屋里的灯光透过落地窗洒落在院子里。

第一次泡露天温泉，既好奇又惬意。我用手划动池水，将头埋进水里再抬起来，双手抹去头发上、脸上、脖子上的水。

“怎么样，还好吗？”女人轻柔的声音。

“真舒服啊！”

“水里含硫磺，对皮肤很有益的。”

“是啊，我闻出来了。”

水被刺破发出细微的声响，腿上也感觉到水流波动。春子轻轻地“啊”了一声，那声音就在我耳边，“真温暖啊！”她发出一声赞叹。我侧头看去，她闭目仰头，肩以下浸没在水里，秀丽的尖下颚抵住水面，大波浪披肩发被她盘在脑后。

在神奈川县箱根这个寒冷的冬夜，借着落地窗淌出来的微弱亮光，我和春子静静地泡在温泉池里。两个热恋中人享受着水温的烘焙和水流的抚摸，此时此刻我们曾经熟悉并困扰在里面的那个世界消失得无影无踪。

“星星上面有什么，小时候总这么问自己。”春子眨动眼睛仰望夜空。

“哪颗星星？”我抬起头。

“最亮的那颗。”

“那上面的人看着地球也在这样问自己。”

“你怎么知道那上面有人？”

“你怎么知道那上面没有人？”

“狡猾！嘴不饶人的人是不会有朋友的。”

“朋友不就是能饶人的人嘛。”

“你在小说里也这么狡猾吗？”

“你怎么知道小说里有我？”

“我猜的，像你这样的人一定会把自己写进小说里，那些有故事、对生活有感受的人才会写小说呢！”

“那你应该写小说呀？”

“我？不行，我对自己没有信心。”

放在池边的手机发出短信提示，我拿起来看。常凯：哥们儿，干吗呢？我关掉手机，把它放回原处。

“人多渺小啊！”春子又感叹道。她抬高身体露出肩膀，起伏的水线轻荡在胸前。“我们默默地生，默默地死，就像行旅匆匆，你很在乎这个世界，可世界对你毫不留意。”

我听着没有搭腔，脑海里回味着她的话。

春子似乎不想泡太久，她拍了一下我的肩头：“好啦，我先进屋，你也出来吧。”她从池子里站起身，披上浴衣回屋去了。

峡谷对面的山峦被夜幕笼罩漆黑一片，什么也看不见，“那里也住着人家吧，他们知道我的存在吗？”我想。

回屋后先去冲澡，感觉皮肤滑滑的，全身血液通畅极了，肌肉完全放松下来。

从卫生间出来没有看见春子，小卧室的门闭着。

“哎——”声音很清亮，从小卧室里飘出来。

我轻轻拉开小卧室的门，春子身穿一件白底带粉色花图案的日式丝绸睡袍站在榻榻米上。

“好看吗？”

“好看，穿在你身上就好看！”

榻榻米上放着一张小木桌，桌上是那瓶清酒，还有几样小菜。也许是刚泡过温泉的缘故，她的脸颊、脖颈和前胸丰腴的肌肤泛起红晕。她屈膝坐下，拿起酒瓶往杯子里斟酒。我也俯身坐下，隔着小木桌看着她优雅的动作。

两人无言地端起酒杯，微笑着目视对方。

那晚我们又一次做爱，这回不是那种疯狂的男欢女爱，而是温情脉脉的鱼水之欢。我对她说，真想不到会在异国他乡和一位日本女子安享天伦。她眼神幽幽地看着我："你呀……我可不是纯正的日本人啊！"

第二天醒来，揉揉惺忪的双眼环顾室内，春子不在身边，打开手机，天哪，大上午啦！

披上浴衣出了小卧室，去卫生间冲个澡让头脑清醒一下。

厨房里没有人，餐桌上放着一份早餐：两片面包、黄油、果酱、一枚柑橘、一杯牛奶。

人呢，去哪里了？

抬头望了一眼窗外，哎哟！我快步走到玄关匆匆换好鞋，推开房门来到小院。

外面的世界一夜之间换了一副面容，石灯笼、灌木丛、松树、院外的民房，还有远处的层峦，统统披上了一层厚厚的白雪，一个洁白纯净的世界！

我深深吸了一口清冷的空气，伸展着腰身："真棒啊！"

"你起来啦！"话音刚落，又响起一阵笑声。

春子在温泉池里，整个身体泡在水中只露出头部。"快下来吧，雪天泡温泉是难得的享受啊！"

我扔掉浴衣走到池边，春子看着我的身体咯咯笑了，问我是不是喜欢运动。我一边下池一边说，年轻时爱运动，踢足球、游泳、爬山，现在不行了，待在家里的时间多。

“好大的雪！”我的腿碰到了她。昨晚听她讲述了自己的身世，今天和她在一起感觉更加松弛和亲近。

“夜里下的，早上起来雪刚停。”春子将头倚住我的肩膀，脸颊蹭着我肩膀上的皮肤。

我忽然想起自己坐在卧室阳台那把旧藤椅上，看着楼下花园里的景象，思考着四季变换与人的生老病死，心中不禁感慨万千。大自然眷顾你的时候，她是那么美丽、温柔，一旦发起怒来又是那么凶猛、无情。

“人生有时候很美好，有时候又很残酷。”春子语气淡淡地说。

“是啊，在大自然面前，人往往不堪一击。”

“这个国家的地质条件复杂，地震、海啸、火山喷发，想想很可怕的。面对灾难你才意识到生命的脆弱与无常，对未来总有一种忧虑。”

“他们的文学作品里都有一种风轻云淡般的哀伤与无奈，这正是它的独特魅力吧。”

“人要好好活着，好好享受人生的快乐，对不对？”

没等我回答，她一把抓住我，然后伸出舌头像小狗似的舔我的腮部，“哈哈，真好玩！”她毫无顾忌地嘲弄我。

从温泉池出来时，我欣赏着她的身体。四十多岁的女人身材保持得很好，小腹微微隆起，皮肤光滑细嫩，前后曲线饱满，能有这样的身材既是平日保养的结果，大概也和她没有生育有关系。

今天的行程只有一个：参观箱根森林雕刻美术馆。

喝完茶简单收拾一下行李，我们轻装上路。沿民居中间的小径下山，到山脚下乘坐巴士抵达美术馆。

这是一家坐落在山腰上的露天美术馆，天然起伏的草坪上展示着十九世纪至二十世纪西方和日本艺术家的雕塑作品，有人物也有奇形怪状的造型，草坪中间有水泥小路引导参观者到各处参观。由于夜里下了雪，草坪被白雪覆盖，巨大的雕塑上也积了不少雪。

一个二十几人的外国旅行团在馆内参观，多是中老年人，他们沿小路缓缓地边走边看，偶尔有人低声交谈。

他们是不是昨天在新干线上遇到的那些人呢，可又一想不对，那些人是在京都下的车，今天怎么就赶到箱根来了。

在巴尔扎克雕像前，我给春子照了张相，在镶有 PICASSO 名字的长长的白色影背墙前，春子给我照了张相。奇怪的是两人竟没有一张合影，这是多年后我深感遗憾的事。

人们经常会忽略一些看似寻常的细节，后来证明它们对我们的生活、情感、记忆具有意义。

一个多小时后从美术馆出来，天气晴朗，阳光充足，春子提议徒步返回，我表示赞同。

下山的路坡度缓慢，走起来不累。

“什么是爱情？”路上春子突然问道。

“爱就是性吸引，情就是期望长相守。”我不假思索地说出。

“这么简单？”

“简单吗？”

“嗯……是啊，长相守最不容易。”

一条河在峡谷间流淌，空气中又弥漫出那股怪怪的味道，这就是早川河和须云河交汇而成的河吧。

来到一座小火车站，意外地发现这里有一家中餐馆，老板是东北人，热情地为我们准备了一顿便饭。

下午三四点钟回到住所，两人都感觉到疲劳。

第三天是回程的日子，早饭时春子又将行程讲了一遍。我用热吻感谢她为我做的一切，这次箱根之行令人十分满意，春子仰头冲我诡秘一笑。

收拾好行装，把房间整理干净。春子和房东通过电话，锁好房门，又将钥匙放在门口一个精致的小木盒里，两人离开了小院。

在山脚下乘巴士返回小田源，我坐新干线去东京与肖立军他们会合，春子从这里回大阪，她告诉我到达东京后肖总会派人去接站。

在车站分手时，春子满目温情地望着我，说了一句祝福的话，我们相约不久后在北京见。我目送她的背影在视线中渐渐远去，浅驼色中长大衣、灰色围脖、散开的长发披在肩上……

车窗外的景色一闪而过，山峦、田野、房屋、车辆……脑海中浮现的却是这两天和春子在箱根生活的一幕幕场景，人的思绪还逗留在箱根，在那所房子里，在小院的温泉池边。

上高一那年，彭春的父母带着她和弟弟从上海移民日本，她取名春子。父母在亲戚的一家工厂里做工，她和弟弟继续中学学业。第二年父亲跟着一个日本女人跑了，撇下她们母子三人从此杳无音信，她说她恨父亲。几年后她和弟弟相继考上大学，毕业后春子进入一家著名广告公司从事行政工作。时光荏苒，二十多年过去了，因思念故土，想念那里的亲眷、同学和老邻居，春子向公司申请调到北京分公司。在北京工作期间她结识了肖立军，又通过肖立军认识了我。

春子道出了她的身世，不由地让我想起自己离婚后的生活。

八年单身产生了巨大惯性，我被命运编织的一张无形大网牢牢地裹在里面，就像一只蚕蜷缩在茧子里以求自安，直到遇见了春子。

列车飞驰般向东京驶去，箱根被远远地抛在了后面……

十几年过去了，这些年时常会想起春子，想起和她在箱根度过的美好时光，在小田源车站分别时目送她的背影远去。那时万万没有想到，自此一别我们再也没能见面。

下　部

我感到欣慰：桃桃长大了。

21

二〇一九年深冬。

故事到此不得不暂停，十三年前的事先放下，这两天家里要接待一位重要客人，我得忙这事去。

桃桃原定上个月回国，临时有事耽搁到现在。她两年没回来了，想念家人，家人也惦记她。和十三年前比，如今通信手段发达，微信、视频、语音，虽远在万里仍能听到对方的声音，看到对方的容貌，但这和面对面相见毕竟两回事。

与以往不同，这次回国不是一个人，还有她的男朋友——英国小伙杰克。

上午我和沈聪去机场，他驾驶那辆黑色 SUV 一路唠叨不休。先是说他宝贝女儿二十七岁了还不结婚，不知成天瞎忙什么。接着说好不容易找个对象还是外国人，别说吃不到一块，不同的生活习惯和文化差异就够两人磨合的。又说干吗不找个中国人呢，香港的、澳门的、台湾的都行啊。

他说话的语气有些杂乱，时而低沉，时而高扬，时而又唉声叹气，看来他的心情也是杂乱的。

我理解他对女儿的感情与期望，此刻对他最好的回应就是默默倾听，你说什么他也听不进去。今天是他和利娟高兴的日子，别扫他们的兴。

到达 T3 航站楼，在停车场停好车，步行进入巨大而华丽的接机大厅。

航班信息屏显示，从伦敦起飞的那趟航班已经落地。乘客出口处站满了接机的人，我们挤在人群里专注地朝里面张望。

从世界各地来的乘客拖着大大小小的行李箱朝出口处涌来，你无法辨别谁是乘坐的哪趟航班。

二十分钟过去了，还不见要接的人，沈聪有些焦虑不安，背着手来回踱步。我拍拍他的肩膀示意他耐心等待，很快就能见到他的宝贝女儿。

又过去了十分钟，桃桃终于出现，她和一个高高瘦瘦的年轻人并肩走了出来。

“爸——”她跑过来张开双臂抱住沈聪，然后又和我拥抱。她长高了，人漂亮了，当然体重也增加了不少。

“这是杰克，这是我爸和我舅。”桃桃介绍说。

高高瘦瘦的年轻人满头金发，一张红扑扑的娃娃脸，神态腼腆而拘谨。

外甥女曾在微信里告诉我们，杰克是南安普顿人，毕业于南安普顿大学，现在是时装设计师、摄影师。我查过资料，南安普顿是英格兰南部一座港口城市，是著名的“五月花号”和“泰坦尼克号”的起航点。

“叔叔你好，大舅哥你好！”这位时装设计师兼摄影师的问候引起哄堂大笑。桃桃纠正说“叫舅舅，不叫大舅哥。”“为什么？是你教我的呀！”那张本来红润的脸涨得更红了。“一时半会儿说不清楚，以后再给你解释。”“哦，舅舅你好！”他的汉语带有浓重的域外腔，好在能听懂。

两个大号行李箱鼓鼓的，拎起来十分笨重。在北京只待五天，东西似乎带多了，幸亏那辆 SUV 后备箱宽敞，换成我的捷达就麻烦了。

回家的路上大家聊起伦敦和北京冬季的天气，又聊起桃桃今后的职业打算。桃桃也问起爷爷、奶奶、姥姥的身体状况，说特别怀念姥姥做的糖醋鱼。杰克显得很安静，偶尔插一两句。

车子在万寿路一家宾馆门前停下，从宾馆到姥姥家步行约十分钟。利娟本想让桃桃住在家里，桃桃说杰克第一次来不熟悉，住一起不方便。

在宾馆安顿好以后，沈聪对女儿说，你们下午休息一下，晚上来姥姥家吃饭。

利娟早早就来帮保姆准备晚饭，我一觉起来饭菜基本做好了。

桃桃进门后看见满满一桌菜惊讶地叫起来，我也觉得这桌饭不亚于一顿年夜饭。特别令桃桃惊喜的是，保姆秉承了姥姥的手艺，成功地做了一道糖醋鱼。

桃桃将男友介绍给母亲和姥姥，利娟上下打量杰克，姥姥倒一脸安然自若。

大家围饭桌坐下，沈聪举杯祝酒，欢迎远道而来的英国客人。我又提议祝桃桃二十七岁生日快乐，她看着我满足地笑了。

时间过得真快，外甥女过十四岁生日的情景又浮现在眼前。

就在我的思绪恍惚之际，桃桃端着酒杯走到姥爷的遗像前鞠了一躬，将酒杯放在遗像前的五屉柜上。看着她的这一举动，我鼻子一酸，虽然已是六十多岁的人，不大爱动感情，可有时候还是忍不住。

饭后沈聪、利娟、桃桃在姥姥屋说话，我和杰克坐在客厅沙发上。为了不让客人感觉被冷落，最好聊点什么别傻乎乎坐着，于是两个球迷聊起了足球。

我说我支持北京国安队，你呢，他说当然是南安普顿队。他问我喜欢哪位球星，我说是莱因克尔，他做出一副惊讶的样子，一边说老了老了，一边竖起大拇指。我不知道这大拇指是给我的，还是给莱因克尔的。他说他心目中的球星是意大利人罗伯特·巴乔。我问他喜欢哪种风格的足球，他说巴西，我说我喜欢德国的，他不以为然地摇摇头。我笑了笑没吱声，跟外国人聊天适可而止，别像咱们似的非聊得面红耳赤、拍桌子瞪眼才罢休。

过后我跟桃桃说，杰克是个浪漫的人。“你怎么看出来的？”“从他喜欢的足球风格和球星就看出来了。”“舅，你眼光真毒，他就是个浪漫情种！”我又说像他这种人凡事追求完美，对人对事难免苛刻。桃桃笑了，竖起大拇指，我敢肯定这次是给我的。

正和英国人聊着足球，桃桃来到客厅，说要计划一下这几天的日程。

我问她打算去什么地方，她说明天去爷爷奶奶家，然后要和初中同学、高中同学、大学同学分别聚会，还想去长城、故宫、颐和园，杰克计划找一条北京的老旧胡同拍照，另外还准备逛街采购、下馆子。

好家伙！这么多“想、计划、准备”，五天时间哪够啊！

沈聪和利娟也参与了进来，大家七嘴八舌地花了一个小时，最终拟定出一份日程安排。在这份安排里去掉了颐和园，将同学聚会和下馆子合并。即便如此，我仍然觉得五天时间紧紧张张。

次日利娟、沈聪带两个年轻人去爷爷奶奶家看望老人，沈聪又请了一天假开车带他们去了趟八达岭长城，余下的活动就是年轻人自己的事了。后面几天我几乎见不着桃桃和杰克，只是按照桃桃开列的清单替他们采购物品。

这天顶着寒风刚从街上采购回来就收到炳太的微信，一幅根雕照片。

自从退休后他迷上了根雕，家里摆了大大小小十几座，都是他亲手雕的，有的做得很别致，有的意象平平。从照片看这颗“豹子头”做工精细，可看上去像猫脸，说不上是佳品。本想回复一条微信谈谈看法，想想又作罢了。人的鉴赏力总是超出他的创造力，如果让我做，未必做得更好。就让“金老将军”自己慢慢玩吧，做多了自然会灵光乍现、别出心裁的。

时间匆匆而过。临走前的一天，杰克去语言学院拜访他在南安普顿大学的一位老同学，桃桃和我坐在姥姥家客厅沙发上聊了大半个下午。

“舅，杰克这人怎么样？”

“小伙子看上去不错，搞艺术的感情都很细腻，做事也认真，虽然有时候容易冲动，习惯就好了。”

桃桃没说话，默默地点了点头。

“你们是怎么认识的？”

“在大学图书馆。半年前有一天我查完资料把手机落在桌上，杰克追到图书馆外面把手机交给我，我们就互留了电话。”

“恋爱期间要充分享受相识、相知、相恋的过程，不要纠结于今后能否谈婚论嫁，结婚是一个自然结果，让它水到渠成。”

“哼，我爸老急着要我结婚，我妈也是，说谈恋爱不结婚那叫什么！”

我笑了，不是笑利娟和沈聪，桃桃小时候就爱噘嘴，长大了还是这样。

聊到今后的职业选择，桃桃说她打算先在图书馆做几年研究，再结识一些戏剧界从事舞台工作的人，见识一下那个圈子。至于长远计划嘛，她想选一所大学去教书。

她说传统的西方戏剧在揭示人性方面更坦率，也更狠，而近几十年来各种新潮实验不断涌现，令人眼花缭乱，不进圈子里只能在外面看热闹。她又说中国文化与西方文化差异巨大，在文化比较方面下点功夫不吃亏，一手拎起中国文化，一手拎起西方文化，你的视野会更开阔，眼前的风景也更丰富。

我赞同这个说法，为她推荐了几本相关书目。但我还是提醒她，人要脚踏实地，基础打得牢，房子才能盖得高。

在这次谈话中，她的一段话令我印象深刻：“在你觉得应该独立思考之前，你对这个世界的认知主要来自别人的诉说，它校正了你观察事物的视野和角度。当你独立思考后，重新调整了视野和角度，却看见了一幅完全不同的风景。人应该相信自己的眼睛，而不是别人的嘴巴。”

一个人长大了不仅指他的生理年龄，还要看他的心理和思维的成熟度。我感到欣慰：桃桃长大了。

“舅，退休生活还好吗？”

桃桃不知道十三年前发生的事（这是我的猜测），也没人跟她提起过（这也是我的猜测），既然问起我退休后的生活，也只能说还好吧。

“一个人不寂寞吗，最近有没有新的小说发表？”

“眼下正在构思一部长篇小说。”

“讲的什么故事？”

“一个中年男人的故事，他的职业生涯、情感经历和内心的挣扎。”

“中年危机？”

“也可以这么说。”

她笑了：“我还没到中年就已经危机重重了，要是到了中年更不知道该怎么办呢！”

我说“危机”两个字未免言重，实际上它是一种人生困境，这种困境源于人在不同阶段面临的某个特定问题。困境在人生各个阶段都有，少年时期的叛逆，青年时期的迷茫，中年的无奈和老年的孤独，人一辈子就是不断地解决自己面临的“问题”。

桃桃听完又默默地点了点头。

“舅，小说写的是不是你自己啊？”

“有我的影子。”

“那我得好好读读，说不定里面还有我呢！”

“哈，到时候你就知道了。”

舅舅和外甥女属于两代人，时代的变化决定了两代人之间会有分歧与隔阂，很难说她们那代人能理解我们这代人的观念和感情。我的故事是讲给同代人听的，难以想象桃桃她们听了会有什么样的感受，若是碰上几位“南无系”的人，那一定会嘲笑我的。

桃桃又说从某种意义讲我俩算半个同行，一个搞戏剧，一个写小说，以后可以共同切磋。我说当然可以，你当我的老师，她大笑了起来。

“小沈，给我倒杯水。”卧室传来母亲的喊声。

母亲年届九旬，身体仍很硬朗，耳不聋眼不花，腿脚也还方便。那些退休的邻居见面就向她请教长寿经验，母亲也说不上什么，只说爹妈给的命好。

桃桃起身对保姆说：“我来吧，您忙厨房的事。”

保姆姓沈，沈聪家的一位宗亲，在我家当了十三年保姆。她和我年龄相仿，刚来时还一头黑发，如今已是灰白头发，和老母亲比她的白发反倒更多一些。

晚饭前杰克回来了，看到他腼腆的笑容，想他和老同学相聚一定很愉快。

进门后他摘掉肩上的照相机，我问能不能欣赏一下他拍的照片，他很乐意，打开相机让我看。

长城、故宫、地铁里、街道上……一张在东四某条胡同里拍的照片引起我的兴趣，灰墙灰瓦，斑驳的院门，红色门牌，一棵老树的枝杈探出院墙。

可让我奇怪的是他拍的照片很少，总共只有三十几张，平均每天六七张，如果是我恐怕一百张也打不住，天知道摄影师是如何利用他们手中的相机的。

晚饭期间为了满足大家的好奇心，杰克谈起对北京的感受。北京很大，人很多，车很多，好吃的也很多，但古老的建筑少，看到的一些都是近代重新修缮的。

显然他不是善谈之人，几句过后便不语了。我想即便他是个话痨，在短短几天里走马观花式的接触毕竟感触不深，再出于礼貌，他是不会说太多的。

饭后他为我们拍了一张全家福，又给姥姥单独拍了一张。

第二天我和沈聪、利娟一起去机场送行，那两个大箱子依旧很笨很沉。路上桃桃说回国前时间匆忙，没给你们带什么礼物，可回去却带了不少好东西。利娟安慰女儿，人回来就行，不用带礼物。

桃桃又用一种老成人的口气说："舅，你多保重身体。"我笑笑说："放心吧，你舅还没老到那个分儿上。"

临别前桃桃搂着她妈哭了，利娟也掉下眼泪。杰克站在一旁不知如何是好，那张娃娃脸仍是红红的。

我发自内心地祝福外甥女，祝愿她和杰克能够一直相好如初，有一段美好的爱情。

送走了两个年轻人，我又忙活自己的事。

这是一个死神出来游荡的夜晚，今天它选中了我的父亲。

22

二〇〇七年春节期间，和立军、常凯他们从本州旅游回来没几天，正月十五刚过，令人猝不及防的事发生了。

马司长是小年那天走的，不出一个月父亲也走了，走得匆匆，似乎急着要去找老伙计团聚。

事情发生在晚上。

晚饭前利娟来到父母家，告诉爸妈今年她被总行评为年度优秀员工，还得了奖金，她用奖金给老爸买了一件羽绒服。老爸穿上新衣服挺合身，叫利娟留下吃晚饭。

父亲兴致很高（只要利娟为他做一点事情，他就高兴得不得了），晚饭时还喝了一小杯酒。

吃过饭利娟走了。父亲回卧室看世界女排锦标赛半决赛，中途大概要去解手，下床时便栽倒在地上。

母亲在客厅看电视，没听到卧室的动静。当她离开客厅去卧室时才发现老头子倒在地上，叫了两声没有反应。母亲以为又是心脏病发作，忙去找利娟买的硝酸甘油片，可找来找去找不到，不知老头子把药放在了什么地方。她赶紧给女儿打电话，又给楼上的老赵打电话。

老赵和他儿媳妇先到，女儿和女婿后到。利娟进门就说已经叫了120，救护车马上就来。

接到沈聪的电话我开车从家属院出来，路上他又来电话让我直接去总医院。我问父亲情况怎么样，他说不乐观。我又问母亲情况如何，他说老赵和他儿媳妇陪着呢。

听说情况不乐观，我的心一下子沉了下来，沈聪懂医，他不会瞎说。

进了医院急诊楼，利娟和沈聪正在抢救室门外守着。我问利娟120的人怎么说，她告诉我120的人看到病人情况，说可能是心脑血管问题，要赶紧送医院。我又问老妈的情绪是否稳定，利娟说看着还可以。她又把刚才在家里看到的和母亲讲的跟我描述了一遍，我没再问什么。

还能问什么呢，人在抢救室里，医生在努力，一夜之间家人的心情天上地下。

此时我非常后悔没有坚持带父亲去医院检查，上次犯病已经说明他的心脏有问题，要是及时检查治疗就不会出现今天的情况。我只顾忙自己的事，写作啊、恋爱啊、喝酒聊天……却忽视了真正要紧的事。看着墙上贴的“抢救室门外请保持肃静”的字样，我满心自责，怪自己错失了早检查、早发现、早治疗的机会。当然，很快我就知道父亲的死并非出于心脏病。

不知过了多久，抢救室的门开了，走出一位男医生和一位女护士。医生摘下口罩的瞬间我意识到情况不妙，他说病人大面积脑出血，已经没有抢救的机会，请家属节哀顺变。

利娟一下子瘫坐在地上，沈聪忙去搀扶。我的大脑一片空白，不知道接下来该做些什么。

有那么一瞬间，仿佛整个世界都塌陷了，坠入万劫不复的深渊。苍白的大脑竭力挣扎着想要做些什么，可四肢像被捆住似的一动不动。

人身陷困境时总会有一位英雄挺身而出帮你解困，这天沈聪成了那位英雄。

他问过护士后打了一个电话，很快太平间的人推着活动床来了。他将老丈人抱上去盖好单子（我不敢碰父亲的遗体），推着活动床走在前面，我和利娟跟在后面。

在太平间他和我为父亲选了一套深蓝色西服，他又独自陪工作人员为逝者沐浴穿衣，然后到门外叫我和利娟，我们一起看着父亲遗体被安放进铁质冰柜。

另一个难题出现了，母亲打来电话，要怎么跟她说呢。沈聪建议先不要告诉老太太，就说还在抢救，等咱们回家后慢慢跟她说。

他拿过利娟的手机接通电话，幸好打电话的是老赵，这让人缓了口气。

沈聪表情严峻又沉着，忙而不乱，这让我对他刮目相看。以前只知他是个嘻嘻哈哈、埋头苦干的好丈夫，在利娟面前还有点窝囊，桃桃养小泰迪的时候，他在家里排第三，地位仅高于泰迪。而今天我看到了一个全然不同的人，果断、镇定、粗中有细。

医院的事安排妥当，我开车带他俩回家。路上三人都不说话，可能跟我一样，利娟和沈聪也在想回到家后如何向老太太交代。

这是一个死神出来游荡的夜晚，今天它选中了我的父亲。

令人意想不到的是，母亲如此坚强，听到父亲去世的消息，她默默地流下了眼泪，平静地接受了这个事实。

她独自回到卧室，把自己一个人关在里面。

在这个家庭，母亲虽是长辈，却又是个弱者。她和父亲结婚后一直伺候丈夫，做饭、洗衣、打扫卫生，家务全落在她一个人身上，父亲只管外面的事。有了孩子以后，母亲一边工作一边抚养儿女，辛苦操劳了一生。在我的记忆中她从没和丈夫顶过嘴，甚至很少大声说过话，任劳任怨地用弱小的身躯支撑着这个家。今天我才发现，在她柔弱的外表下竟有一颗坚韧的心。

母亲坚持要去参加遗体告别仪式，我们不能阻拦。沈聪说，他会全程陪着老太太，不让她出一点事，叫我专注于仪式。

沈聪成了我的主心骨，事过之后一定陪他好好喝顿酒。

告别仪式安排在五天后的上午十点钟，这天一大早全家人就做好了准备，老家来的亲戚也都到齐了。我和沈聪、利娟商量，这天让桃桃照常去学校上课。

八宝山公墓告别厅，父亲生前的老领导、老同事来了不少，有些我认识，大多都不认识。

米叔来了，他特意到休息室看望母亲。米婶这两天患感冒不能来，米红照顾应涛也离不开，米叔代表全家来送老处长最后一程。我谢过他，说过些日子去密云看望米婶。炳太和常凯也在休息室，随时听我招呼。吕欣有手术不能来，立军有事也来不了，他托常凯给我带来一个信封。在休息室里还有部里一位退休的副部长，他正和母亲坐在一起说话。

我虽是家中长子，但需要我做的事并不多。

仪式上家属站在遗体右侧接受来宾慰问，前排依次是母亲、我、利娟和沈聪，后排站的是从老家来的我的两位堂兄，以及母亲娘家的三位亲戚。

哀乐响起，来宾戴着小白花向遗体鞠躬告别，然后缓缓绕过遗体向家属表示慰问。

退休多年的赵司长也来了，人还是那么瘦。他曾是父亲的顶头上司，两人多年不合，在工作上经常发生分歧，父亲不喜欢他，叫他赵猴子。赵司长握着我的手说："老处长是个好人哪"。我道了声"谢谢"。

父亲的脾气决定了他的人缘，在单位里除少数几个知根底的人合得来，他没有更多的朋友。在参加告别仪式的来宾中，有些人平时与父亲的关系并不亲密，像赵司长这样和父亲不对付的人也能找出几位来。人和人的关系很微妙，活着的时候谁看谁都不顺眼，一旦人走了，悲悯之心大发，生前的恩怨一笔勾销。死亡是个解脱，想想有道理。

仪式过程中利娟始终在小声抽泣，母亲却很镇定，挺着腰板和来宾握手致谢。事后我才知道，出门前沈聪为她系上了护腰带。

单位治丧小组的工作人员将告别仪式安排得井井有条，我代表家属对他们表示了感谢。

中午全家人来到万寿路一家饭店，我订了一桌饭请老家来的亲戚们。米叔要去看女儿、女婿提前走了。炳太和常凯一直跟着，我请他俩一起作陪，似乎有他们在心里才踏实。

饭桌上母亲是长辈，她时而询问老家那些老人的情况。堂兄们话不多，问一句答一句，倒是娘家那几个晚辈话很勤，叔啊姨啊地唠叨个不休。

炳太问我墓地选好没有，我说还没有，骨灰暂时存放在公墓，等选好墓地再下葬。常凯说他去打听一下周边的公墓，有消息告诉我。人在这时候才特别感受到朋友情谊的宝贵，他们的帮助，哪怕一句简单的问候，都会让你倍感温暖。

送母亲回到家，一进屋我突然觉得这所房子很陌生，空空荡荡，安静得吓人，眼泪再也控制不住一下子涌了出来。

我连忙转过身怕母亲看到，她要继续在这所房子里生活，需要多久才能适应没有老伴的日子呢？！

我住下来陪母亲，希望能陪伴她尽快度过这段适应期。老爸走得太突然，全家人都要适应一段时间。一家人是个整体，缺了谁都不完整。

我已是中年人，对于生死自有理性的认知。我也参加过别人的追悼会，目睹过逝者，但当自己家人去世时，难免心慌意乱甚至惶恐不安。

我与父亲一起生活了五十年，彼此之间自然有所了解，但真正相互理解吗？他脾气倔很固执，自己认准的事便一口咬定。在一般情况下，他不爱说话，也不善表露感情。他会趁你不注意时为你做些什么，过后却又像什么也没发生，你别指望对他的付出表示感谢会令他高兴，听到别人的赞扬他会很不自在。我没有给他生一个孙子或孙女，不知这是否构成父子之间沟通的障碍。不管怎么说，他是我的父亲，从未干涉过我的生活，我对他的任何评价也许都有欠公允。

我的两个伯父已于几年前先后去世，至此爷爷的三个儿子都不在了。我没有姑姑，现在就剩下第三代人。而我与堂兄们又无来往，如果不是因为有共同的血缘关系，几乎等同陌路，中国传统的家族观念到我这辈已大大淡化。

最让人担心的还是母亲，虽然她表现得很坚强，可谁知道接下来的日子里会发生什么。当夜里睡不着的时候，会听到从母亲卧室传来轻轻的抽泣声。我没有过去看她，白天她一直克制着自己的情绪，这时候应该任由她发泄。我想好了，不能让我对父亲的愧疚在母亲身上重演，要让她拥有一个安稳的晚年。

我和利娟两口子商量，该给母亲找位保姆，费用家里支付得起，只是人选要可靠，最好是知根知底的人。利娟红肿着眼睛说，那就找家政公司看有没有合适的人。沈聪摇了摇头，说他倒有个人选不知合适不合适。我和利娟看着他，他接着说到，山东老家有个老乡，五十来岁的妇女，在他父亲的医院做保洁。她人很踏实，身体好，也姓沈，论起来和沈聪家还沾亲带故，是个知根知底的人，就不知她肯不肯来。利娟说那你赶快去问问，咱们可以多付点钱。我也觉得这事值得试一试，就拜托沈聪去打听。

我去征询母亲的意见，老太太没有反对。

隔了两天沈聪来电话，那个老乡愿意来，他跟对方说先试用一个月，一个月后根据双方意愿再协商下一步事情。

沈聪的谨慎是对的，在一个屋顶下能不能合得来有时候跟关系远近没关系。

保姆看上去干净利落，说话温和客气，给大家的初步印象不错。这件事算是有了眉目，保姆在家住了下来。

利娟每天下班就到母亲这来，吃过晚饭才走。她会陪母亲说说话，有时也会问问保姆的家庭情况。每次来她都带些肉菜、水果之类的，或是给母亲买些日用的小东西。桃桃来过两次，见到姥姥不知说什么，噘着小嘴在一旁不吱声。

我在父母家住了十天，母亲的状态让人放心。她和保姆相处融洽，对保姆做的饭也满意，还三天两头叫保姆跟着去附近商场转转，买点自己需要的或喜欢的商品。夜晚我没再听见母亲独自哭泣，但她经常看着父亲的遗像发呆。

离开父母家的前一天晚上，我约利娟一家来吃晚饭。在母亲的指导下，保姆做了一桌饭菜。

我特意买了一瓶五粮液，准备谢谢沈聪。开饭前我倒了一盅饮料代替酒摆放在父亲遗像前的五屉柜上。母亲说把这个也摆上吧，她拿来父亲的放大镜，桃桃接过来将放大镜放在小盅旁边。

我和沈聪举起酒杯，利娟、桃桃和保姆端着饮料，大家一起祝福母亲健康长寿。

我对保姆说，谢谢你，这段时间辛苦了，如果觉得合适希望能留下来。保姆腼腆地笑了，你们放心吧，我会照顾好老太太，我们俩可有缘分哪。

这顿饭一家人吃得平平静静，但我和沈聪都喝醉了。

有时候人需要把自己藏起来，从僻静处看热热闹闹的大千世界。

23

季节在悄然变化，芸芸众生的我们也该换一换心情了。

肖立军托常凯带给我的信封里，装着一张银行卡和一纸打印的信札。

“老沙：这是上次做策划的劳务费，去日本花了一万多，还剩三万多，想你最近需要用钱，特奉上备急。因公司有事不能参加告别仪式，十分抱歉，请代为问候令堂大人。密码写在卡上，自取为便。另，保留银行卡以备今后资金往来时用。立军即日。”

几个月前我为肖立军做过一个广告策划，公司付给我五万元劳务费。我觉得干的活不值这么多钱，朋友间帮个忙理所当然，就没要那笔钱。当时他也没硬塞，事情就过去了，没想到借去日本旅游和给父亲办后事，他到底把这笔钱支付了。

“这家伙！”不得不佩服肖立军的办事能力，他总能抓住恰当时机把想办的事办成。

拨通他的电话，两人寒暄了几句。他问：“有事吗哥们儿？”

“有点事，不知方便不方便，想去你的怀柔小院住几天，你看……”

“没问题，几个人？”

“一个人，去清净几天。”

“哦，明白。这样吧，今天我给邻居大嫂打电话，让她把屋子收拾一下，你明天去怎么样？哥们儿放心，想住几天住几天，那儿什么都有。”

我谢过他，又闲扯了几句后挂掉电话。

第二天上午开车进了村。不打算久住，只带了洗漱用品和几件随身用的东西，除降压药外，还有一本书，两袋方便面。

肖立军让我去隔壁找李嫂拿钥匙，可来到院门口时门半掩着。我停好车，推门走了进去。

院子里整洁、安静，几棵树上的叶子都掉光了，还没有长出新芽，秃秃的枝杈了无生气，地上看不见落叶，青石小道上洒了水。

有这么个小院多好啊！我突生感慨，朝北屋方向走了几步。

“喂，有人吗？”

“哎，来啦！”

随着应答声从东屋里走出一位中年妇女，她中等身材，略胖，一头短发，腰间系着围裙，两手在围裙上抹着。

立军告诉我，李嫂人很实在，做事麻利，叫我别客气。他还告诉我，李嫂的丈夫就是上次带我和炳太、春子回城的那位出租车司机。

“你是李嫂吧？”

“哎，肖老板这么叫我，我们家那口子大几岁，我还没你们大呢。您是沙教授吧，肖老板让我这么叫您，可我有点不习惯，喊您大哥行吗？”她脸上的笑容很喜兴，说话语速快，一口气把话说完。

“我来住几天，给你添麻烦了。”

“说哪儿去了，不麻烦。肖老板说了，这些日子照顾好您，有什么需要的跟我言语一声就行。我刚在厨房收拾菜，中午吃猪肉炖粉条贴饼子，晚上蒸俩花卷，来咱郊区就得吃咱当地的伙食。明儿我再去买两块豆腐……肖老板说了，让您一日三餐吃好。”她又一口气说完。

听她一口一个“肖老板”，立军在我心目中的形象随之高大了许多。

北屋里窗明几净，暖气是热的，壁炉里烧着几块木柴。

“出了正月天还是凉，我给您烧上火了。大哥，肖老板说了，两间卧室睡哪间都行，您随意吧。”

来到客房，我将双肩包搁在床边的靠背椅上。

一日无话。晚饭后在壁炉前呆坐，烧成炭样的木柴依旧给屋里增添着几分热度。

拿出那本《我的名字叫红》，这段时间一直在断断续续地读，剩下不多了，想趁这两天把它读完。

乡村的夜晚静得出奇，好久没有睡得这么沉了。

次日吃过李嫂做的早饭，回到北屋坐在落地窗前的躺椅上点燃一支烟。

这是一个半阴天，云雾遮住了阳光，小院反倒显得更安静。口中吐出的烟雾在面前缓缓散开，迷了我的眼睛。

母亲、利娟、沈聪、保姆，还有桃桃……

家里突然少了一个人，又多了一个人，全家人都要慢慢适应。晚辈还好说，母亲是最难过的，她和父亲同一天出生，一起长大，一起玩耍，一起识字，一起来北京，共同生活了七十多年。他们早已合为一体，你中有我，我中有你，如今其中一个永久地离开了，另一个该是何等的孤单寂寞啊！

父亲去世对母亲无疑是个沉重打击，但我还无法评估这一打击将给母亲今后的生活带来何种影响，希望她能像在告别仪式上那样坚强地活下去，这期间保姆也许可以起到积极作用。

从这些日子观察看，沈聪找的这个保姆再合适不过。她是沈家同宗，来处清楚，人温和老实，手脚勤快，做饭的口味也符合家人习惯。最重要的是，母亲与她合得来，这从母亲的表情及对保姆的态度看得出来。另外，保姆的年龄也正好，再大一点或小一点都有不方便之处。当然，相处的日子刚刚开始，但愿长此以往，相安无事。

打开音响放进一张碟，海顿的大提琴协奏曲。仰躺在椅子里细细地听，心如止水，无波无澜。这套设备的声音质量比我的那套好，可以清晰地分辨出不同声部。立军说他是托人买的二手货，价钱不贵，但音箱质量上乘。不知肖立军平时听不听这些音乐，音响设备像是专门为我准备的。

我在隐居，有点像关禁闭，只是这间禁闭室属于 VIP 级别。

太阳从云雾中钻出来，看似很轻，像一只灰白色的气球悬浮在小院上空。

我的目光集中在院子里的那棵桃树上，心被什么东西轻轻触动了一下。我起身推开屋门来到院里，站在树下惊奇着自己的发现。

在这春寒料峭的日子里，桃花要开了，细细的枝杈上生出许多花骨朵儿。那棵海棠还没动静，院门口的两株梧桐也静悄悄的，只有这棵桃树耐不住性子，急着要来装扮新的季节。

听说桃树、海棠、梧桐各有不同品种，我对植物学一窍不通说不上来。但我知道在古典诗词里这些名称屡见不鲜，翻开唐诗、宋词会经常遇见它们。元代江南画师倪云林就钟爱梧桐，他家门前有一道土岗，他在上面种满了梧桐树，号称梧桐岗。花和树本乃自然物质，千百年来被人类赋予了多姿多彩的文化意蕴。

站在树下观看了许久，以前从未觉得桃花如此好看。

午睡起来向李嫂借了辆自行车，一个人骑车往村东去。至少十年没骑车了，刚骑上去左右摇晃不已，二十米后才稳住车把。

我没有过河到杨树林那边，而是沿河边的沥青路往北骑。北边的山峦朦朦胧胧，像是传统的文人水墨画。

猛蹬出几十米，累了，放慢速度，然后再提速……好久没有感觉这么爽了，独自一人骑着自行车，在无人迹的乡间。

两旁的田野一望无际，地里的庄稼和草还没有返青，景色有些荒凉。有些画家偏爱画荒凉的原野，像俄罗斯画家，也许那个国家的地盘太广阔了。

路中央有一条死狗，被来往的车辆轧死的。我扭过头去，脚下使上了劲。

骑出几里地后，经过一片果园。走近一看是桃园，一垄垄的桃树也结出了小小的花蕾，有的已经开始吐艳。园子被围栏围起来，人不得进去。

我转到另一侧来到进园的门前，旁边围栏上挂着一块木牌，上面的字迹模糊不清：蜜桃采摘十斤　　元。在斤与元之间空出了两个字的位置，是留给写价格用的。

门开着，我悄悄走了进去。桃树长得不高，大约有我一个半的身段。站在一棵树前仔细观看枝上的紫粉色花蕾，又拽过一枝闻闻，没有香气，我的鼻炎让我的嗅觉敏感度大大降低。

“你来早了，花还没开。”

果树丛中闪出一个老头儿，穿一件褪色的军绿旧棉袄，灰白的头茬儿和胡子茬儿。他手里拿着一把铁锹，走路腿有些跛，走到近前站住。

“对不起，路过进来看看，可以吗？”

“我说你来早啦，今年花开得晚，过几天才好看哪。”

“是啊，这么一大片桃树开花一定好看！”

“城里来的？”

“啊，从史家村那边来。”

老人将铁锹插进土里，从衣兜掏出烟盒。我忙掏出烟盒抽出一支递过去，又替他点上，“谢谢。”他冲我点点头。

“您的桃多少钱一斤？”我也点上支烟。

“说不准，看行情吧。”他嘴里吐出一股淡淡的烟雾。

“您在忙什么，修枝还是施肥？”

“城里人只管吃桃就行了，问我们忙什么干啥！”

他语气生硬，可脸上竟露出一丝笑容。我也微笑着，语气上不输他。

“有人吃才好呀，没人吃的话，您这一年不就白忙活了！”

“有人种有人吃，好啊！桃熟了，人把它吃了，来年又结出来，人又把它吃了，熟了吃，吃了又熟，一年一年的城里人乡下人都活啦！”

“这叫生生不息！”

“一代接一代，没完没了哇！”

我俩笑了起来。老人说，夏天来吧，请你吃桃。我答应他一定来，按优惠价卖给我。老人摆摆手：“管你吃个够。”

我又递过去一支烟，他又摆摆手：“不啦，天晚了，早点回去吧，史家村离这少说六七里路哪。”

道别老人后骑车返回，路上回味着他的话：“一代接一代，没完没了哇！”

走走停停，有心无心地赏着野景。当年插队时这景最熟悉，未想到今天竟有了新的体验。

云雾散了，苍穹挂不住沉甸甸的太阳。西边的山峦被染成橘色，而北边的山越发清晰，仿佛就在跟前。

来回花了近三个小时，回到小院时天色已沉。今天的运动量有些超支，腰酸腿痛，屁股也疼，自行车的车座令人苦不堪言。

李嫂在准备晚饭，她是我遇见的最好的厨师。

我喜面食，尤其爱吃面条，晚上的热汤面简直棒极了。我不顾体面地吸溜吸溜吃了两大碗，李嫂叫我慢点吃，锅里还有呢，我抹了把嘴，“哈，不吃啦！”

太平洋暖湿气流路过，气温明显回升，晚上也不冷。我出了院门，闲庭信步地朝村东头走去。

村子里的道路铺设着水泥路面，却不十分平整，有的地方高，有的地方低，偶尔还有小坑小洼。好在家家户户门前亮着灯，灯光把路面照亮，人不至于踩进坑洼里。

一只硕大的黑猫从路的一侧窜出来，吓了人一跳。它跑到一户人家门前，回头瞪了我一眼，然后从裂开的门缝钻了进去。

村东的小河早先是一条灌溉水渠，多年荒废形成了一条河。这个季节水量不大，仅是一湾浅浅的水流，河床上裸露出大大小小的石头。河对面的树林漆黑一片，仿佛在夜幕背后隐蔽着一个神秘世界。

我伸开双臂呼吸了几口田野上的空气。从小就向往田园生活，眼前的夜色令人陶醉。如果执意写作的话，乡村倒比城市更如意呢。

广阔无垠的夜空布满密密麻麻的繁星，北斗、银河……“终于又看到星星啦！”我仰头凝望，脑海中幻想着一个未知的世界。

静谧深邃的星空构成一个奇幻的宇宙，也许我们永远无法窥见它的全貌，即便如此，能够认识到这一点已经堪称伟大。

春子怎么样了？我的意识穿越过星空。

在箱根那个夜晚，我们泡在温泉池里一起看星星。第二天下大雪，我们又在雪中泡温泉……是的，五十岁的我恋爱了！爱得近乎痴狂，所以，也近乎荒唐！

两个心心相慕的男女只有在肉体接触后，那份爱恋才真正开始，之前的犹豫、揣摩、期盼，像一阵风吹过一扫而光。从这一刻开始，两人热烈而大胆地敞开胸怀拥抱彼此的欲望，丝毫不担心那份坦率会被对方耻笑。我为自己有这样一份感情而自豪，管它荒唐不荒唐。人的心灵需要寄托在某个地方，那个地方就是爱的暖巢！

可箱根一别后过去了一个多月，她全无消息。

如果回到北京，她一定会联系我，如果没有和我联系，那一定是被某件事缠住了。我不好打扰她，希望肖立军能透露些她的近况，可这些日子立军对春子只字未提。

小河里的流水轻轻撞击着河床上的石头，发出微弱的哗哗声。对面杨树林像被惊吓了似的沙沙作响，更衬托出四周的宁静。

星空下我双手合十，为远方不知消息的春子祈祷，此刻整个世界变得单纯而虚无……

后面两天哪也没去，独自待在小院里，休息、听音乐，想家里家外的事……时间不知不觉就过去了。

有时候人需要把自己藏起来，从僻静处看热热闹闹的大千世界。

第五天跟李嫂说要回城，她表情惊讶地看着我。

“这才住了几天，多住几天嘛。这里清静，空气好，吃得热乎，一个人舒舒服服多住些日子吧！”

“不行啊，回去还有事哪。”

“大哥，可能是我不该问啊，是不是跟媳妇儿闹别扭跑出来，这才几天又想了吧？”她的笑容仍然很明朗。“大哥你听我说，两口子过日子没有不吵架的，吵归吵，好归好。我那口子晚上回来喝口小酒就犯浑，第二天起来就没事了，他们呀开一天出租挺累的，能往家里拿钱就得了呗！”

我掏出些钱要答谢她，她慌忙摆手：“不行不行，肖老板说了，不能要你的钱，我才做了几顿饭，您别客气！”

我没有和她推扯，这点小事肖立军会安排得妥妥的。

回到客房将床铺整理好，又把客厅里的烟灰缸清洗干净，检查了一遍音响是否关闭，随后来到东边的主卧。

主卧比客卧略大一些，布置得也更加漂亮。我发现床头柜的抽屉没关严，想把它重新关上。拉开抽屉后，见里面有一盒打开了包装的避孕套，拿起来看了一眼，又把它放回原处。

走进主卧卫生间，洗脸盆上方的架子上有两套牙具，旁边的毛巾杆上有两条毛巾。拿起梳子察看，上面并没有女人的长发，整间屋子没有发现蛛丝马迹。

到大阪的第一个晚上，常凯和我在酒店房间里聊天，他说立军两口子好像有点别扭，具体情况他没说。常凯的话勾人联想，让人怀疑避孕套是不是肖立军两口子用的。不管是谁用的，即使肖老板背着老婆在外面另有归宿，我也丝毫不觉得奇怪。

每个人都有隐私，窥探别人隐私是件很不光彩的事。我走出主卧，但对自己扮演了一回探员角色仍感到颇为新奇。

临走前我把两包方便面留在客厅茶几上，也许有人用得着。

道别李嫂和桃花，我离开了温暖舒适的乡间小院。

生活中总有这样或那样愁人的事，真能清清静静地过日子那该多好！

24

久无春子的消息令人心焦，我开始担忧，她会不会发生意外正躺在医院病床上，或者家里出了大事人被缠住，还是公司里……

时时刻刻的思念让人心烦意乱，无心做事。在五十年的人生经历中，如此强烈地思念一个女人这还是头一遭。

我不喜欢等待，不喜欢品尝思念的味道，等待和思念都是一种内耗，人会身心俱疲。可依目前情况，只能等待和思念，想不出任何办法改变这种局面。

然而，一件事突然打断我对春子的牵挂，接下来一段时间我也无暇他顾。

从怀柔小院隐居回来没几天，应涛突发急性肺炎住院。这场病彻底改变了米红的生活，也让我跟着忙活了一阵子。

那天起床后正在卫生间洗漱，手机不停地响，我担心母亲那边出事，赶紧返回卧室拿起床上的手机。

“文哥，小涛生病了，好可怕，我不知道该怎么办，能不能帮帮我？”电话里米红显得很焦急。

“别急，慢慢说，小涛怎么了？”

“前两天说不舒服，哪不舒服也说不上。昨天晚上开始咳嗽，夜里咳得更厉害，吐了好多痰。今天一早发烧，三十九度二，我看他快要昏迷的样子……”她的话音夹着哭腔。

“你稍等，我马上就来！”

带上手机，检查了一下钱包，我急慌慌地下了楼。

咖啡馆的门开着，小慧神情紧张地站在门口，我径直来到后面。

米红在帮应涛吐痰，他的脸涨得通红，声音嘶哑，吐了几口后手捂胸口大口喘气，样子十分痛苦。见此情景我也有些慌张，人咳嗽应该与呼吸道有关系，那里面一定有炎症，只是症状如此严重叫人揪心。

我对米红说，没有别的办法，叫救护车去医院吧。正说着应涛又开始咳起来，米红连忙扶住他轻轻拍打他的后背。

电话打过不久救护车到了，米红向小慧交代了几句，我们协助救护人员将应涛抬上车。

车上米红守护着应涛，一只手不停地为他抚着胸口。

我想起一件事，立刻给在第一医院当护士长的吕欣打去电话。

吕欣在电话里说，120会送病人去急诊室，大夫会按程序做出诊断和救治，他们都很有经验，你们不要着急。她又说，她在住院处七楼骨科病房，上班后科里有例会，会后要陪主任查房，这需要一些时间，一旦腾出空来她会去急诊室。她嘱咐我，这段时间有什么情况及时与她联系。

吕欣的话给我们带来安慰，但她也说不上应涛到底得了什么病。

天刚大亮，急诊室里已有不少病人，坐轮椅的、躺在活动床上的，点滴室里坐满了人。我扫了一眼，多是老年人，也有几个中青年人。

检查过程中应涛仍在咳嗽，咳得很剧烈，像是要把肺咳出来似的。看着他痛苦的样子，我和米红束手无策。

结果出来了，重症急性肺炎。

“情况挺严重。大夫说上午刚有个病人出院，正好有床位，如果家属同意，他马上联系病房。”米红的眼神在征求我的意见。

“听大夫的，住院！”我没有更好的主意。

办完住院手续，两人推着应涛来到住院部十一楼。出电梯时米红的身子向下一沉，我连忙扶住她：“怎么啦？”“没事，腿一下子没劲儿。”

到护士台登记后，一个护士领我们进入病房。

“四十五床，应涛，家属一会儿替他换上病号服。”护士说完转身走了。

病房不大并排三张床，四十五床在最外边靠门。我和米红将应涛从活动床移到病床上，给他换上病号服盖好被子。

吕欣穿着白大褂急匆匆地来了，她和米红打过招呼，又靠近病床看了看应涛。她对米红说，向医生询问过病情，肺部感染很严重，化验指标也很不正常，需要治疗一段时间。她安慰米红，家属别着急，现在的医疗水平完全能治好这个病。

吕欣要去科里开例会，说完急匆匆地走了。

一个护士进来，给应涛打上点滴。

他的病情似乎稳定了些，咳嗽不像刚才那样剧烈，闭着眼睛像是睡了。米红坐在床边，两眼直直地看着药液一滴一滴进入丈夫的身体。

整个上午在忙碌与焦虑中度过，中午两人在医院旁边的小饭馆吃了碗面。

米红感谢我陪她忙了一上午，让我回去休息。她面色难看，一脸倦容，眼角竟出现了细细的鱼尾纹。

我建议她找个护工，大夫说病人至少住院一周或十天，家属要有思想准备，不能先把自己累垮。

“好吧，我听你的。”她深深舒了口气。

走出小饭馆，手习惯性地在衣兜里摸索，这才发现自己没带烟。

回到家感觉有些累，躺在床上眯了一会儿。睡也睡不着，脑子里乱七八糟。

花无百日红，人无百日宁。生活中总有这样或那样愁人的事，真能清清静静地过日子那该多好！

放心不下米红和应涛，下午我又来到医院。

下电梯走进住院部十一楼通道，见米红倚着病房外的墙在抽泣。我赶紧走过去问出了什么事，她哽咽着说，小涛高烧不退病情加重，护士说要插气管。

从病房里走出五六位医护人员，走在前面胸前挂听诊器的像是值班大夫，他边走边对身边人说，再观察吧，必要的时候使用吸痰器。

走在最后面的一位护士注意到了米红，她提醒说，家属一定要控制好自己的情绪，否则会加重病人的心理负担，目前还需要观察，不会马上插管。

我轻轻拍了拍米红的手臂，她点点头止住了抽泣。

戴口罩的男护工在帮应涛吐痰，手中的小塑料盆里已经有小半盆痰，床下满是用过的纸巾。见病人的咳嗽缓些了，他扶应涛躺下，将地上的纸巾清理干净，连同塑料盆一同拿出了病房。

应涛闭着眼睛大口喘气，面色苍白，仿佛一下子瘦了许多。米红一脸无助的样子，坐在床边握住丈夫的一只手轻轻抚摸。

一个护士进来，看了看输液架上的药瓶、药袋，又看了看点滴的滴速，没说话转身出去了。

我一时无事可做，想让米红独自守着应涛，便走出病房站在楼道里。

正值探视时间，楼道里人来人往，人们捧着鲜花、拎着大袋水果在各病房门口东张西望，寻找着要探视的病人。一位老年妇女在病房间来回走动，嘴里高声喊着谁的名字。护士赶忙上前制止住她，询问后把她领进了一间病房。

傍晚时分应涛的情况又有好转，呼吸变得均匀，人睡了。我提议到外面放松一下，米红起身随我出了病房。

来到楼下花园，两人坐在长椅上。

我说应涛这次病得不轻，是不是应该告诉他的父母。米红说已经给奉节那边打过电话，这两天会有人来，也给密云打过电话，小姨家的表妹明天过来。

我有些想不通，应涛怎么会突然得急性肺炎呢。米红说是呀，想来想去也想不出究竟，前两天说身上不舒服，可又说不清症状，昨天夜里发病，今天就这么严重，唉，病来如山倒啊！

“文哥，”米红一脸愁苦的样子，“这是我第二次感觉到人的命运在一夜之间就会改变，昨天还好好的，今天就要面对生死，人命如此脆弱，太残酷了！”

我猜想让米红第一次产生这种感觉的应当是应涛出事故那次，但我没有问，也没有提及那次事故。

米红主动提起那次事故。

应涛受伤后人被折磨得痛苦不堪，不仅由于伤痛，还包括治疗和康复，那是一个漫长过程，没有顽强的生存欲望根本无法承受。看着强忍病痛的丈夫，米红时常感到绝望，甚至怀疑要受这么大的罪，人活着还有什么意义。更可怕的是，人无法预料灾难会在哪一天、以什么样的方式降临到自己的头上，人对自己的命运毫无掌控力，只能默默地承受。康复以后应涛变了个样，不爱说话，脾气说好就好，说坏就坏，问他想要什么也不吭声，似乎不愿与人交流，以前他可不是这样！回忆起那段经历，米红总有些激动。

我听着，许多事也无法解释。有人说“高深莫测曰天，无可奈何曰命”。我一度信这话，可当下说什么天啊、命啊，怎么能宽慰米红的心呢！

病不在自己身上，很难体会病人的感受，还是应该从病人角度去理解他。也许他不是不想说话，而是怕说出来无济于事，反而惹家人烦恼和担惊受怕，他想一个人扛着。

“一个人扛着还要我干吗，夫妻之间有事就得说出来，有痛苦两个人分担，总比一个人担着好。我早想好了，只要小涛不嫌弃，我就伺候他一辈子。”说话时米红眼里闪着泪光。

我一时无语，抬头望着深灰色的天空。

我理解应涛的处境，也理解米红的心情，从某种意义上说，我更倾向于应涛。在排解内心苦闷方面，男人和女人做法不同，男人自尊心或虚荣心更强，不肯轻易在别人面前示弱，除非他内心的压力已经达到极限。而女人不是这样，她们不认为向别人倾诉是软弱的表现，更不涉及自尊心，想说就说，说出来就好了。男人的做法无形中给自己与他人的交流设置了障碍，而女人的做法有时候也的确招人烦，究竟如何是好，我也说不清楚。

“想让小涛过好，可能需要……”米红说话的语气平静下来。

“你是指……”我侧脸看她。

“你看我们现在的情况，店里收入上不去，每月靠院里的房租补贴，如果没有这笔租金，日子就更难了。好在爸妈在密云过得还不错，可也不能永远住在别人家，总得回来吧，到时候没了房租，靠以前那点积蓄坐吃山空怎么成呢。而且两人住在店里，条件差，我不能整天陪他，他肯定觉得孤单，想想也怪可怜的。”

“这倒是个问题，应当从长计议找出解决办法来，否则时间不等人，一转眼这辈子就过去了。”

“可不是嘛……”米红陷入沉默。

过了会儿她说：“真想不通什么地方出了错，以前身体那么棒，冬天不怕冷，夏天不怕热，大雪天还咕嘟咕嘟喝凉水，可现在……唉，不管怎么说，还是我没照顾好，要是有个三长两短，怎么向小涛父母交代！”

我劝她不要过于自责，谁也不是神仙，哪能事事都完美。

晚上九点过后，应涛的情况趋于稳定，一直在睡。护士量了体温，三十八点一摄氏度，虽然还是高烧，毕竟下来了一些，叫人多少缓了口气。

护工劝我们，你们累了一天，回去休息吧，这里有我呢。米红想了想，那就辛苦你了，护工说不辛苦，我们就是干这个的。米红嘱咐他点滴打完马上叫护士，护工连连点头。她又走到床头看了看应涛，见他睡得还安稳，这才离开病房。

出了医院大门，我要叫出租车，米红问没开车来吗，我说医院停车困难打车来的，她说咱们走走吧，一会儿再打车。

两人沿人行便道缓缓走着，我从挎包取出一件外衣披在她身上。“谢谢文哥。”她轻轻扶了一下我的手臂。

一轮明月挂在天边，圆圆的，水润水润。

路上行人不多，车辆依旧川流不息，密集的红色车灯连成一条流动的光线，像一条奔跑的巨龙。夜幕笼罩下的城市虽然视线黯淡下来，但城市中蕴含的无穷能量正在向上升腾，别样的生活才刚刚开始。

“人生真像一场戏，有人生来演喜剧，有人生来演悲剧。”她冷不丁说道。

“为什么不能换个角色？”

“这就是命，你没有选择，小涛生来是要演悲剧的……”

“没有绝对的事情，哪有纯粹的悲剧和喜剧。”

“可他的身体……”

“区分悲剧和喜剧的标准不是肉体的健康，是心灵的快乐，一个肢体健康的人不一定活得舒心，一个身体有残疾的人未必活得不快乐。”

“心灵的快乐？它能脱离肉体独立存在吗？”

“这个……”

以前很少和米红谈论抽象的话题，以为她不喜欢谈。

仰头望向夜空，那轮明月静静地挂在天边。我触了一下她的手，她也抬头望去，嘴里喃喃道："今晚的月亮真好，有月亮就没有星星，好多年没看见星星了，真想看看……"

一辆空驶的出租车开来，我招手叫车停下。

车上我有意无意地接过刚才的话，说北边郊区就能看星星，满天密密麻麻。她"哼"了一声："想去的地方多着呢，不知能不能去。"

这时司机插进一句："二位到我们密云去吧，山里头看星星可清楚哪。"

车流在街灯映照下有序地向前奔涌，两旁的高楼大厦闪耀出迷人的灯火。在这个平凡的夜晚，城市里的居民都在做些什么？每辆急切行驶的车辆都有某个既定的目的地，在那里等待他的是家人的笑语、朋友的美酒，还是情人的眼泪？生活就是这样，有人欢喜有人愁。痛苦是生活的一部分，想躲也躲不开。

回到家并不感觉疲劳，也不觉得困，大脑一片空洞，记不起白天都做了什么，连回来路上和米红说的那些话也记不起来了。

打开卧室的灯，坐在阳台那把藤椅上木木地望着窗外……

第二天，应涛的病又有反复，高烧四十摄氏度，咳嗽吐痰，声音撕心裂肺。米红急得又哭了起来，表妹在一旁安慰她。

我下午去的医院，看到这番情景也是无能为力。

我提醒米红去问问医生，病人住院两天，输了那么多液，为什么病情还没有遏制住。米红找了主治大夫，大夫说控制病情需要一个过程，至少三天才能见到效果，如果到时病情仍未好转，他们打算换一种药。

第三天中午应涛的叔叔和堂弟应杰从奉节赶到北京，下了飞机直奔医院。见应涛病情严重，他们也很着急，大家愁眉苦脸，又束手无策，无法预料病情下一步如何发展。叔叔去找医生，也没有得到明确答复，医生只说他们在想办法，再等等看。

天啦，再等等看，等到什么时候，住院几天了，每天高烧四十摄氏度，即使病人扛得住，家属也受不了啊！我对医生没有成见，他们专业又敬业，可我不认为他们能够解决所有问题，其中不乏庸医也未可知，就像那些站在讲台上的“人类灵魂工程师”，只有同行知道谁在拿“灵魂”混饭吃。但是当你把病人送进医院交到医生手里时，你就把全部希望托付给他，在你眼里他就是无所不能的上帝，一定能够药到病除，可现在上帝在干什么?

我想去找吕欣请她帮忙问问，又觉得不合适，她说过：要相信医生。

还好，上帝没有辜负信任。就在大家一筹莫展之际，新药发生了神奇效用。

第五天上午病情大为好转，人咳得不那么剧烈，痰也少多了，体温降到三十七点八摄氏度。应涛起身坐了起来，同别人说话，还说饿了想吃东西。看到这情景大家都为他高兴，病房的病友祝贺他，护士见到他都乐呵呵的，特别是米红大大松了一口气。短短几天时间，应涛又经历了一次生与死的考验，他和米红共同挺过了与病魔的这番较量。

大夫也说换的药起了作用，病情应该控制住了。应涛问能不能出院，大夫笑了，那怎么行啊，还得继续治疗几天，经过复查确认病好了才能出院，如果现在出院每天还要打点滴，你的身体也不允许来回跑呀。应涛还要说什么，米红拦住他，听大夫的话，安心住院治疗。

后面几天应杰在医院的时候多，米红每天去两趟，上午一趟，下午一趟，我隔天去一趟。应涛叔叔在北京还有事情，白天去办事，晚上和应杰住在酒店，每天也来医院探望一次。

在医院住了九天，第十天上午办理了出院手续。叔叔结清了全部费用，又从北京朋友处借来一辆旅行车，将应涛接回家。

住院期间让米红没想到而又倍感宽慰的是，利娟也来医院看望，她们好多年没见面了。

应涛住院的第六天，利娟和吕欣一起来到病房，当时我也在。米红很高兴，一来丈夫的病情好转，二来像她说的：“娟子姐还惦记我，好感动啊！”病房两位病友下楼遛弯去了，三个女人围着病床叽叽喳喳说了会儿话。

看完病人在回家路上，利娟感慨，米红长高了，也漂亮了，完全看不出小时候的影子。我说这些年她不容易，是个要强的人。

利娟点点头，随后提高嗓门说，几年不见吕欣，人变得这么胖，脸上不擦护肤霜，白大褂下面露出的毛衣领口秃噜了边，刚四十岁出头的人，看上去像五十岁大妈，这些年她是怎么过的呀。我们高中那拨同学各个过得挺好，没人像她这样，不行，哪天得去找她，好好跟她说说。

提起吕欣，那天去颐和园赏雪时我也有些惊讶，人的确变化挺大。听炳太说她上班很累，回家就督促儿子学习，没时间打扮，而且睡眠也不好，人自然显老。

我开导利娟，每个人的生活处境不同，不能只从自己的角度看问题，如果你处在别人那个境况，未必做得更好。

利娟说，我不是嫌她，女人再忙再累也要顾及脸面。这张脸是女人的本钱，不是给别人看，是给自己看、给老公看，如果把自己搞成这样，心情哪会好，连同学聚会都不好意思去，人家嘴上不说，心里怎么想。哥，你看沈聪，我的擦手油、护肤霜都是他给买的，别看他五大三粗，挺会疼女人的。你们那个炳太也真是的，怎么爱护老婆的，男人不能只顾闷头挣钱，挣了钱给谁花呀！

听着利娟喋喋不休，想起前些年吕欣那副清爽的小女子模样，我颇感无奈。人活到这把年纪，上有老下有小，单位的事压力也大，要想让日子体面地过下去，只能拼体力和精力，鬓角的白发和眼角的皱纹是生活赠予我们的礼物吧！

“婚姻起初并不是为了爱情设计的，是为了继承财产和传宗接代，与男女感情无关。”

25

利娟去医院看望米红和应涛，离开的时候吕欣送我们到医院门口。临别时她对我说，你和炳太是哥们儿，他听你的，哪天帮我劝劝他。他天天熬夜，在电脑前一坐就是一宿，身体怎么受得了。现在患心脑血管疾病的人越来越多，年龄越来越低龄化。前天医院收到一个病人，才三十八岁，在单位上班突然脑出血昏迷，送到医院没抢救过来，儿子刚上小学，一个好端端的家庭就这么毁了。

我替炳太解释说，他想趁年轻身体好多挣些钱，以后送永哲出国留学，再把你们的生活搞得好一点，这也是一番苦心。

吕欣说这份心思我明白，家里也需要钱，可挣钱不能把命搭上，人没了要钱有什么用。你们这个年龄已经不年轻了，正处在人生拐点，发病概率非常高，可得小心。

看她那副认真的样子，我说这样吧，过几天找他谈谈，你放心好了。可过后几次见到炳太都忘了说这事，想想真对不住吕欣。

春的脚步一天比一天急促，天逐渐暖和。

应涛的身体一天天好起来，日子开始步入常态。当米红准备把更多精力放在经营上，一件事又横在她面前，那颗疲惫的心又压上一块沉甸甸的石头。

应涛叔叔和她进行了一次长谈，让她大感意外。叔叔说也不用着急，他在北京还要住几天，等米红考虑好了再商量。米红说她一宿没睡，翻来覆去琢磨叔叔的话，理虽是那个理，可感情上一时难以接受。

第二天晚上，叔叔、应杰在里屋和应涛聊天，米红借机约我到“老北京”见面——湘菜馆换了老板，新老板开了这家京城风味的餐馆。

两人都吃过饭，米红点了酒水打算一边喝一边谈。我不清楚她要谈什么，心想一定和应涛有关。

“文哥，我说过一定陪你吃顿饭，没想到第一次吃饭是在医院对面的小饭馆。今天又只能喝口小酒，不算数啊，我欠你一顿。”

她犹豫了一下，语气低缓地说：“应涛叔叔跟我谈了，这次回四川想带小涛一起走，以后他就在奉节和父母住，叔叔希望走之前我和小涛办完离婚手续。”说话时她眼帘低垂，嘴角向下撇着。

“离婚？”我一愣。

虽说在两人未来的生活中离婚是诸多可能性之一，但说离就离是不是急了些。况且，应涛的病刚好，为何在这个时候提这件事呢？可是……这个话题也非第一次提起，早晚得摊牌。

“叔叔说这种事要办就快办，不要拖拖拉拉，还说他的话也代表应涛和应涛父母的意见。”她又说道。

叔叔在谈话中说了什么才是最重要的，米红将谈话内容给我转述了一遍。

“看来应家已经商量好了，再由他叔叔向你挑明。”

“是这样吧，开始我没反应过来，脑子一下子蒙了。后来想想也不意外，小涛不止一次跟我提过，只不过这次他们的态度比较坚决。”

我心里有了些谱，离婚的决定不是临时做出的，一定经过认真考虑，应涛生病是决定变成行动的一个契机。应家已表明了态度，就等米红一句话，离还是不离，皮球在米红手里，她要做出选择。

“应涛叔叔说得有道理，事实也如此，你得认真考虑。”

“是啊，所以找你帮我拿个主意嘛。”

我解释说，作为朋友只能帮你分析他叔叔的意思，别误解我的话。见她点了点头，我接着说道：

“对于你们这个年龄的人来说，目前的生活状态不是正常状态。你看啊，你和应涛每天都在做什么，你就像一个保姆，一个护工，一天三顿饭，吃喝拉撒睡，夫妻生活不说了，平时两人交流也不多。你没有自己的社交圈，他也没有社交生活，两个人困在一间小屋子里，时间久了会被生活拖垮的。”

米红低下头，两手把弄着酒杯。

“再说双方父母，米叔、米婶为了缓解你们的经济压力去了密云，不说平时帮不上忙，想见一面都不容易。他的父母也一样，挂念儿子却见不着。应涛身体好也罢了，有空回四川看看，可现在动不了，让他父母三天两头往北京跑也不现实。所以说你们两人的状态不仅牵涉小家庭，也牵涉双方大家庭，大家都在为你们操心。”

米红的眼圈红了，用纸巾擦鼻子。

我收住话看着她，不希望她的情绪出现大的波动。说这番话之前我就担心会刺激她，怕揭了她心底的伤疤。可问题明明摆在这里，无论你漠视还是刻意回避，它始终都在，唯有解决了它，才能向前迈出一步！

“那……离婚以后呢，小涛还是动不了呀。”她的声音低得勉强能听到。

“不一样吧，生在江边长在江边，熟悉那里的一切，那儿不仅有父母，还有亲戚、同学、朋友，他不会感觉压抑，不会觉得孤单。”

“跟我在一起就感觉压抑、觉得孤单啦？！”

她果然有些抵触，但我狠下心不管爱听不爱听，该说的话迟早要说，今天一定要把话说透。

“我的意思是，回到自己熟悉的环境，人会更轻松自在。夫妻关系只是人与人之间的一种关系，不能取代其他关系，有些东西你给予不了。在家乡亲戚朋友多，生活内容就多，心情自然会开朗起来。”

我突然意识到话说得太明白可能会伤人，不一定起好作用。我打住下面的话转而问米红：“应涛家的经济状况怎么样？”

米红说还好吧，小涛父母靠退休金生活，但叔叔这些年一直搞建筑，挣了不少钱，有好几套房子好几部车。她又告诉我，叔叔说如果不介意，愿意给她留下一笔钱。

哦，若是这样再好不过，经济上有保障，又有亲人在身边，应涛会过好的。这边米红的父母也能搬回来住，她也会过得更好。至于钱，谁都需要。

“我才不要钱呢，不要别人可怜我！”

“瞧你说的，怎么是可怜呢，这也是人家的一份心意。你们不是因为感情破裂离婚，以后还是亲戚，照样可以走动，谁有困难还得相互帮助。”

“嗯……”米红若有所思。

她的表情严肃起来，有些不好意思的样子。“那个……这些天想了很多问题，有的能想明白，有的想不明白。你说，人活着究竟为了什么，生活到底有什么意义？”她的眼神似乎在说，“我是不是问了一个幼稚的问题？”

我只觉得和许多类似问题一样，这是一个被人们制造出来的古老话题。

“人活着就是为了给生活找到一个意义。”

“真的能找到这个意义吗？”

“能找到。”

“那人为什么要结婚？不结婚就不会离婚，不离婚就不会伤心。”

“婚姻起初并不是为了爱情设计的，是为了继承财产和传宗接代，与男女感情无关。”

“哦，这我倒没想过。那人为什么还要结婚？”

“可能是为了实现某种愿望吧。”

“如果实现不了呢？”

“遗憾。不过更遗憾的是，结婚以后才发现那个愿望是虚幻的，自己欺骗了自己。”

“哼，那是悲剧，不是遗憾。文哥，他们这么做是不是逼我离婚？”

我摇了摇头。

米红突然振作起来，说自己会好好考虑，既然问题到了非解决不可的地步，那就痛痛快快把它解决掉！

这才是我希望看到的结果。

她的手机响了，应涛叔叔和应杰要走。

事后想起对米红说的话，心里仍有些不安，这是不是拆散人家婚姻，会不会让人觉得你乘人之危，另有所图？转念想想，我也没说什么过头的话，都是应涛叔叔的话中之意，我不过帮助分析一下。她既然找我谈这么重要的私事，当然是出于信任，如果揣着掖着，说话模棱两可，让人家云里雾里地看不清楚，岂不是辜负了信任！米红不是小心眼的人，不至于误解。再说，依我的个性，虚情假意地耍圆滑，玩太极，我也做不来。

唉，婚姻这事一家一个模式，老话儿说，“各家都有一本难念的经”。有男的想离女的不想离，有女的想离男的不想离，想离的动机各式各样，能数出一串来。也有双方都想离，结果却没离；双方都不想离，最后就离了，天知道咋回事！

米红同意离婚了，但提出一个条件：她要送应涛一起回四川，一来路上照料他，二来想见见公婆，向长辈做个交代。叔叔一口答应。

在叔叔和应杰的陪同下，两人在民政机构办理了协议离婚。

叔叔征求米红和应涛的意见，回川之路是乘飞机还是坐火车。应涛说他想开车回家，走河南，到湖北宜昌，再坐船溯江而上到老家奉节。叔叔担心侄子的身体，应涛说没事，米红也认为问题不大。叔叔说那就好，可以开朋友的那辆旅行车，他和应杰轮换着开，两天就到家。

临走前一天晚上米红和我通了电话，告诉我上述情况，还说她父母明天来送行，问我来不来。虽然很想见见米叔、米婶，但觉得最好让两家人单独话别，外人少参与。我嘱咐她，明天要把握好局面，别出岔子。米红叫我放心，她知道该怎么做。

十天后米红自川返京，快中午时到家。我知道她今天回来，提前到店里等。

“红姐——你回来啦！”小慧从吧台后面跑出来，笑着迎了上去。

“小慧！你们还好吧？”米红搂住小慧。

她没有马上去里屋，而在我旁边的位子坐下。小慧端来一杯咖啡，又将红姐的箱子拎走，回来坐在米红旁边。

米红问小慧这段时间她和老乡还好吗，小慧说挺好的，店里前前后后也平安无事。接着小慧悄声告诉红姐，这段时间她们上午十点开始营业，一直干到夜里十二点打烊，顾客量比以前增加了一倍，每天的流水也高出许多。米红听了很惊讶，对小慧说多出来的收入归你们啦。

“老乡呢，怎么不在？”米红问。小慧说上街买盒饭去了，马上就回来。米红心疼地说，这些日子你们吃盒饭太辛苦了。小慧一笑，没事，我们这点苦算什么。

说着话老乡回来了，手里拎着一袋盒饭。问过好后，她说特意买了红姐爱吃的菜，米红说不饿，在飞机上吃过了。

米红到后面看了看，厨房、卫生间、储藏间、卧室都收拾得干净整齐，卧室还摆放了两盆鲜花，一个玻璃缸里养了两条金鱼。我在一旁说，这两个姑娘既聪明又懂事。米红说："是啊，把店交给小慧我是放心的。"

晚上我在"老北京"为米红接风，服务员见是熟人，把我们安排到一处僻静的餐位。

乌黑油亮的短发变得干枯蓬乱，眼角的鱼尾纹也加重了。从应涛生病到现在短短二十几天，生活就在这个三十多岁的女人脸上留下了无情的印痕。

我一直认为，人的衰老不是一个自然缓慢的过程，而是由若干人为的突变串联起来的。这些突变记载着这个人遭遇的生活磨难，也刻录着他面对磨难时的个性反应。不同的人面对相同的生活磨难会有不同的反应，于是人和人之间的差异便显露了出来。

两人碰了杯，喝下一口啤酒。

"回四川的路还顺利吧？"

"还算顺利，原定两天到，结果第三天下午才到家。"

"路上住了两宿？"

"是啊，小涛要开车回家就是想沿途玩一玩，这几年把他憋得够呛，以后有没有机会也难说。"她夹起一粒煮花生米放进嘴里。

"一路都去哪了？"我也夹起一粒煮花生米。

她长出一口气说，四个人开车出河北走河南，经过南阳进入湖北，再从襄樊到宜昌，在宜昌坐船到奉节，大致是这样，再具体的记不清了。路上走走停停，小涛下车只能坐轮椅，看看风景、古迹，别的地方也去不了。不过他很高兴，路上有说有笑，还拍了不少照片。

我想象着应涛高兴时是什么样子。在"古典风"我轻易不到里屋去，很少见到应涛，不多的几次见面他也是面无表情，更没见他笑。此次返川他兴致勃勃，似乎变了一个人，可见回家的心情毕竟不同。

"上车下车，吃喝拉撒睡，你又受了不少累。"

"唉，习惯了，好在有应杰，他帮了大忙。"

我算了算，应涛有好几年没回四川了。米红也算了算，大概有五六年，受伤前一年回了趟家，就再没回去，这几年他父母来过两回，叔叔和应杰来过两回。

菜上齐了，两个热菜，两个凉菜，一份汤。我将瓶子里的酒倒给米红，又叫服务员再拿一瓶啤酒。米红的脸色好看一些，但眼神里透出一丝忧郁。

说起应涛父母，她面露苦笑。一见面小涛妈妈就搂着她哭，她也跟着哭，这些天跟林黛玉似的，没少掉眼泪。不过一家人待她都挺好。小涛妈妈以前是商店售货员，爸爸跑水上运输，近两年身体不好退休在家。爸妈文化不高，不怎么会来事儿，但都是老实人，待人也诚恳。

“这种家庭的人能吃苦，也都重情义。”我说。

“可是……”她的神情飘忽不定，“在奉节那几天，小涛对我总是客客气气，不明白为什么要那样，多年的夫妻何必摆出那副样子来，是不是婚姻结束了，感情真的会慢慢淡漠……”

我没有说话。

隔两张桌子坐着四个上岁数的人，三男一女，边喝酒边大声说话，饭馆里只听见他们的喧闹声。就餐的顾客纷纷扭头看他们，四人竟毫无察觉。服务员的脸上露出不满的神色，却没有上前劝阻。

我收回目光，问她今后有什么打算，咖啡馆的经营可是个大问题。米红说等几天吧，这个事要从长计议。她的神情仍有些飘忽不定，端起酒杯又放下。

“文哥，这是离开奉节后小涛给我发的短信，你看看。”

接过她的手机，上面有一段话：“我们以为自己在爱着，却有意无意地在伤着。真正的爱不是相互依赖式的奉献与索取，不是满怀道德感地固执己见，而是保持彼此的独立人格，尊重对方的人生选择。”

我仍然没有说话，但理解应涛的所思所想。

“我对不起应涛。”

“别这么说，你已经做得很好了，再自责对你不公平。”

“真的，我对不起他。”

我不明白这话背后有何含义，如果是歉疚那就没有必要。经过这些磨难和变故米红更成熟了，但成熟不意味着要把所有责任都揽到自己身上。从某种意义上说，我们能做的就是对自己负责，让别人做出他们的选择。

“好了，不说这些啦。”米红将手机塞进衣兜，“我什么事都愿意跟你说，说了心里好受。你是我的朋友、哥哥，也是我的精神依靠，可我一直没为你做什么，真让人过意不去！”她的脸微微涨红，目光变得温热起来。

我没有跟米红客气，她这么看我们的关系是一种心情表达。人和人之间是互相影响、互相帮助的，谁也不是圣贤。

“过两天我去密云看爸妈，送应涛走的那天大家心情都不好，也没和他们说上话。”她微笑着看我，“想不想一起去，我们去呼吸郊外的空气？”

笑容轻松，我喜欢看到这样的笑容。

“好啊，我正想去看看米叔、米婶呢！”

虽然对她的过往还了解不深，但“米娜丽莎的微笑”背后一定还有内容。

26

信不信由你，无论男女性感的一半来自那身行头。这话一点不夸张，你看：一件红色西服上衣，齐脖短发，脸上化了淡妆，一条深灰色九分裤，脚上一双黑色船形矮跟鞋。这身打扮衬托着挺拔修长、曲线玲珑的身材，即使女人也会多看两眼。

没见过米红打扮，更没见她涂红描黑。见我盯着看，她面露羞涩地说，这身衣服放在柜子里好几年了，趁去密云拿出来穿穿，还担心胖了穿不下呢。我连声说好看好看，打扮不打扮就是不一样。她羞羞地笑了。跟她一比，我的旧夹克里面这件条纹衬衫还是当年孟华给买的，这身装束确实有些寒酸。

新开通的京承高速车辆稀少，捷达车跑到时速一百一十公里。

我不习惯开快车，在近十年的驾驶经历中，尝试开到一百四十公里，平时跑高速也从未超过一百二十公里。人感觉舒适的速度是让心情放松，能欣赏音乐和风景。出门前我特意选了一盘小提琴独奏的带子，米红说她喜欢。

到达密云已是下午五点半，我们直接去了一家饭店。表哥订了一桌饭，米叔、米婶加上大姨、小姨家的人，总共十一二口人，坐满了整张桌子。

大姨和小姨挨着外甥女坐，一个握左手，一个拉右手，两个姨你一言我一语关切地询问米红的生活。

“身体还好吧？”

“店里生意怎么样？”

“人要想开点儿，该吃吃该喝喝，亏谁咱也不能亏自己。”

“现在生活好了，你年轻模样又好，没啥担心的，好日子长着哪！”

“有啥难处尽管跟姨说，姨绝不会叫你受丁点儿委屈！”

米红插不上话，只是不住地点头，眼泪在眼眶里忍着没掉下来。

我坐在米叔、米婶旁边，一边和他们说话，一边用眼睛扫米红。她的表情有些不自然，可能还不适应眼前的场面。我也觉得眼前的场景像一幅虚幻的画面，不清晰也不真实，但这幅画面告诉我：从今往后米红的生活翻开了新的一页。

男人们开始抽烟、喝酒，说话的调门也升高了。我陪他们一起喝，但控制住了酒量。我的心思不在酒上，在米红身上，红色西服映着淡妆和略带忧伤的表情让她看上去楚楚动人。“她未来的生活会是什么样？”当年离婚后我也这样问过自己，可后来的日子证明，那简直一塌糊涂。

姨们的关心是真诚的，她们的表情和话语能把冷漠的心融化。

“奉节那地方穷不穷？”大姨问。

“不穷，挺好的。”

“有咱这边好？”小姨问。

“嗯，差不多，这几年发展很快。”

“吃的怎么样，贵不贵，你还习惯？”大姨又问。

“成天是鱼、肉、青菜、豆腐什么的，花样比咱这边多，贵不贵不知道。”

“他家里人对你还好？”小姨的两只手抚摸着外甥女的一只手。

“挺好。”

“怎么好？”小姨的手停止了抚摸。

“住得好，吃得好，每天换着样儿做，也不让我干活。他婶儿还带我去商店要给我买手镯，我没要。”

“咱不能要，有这份心就成，说明这家人还有良心。”大姨说道。

这顿饭吃到晚上九点钟，饭后各回各家，我在附近宾馆开了间房。

次日清晨，米红来电话叫我过去吃早饭。我拎着一个小纸袋，到前台办理了退房。

米叔、米婶又热情地同我打招呼，米叔对米婶说：“瞧，咱小文子是大学教授了，这身材这气质就是当年的老处长啊！”

我从小纸袋里取出两瓶酒，米叔接过酒：“客气啦，来了就好，干吗还带东西，你要是多住几天，咱爷俩好好喝两顿。”

米婶喊上桌吃饭，我想先参观一下房间，米叔叫女儿陪我看。

米红介绍说，大姨家原住在县城边，那年开发商征地盖楼时，分了两套两居室，大姨、大姨父住一套，另一套留给儿子结婚用。做山货买卖的儿子结婚时，在县城中心买了一套商品房，这套两居室便闲置了。米红父母借居密云，就住在这套房子里，每月妹妹象征性给大姐一点钱，算是不白住。

坐北朝南的两居室，一厅一厨一卫，老两口住南边向阳那间，北边小屋留给米红。厨房、卫生间都有窗户，客厅很大带落地窗。整套房间南北通透，光线充足，室内面积大约六十平方米。

我夸这套房子比家属院的那套好，面积大格局又合理。米婶说是啊，住在这比在城里强，空气好，吃的新鲜，周边环境也好，又有亲戚们陪着，他们还舍不得离开呢。

米叔催着吃早饭，趁热吃香，凉了就不好吃了。

烙饼，小米粥，一盘肉丝炒蒜苗，一盘葱花炒鸡蛋，还有当地的粉肠和一碟点了芝麻香油的拌野菜芽。

米叔问起老太太，我说还好，家里请了保姆，人挺勤快，脾气也合得来。他又问老处长的后事办妥了没有，我说朋友帮忙找了家公墓，就在八大处附近，已经全办妥了。

米婶劝我多吃菜，烙饼卷鸡蛋可香呢。我边吃边点头，对米婶做饭的手艺我丝毫不怀疑。

米叔重重地“唉”了一声，像是感叹又像是惋惜。

“小文子啊，人这辈子一晃就过去啦！想当年你们家老爷子，哦，我们都叫他老处长，那可是部里的一个人物哪。他对我们后勤人员客气得很，一点没架子，不像有些人见到官大的，你瞧那副德行，点头哈腰跟哈巴狗似的，见到开车、做饭、打扫卫生的，眼皮都不抬一下。”

我轻“唉”一声，父亲的脾气也够人一呛，在部里得罪了不少人。

米叔张着嘴：“那倒也是，可他从不得罪手下人，得罪的都是当官的。那时候设备司的处长们没人敢跟赵司长说个不字，只有老处长敢，我们底下人都佩服他。”

他夹起一片粉肠放进嘴里：“可话说回来，你看年前去世的老马，那人就活泛，工作干得漂亮又不得罪人，临了副司级退休享受正司级待遇，他和老处长可是同一年进的部里。”

米叔不停地说起过去那些事，脸上的表情颇似父亲回忆往事时的样子。关于部里的人和事，我不便插嘴，听着就是了。

米婶笑着说，没做什么好吃的，不知吃好没吃好。我拍拍肚子，晚饭之前不会饿了。

米叔拿来烟灰缸，两个男人抽起烟。

父亲看了一眼女儿：“米红啊，你小姑来电话啦。”

女儿一愣：“她怎么来电话，这么多年没联系不知道咱家电话呀！”

父亲说：“四处打听呗。”

女儿问有什么事，米叔拉下脸没有马上回答，沉默片刻后说：“你小姑父去世了，两个儿子都在美国，老太太一个人过得不好，高血压、糖尿病，电话里一个劲跟我诉苦。”

米红哼了一声：“现在诉苦，早干什么去啦。”

米叔瞪了一眼女儿：“怎么说话呢，那是你亲姑，断了骨头还连着筋，何况人老了身边没人陪，怪可怜的。”

米红口气缓和地问：“那我大姑呢，有她的消息吗？”

米叔说：“以前她们姐俩没联系，这两年又联系上，都回老家去了。”

房间里没人说话，街上驶过的汽车在不停地按喇叭。米红提议出去走走，米叔说去吧，带小文子四处转转。

小时候父母叫我文子，叫利娟娟子，“小文子”是邻居大妈大婶叫起来的。如今我都五十岁了，米叔还这么叫，让人觉得既亲切又生疏。

楼后有座小土山，用盖楼时挖地基的土堆成的，山上种满了树，一条小石径从山脚通向山顶。踏石径来到山顶，上面有一块平地，一座小亭子，还有花坛、石凳，我俩坐在亭子里。

大晴天，太阳很友好，热情的阳光扑在脸上、身上与人亲昵不够。许久没有舒舒服服晒过太阳了，沐浴在明媚的阳光里周身血液都在欢腾。

“星星真好看。”

“你看过啦？”

“昨天晚上和表妹一起，就坐在这儿，太神奇了！”

她说“神奇”，我心有同感。在怀柔小院那个夜晚，于村东头小河边我领略过这种神奇，它令人浮想联翩，又令人肃然起敬。

“哎，今后有什么打算？”

“嗯……我也没想好，现在一团乱麻，不知道该怎么办。”

我着实为米红担心，也着实想帮帮她。“咖啡馆生意不好有主观原因，也有客观原因。”我说。

“你说得对，原因很多一两句说不清楚。”

她皱起眉头，眼睛看着我像在询问，又像在计划着什么：“店面租期到十月底，还有半年，到时候租还是不租，租的话是接着干下去，还是做别的，不租又怎么办，总不能游手好闲。”

既然经营咖啡馆有困难，可以考虑做别的嘛，别总盯在一件事上。

“要是跳出餐饮范围，改做其他呢？”

“我还是想做餐饮，这里面学问挺大的。”

“要不回学校读研？”

“哈，这就别想了，英语早就废了。”

你看，我总在不恰当的时候提出一些不切实际的想法，就像上次冒失地邀请她吃晚饭。这些年她走的路是朝向实践，而不是面向书斋。

“那，米叔米婶你打算怎么安排？”我岔开刚才的话题。

“他们在这儿住得还好，可我不想让父母长期住在亲戚家。五号楼的房子租期也快到了，收回来简单装修一下，把爸妈接回来。”

我赞同这个计划，即使米红不说我也打算提，现在她主动提出来，事情就好办了。装修的事可以找常凯帮忙，他是行家。

其实，问起米红今后的打算，除去这两件事，我更想知道她对自己个人生活的想法，可她只字未提，也许眼下议论这个话题为时尚早。

“不知小涛最近过得怎么样……”米红望着远处的天空。

“你说对不起他，是什么意思？”我问。

“哦，这个……不说了，也没什么。”她低头看着脚下。

感觉得出来，她心里有话不想说。我不认为米红是个简单、单纯的女子，在社会上闯荡这么多年，一定听到、见到、学到不少东西。虽然对她的过往还了解不深，但“米娜丽莎的微笑”背后一定还有内容。

友好的太阳冲着我们笑，那坦率的笑容让人不敢直视。

吃过中饭准备返城，米婶拿来一大袋子山货：大枣、核桃、柿饼，让我带回去给母亲尝尝。

米叔嘱咐说见到老太太一定替他问候，又叫女儿有空代他去看望老人。

未进五月，天已热起来，我打开车上的冷气。

路上没放音乐，米红聊起她家里的事，我饶有兴趣地听着。

姥姥生了三个女儿，没有生出男孩，这是她生前最不能原谅自己的一桩事。五六年前，姥姥、姥爷前后脚去世，相隔不到一年。三个女儿当中，米红妈妈排行老二，那年城里招工，经人介绍二姑娘进了部里，被分配到机关食堂。后来她和车队的米卫国好了，结婚生下米红。大姨和小姨一直生活在密云，嫁给了当地人，大姨的儿子是表哥，小姨的女儿是表妹。三姐妹中二姑娘被认为最有出息，由于这个缘故米红从小便备受宠爱。

小时候姨们进城总要带一堆好吃的，大姨亲手做了一双绣花带扣的小布鞋，小姨给买过一只蝈蝈，表哥把他收藏的一本忍者神龟画册送给了她。可这些年与姨家人来往得少，感情上也没从前那么亲，似乎变得有些陌生。这次回密云见姨们这样关心自己，米红说她心里很感动。

“米婶家是密云本地人？”

“是啊。据说我姥爷的祖上在忽必烈那会儿给官府守驿站，苦出身，不过他们是汉族，不是蒙古族。”

我侧脸看了一眼米红：“听老爸说过，你家是南方人，米家在当地还是大户人家呢，南方什么地方？”

“宁波，那都是老黄历了。听我爸说，我爷爷的爷爷当年跟洋务派的人办过实业，入股了一家纺织厂，由于斗不过官场那些人，就退了股，亏了一大笔钱。以后家里做起了布料和茶叶生意，在当地算小有名气。我爷爷这辈儿进了京城，还是经营布料和茶叶，公私合营以后买卖被收了，家境也就不如从前。爷爷什么时候去世的我也不清楚，好像是一九六六年或一九六七年，我还没出生呢。”

“你有两个姑姑，不常走动吗？”

米红叹了口气：“我爷爷有我爸的时候快五十岁了，我爸上边还有个哥哥，比我爸大二十多岁，不知道得什么病死了。两个姑姑也都比我爸大好多，一个嫁到东北，一个嫁到甘肃。她们和我们家不亲，这么多年也没来往，我都不记得她们长啥样。文哥，你们家呢？”

“我们家简单，宣化人，在张家口。老爸老妈是同乡又是同学，年轻的时候两人一道来北京上大学，毕业后老爸进了部里，老妈到中学当了老师。”

“那时候能上大学可不简单。听我妈说，我爸小时候不爱念书，成天玩呀、打架呀，可人挺聪明，爱鼓弄自行车，还会修理水电什么的。那年赶上部里招工，就进部里干了后勤，后来又学了驾驶。我妈和他同一年招进去的，领导说农村人会做饭，就到食堂去吧。哈，那时候能进大机关可牛啦！”

我再次侧脸看她，她在笑，气色比昨天好多了。她拿起我旁边的烟点上一支，吸了一口，又递到我嘴边。

“你也吸烟？”

“会吸，但不吸。”

红色西服配她的身材、气质很合适，人还年轻，又肯努力，应该会有一个幸福的未来。

回城路上车辆比来的时候多，我目视前方，顺手打开音响，里面播放的正是我最爱听的那首《三色堇》。

这种状况让人对生活很失望，甚至厌倦，搞不明白是梦搅得人心烦意乱，还是生活本来就是这样。

27

身体向下沉降，感觉到一股强烈的气流从下方往上冲顶，身体沉降的速度缓下来。人不是掉下去的，是飘下去的。

漆黑阴冷的深洞，洞底积了厚厚的白雪，冻得人发抖。仰头望向洞口，井口般大小的天空呈青灰色，天就要黑了。我大声呼叫——救人啊！四周除了回声没有任何回应。

我被困住了，困在了一个无人知晓的地方。

阴冷潮湿的积雪散发出逼人寒气，从洞口射进来一缕微弱的光，借着这道光我警觉地探视四周。

洞底面积和卧室大小差不多，四周洞壁露出凹凸不平的岩石，有的岩石表面光滑，有的则锋利如刃。摸索着走了两步，脚底下也高低不平。目光朝向另一侧，那里似乎有一条通向黑暗深处的暗道，想过去察看，又犹豫不决，担心那里暗藏着不可预知的危险。

这是什么地方？我为什么会在这里？

隐约记得刚才自己在大声呼救，喊了半天没人应。现在有些累了，上下眼皮打架，意识也变得模糊起来。困了，想睡觉。

我强睁大眼睛，想找一块平地躺下，发现小时候家里的那张白色铁艺小床就在身边，静静地摆在那，我躺上去蜷曲着身子两手抱在胸前闭上眼睛。

我划着一条小船在大海上漂浮，一波波海浪冲来，小船上下颠簸起伏。我奋力地划啊，头发、衣服、鞋子被溅起的浪花打湿，湿漉漉的衣服贴在身上很难受。

一个大浪袭来掀翻了小船，人掉进海里。我拼命地呼救，呛了几口海水，双手用力地划，想重新回到小船上。小船消失得无影无踪，我快要淹死了。

一阵激烈的吵闹声传来，一男一女在吵架。他们像是为了一碗面条互相指责对方，还说了脏话，不知谁把一只碗摔在地上，碗的破碎声让人打了个寒战。我想上前劝解，可无法从小床上下来，只能呆呆地听着。

想回到海上寻找那只小船，我要划着小船去寻找远方的爱人。

一个人双手抓住岩石缝向上攀爬，他从岩石上摔了下来。

米卫国抽着烟：“你大姑、小姑都回老家去了，回老家去了！”

救护车怪异的叫声自远而近，急速地消失进夜幕里。我问那个男救护员，这个病危险吗，能不能治好？他不说话冲我笑，那笑声和救护车的叫声一样怪异。

“谁是病人家属，请跟我来……”

“医生已经尽力了，请家属节哀顺变……”

“你来早了，花还没开……”

“这才住了几天，多住几天嘛……”

两个人又在吵架，女的说要不是为了孩子，早就不跟你过了，男的说不想过就离。女的说那个狐狸精为什么老找你，男的说你为什么和那个臭男人去看电影。

肖立军坐在床沿，手里玩弄着一枚避孕套，床上躺着一个女人，看不清面孔。

浑身发冷，头痛得厉害。我将衣服裹得严严的，自己给自己打气，咬紧牙关挺住，不要绝望，只要坚持住一定会有人来救我……别再胡思乱想，越想头越痛，让心情平静下来，或许会好受一些。

果然，头痛在一点点减轻，身体也不那么冷了。

不知过了多久，有人推搡我，“老沙、老沙！”迷迷糊糊张开眼睛，那人像是炳太，又像是沈聪，怎么也辨认不清，索性转过身子不理睬他。

“有——人——吗——？”

嗓子撕裂般疼痛，仍然没有回应。我绝望了，不再喊了。

洞口那片小小的天空不时变幻着颜色，黑色、灰白色、蓝色、橘红色、又是黑色……我孤独地望着那片天空，知道接下来天会变成哪种颜色。在漆黑的深洞里，分不清白昼与黑夜，时间停滞了，漫长得令人压抑，叫人喘不过气来。

末日，绝对是末日，一切都被无形的力量挤压得扭曲变形！生命临近终点，濒死前的恐惧包围着我。

挣扎着朝暗道走去，里面漆黑不见五指，手摸在湿滑的洞壁上，水珠滴到手腕顺手腕流淌到肘部。走两步就要停下来，屏住呼吸侧耳细听，周围死一般沉寂。

突然面前的黑暗被一道耀眼的亮光刺破，我连忙用手护住眼睛。

啊，大海，又看见海了！深绿色的海水一望无际，冲天的海浪卷着白色泡沫拍打着岸边耸立的岩石。那只快要散架的小船被惊涛骇浪从沙滩吞噬进海里，消失得无影无踪。

不远处驶来一艘巨大的轮船，船上的灯发出强烈的光芒，把海面照得宛如白昼。

我心生好奇，海浪拍打岩石、冲击沙滩，为什么没有发出一丝声响？什么也听不到，只能听见自己的心脏在嗵嗵地跳。

天哪，这是一个沉默的大海！

我挥动手臂朝海边跑去，边跑边大声呼叫，希望轮船上的人能够听到喊声。刚跑到沙滩，脚下软绵绵的，身体在向下沉，朝左右望去，整个沙滩都在下沉，岩石在下沉，大地在下沉。

我害怕了，拔出双脚返身朝暗道口跑去。跌跌撞撞地回到洞底，坐在小床上气喘吁吁惊魂未定，浑身上下瘫软无力，头又阵阵发痛。

这个洞一定在荒郊野外、杳无人迹的地方，要不为什么没人经过，只要有人路过就一定能听到求救声，可是，什么也没有发生。

我会死在这里吗，默默无闻地死去，尸体会腐烂、发臭，剩下一堆孤零零的白骨……

女销售员使劲拽住我不松手，鞋试过了就得买，不买就叫警察。我想跑却挣脱不了，你们的鞋太贵我不买！

有人在说话，声音很大。我站起身轻轻挪动脚步，警觉地朝暗道走去，生怕发出一点声响。我倚在洞壁上倾听，却听不到一点声音，掐了一下手背，感觉到疼了。可说话的人呢，他们藏在哪里……

“听错了，一定是听错了！”我重新回到小床瘫软地坐下，呆滞地望着暗道口，头垂了下来。

忽然洞壁岩石上浮现出一个人的脸型，渐渐地越发清晰，眼睛、鼻子、嘴巴，还有那副黑边眼镜，就是他，终于出现了！

他冷冷地看着我，一言不发，脸上的肌肉在抽动，满眼寒光。我一动不动，也冷冷地看着他。他一声吼叫，然后掉下眼泪，嘴里不停地唠叨，像在哀求。我“哼”了一声，鄙视地扭过头不再看他。

我期待另一个人，一个想起来令我满怀深情的人，可她始终没有出现。那件乳黄色羊绒毛衣质地柔软，就像它包裹着的身体一样令人迷恋。

两人躺在淡蓝色床单上，仿佛漂浮在大海上。她伏在我的胸口，头发弄痒了我。轻轻抚摸她光滑的脊背，出汗了湿湿的，那只手也在抚弄着我，一双眼睛斜瞟着。为她系好胸罩后面的扣子，又在她的臀部掐了一把，她扭动身子尖叫起来，却听不到叫的声音。

“他跟别的女人跑了，他死啦！”她高声喊着声音悲凉。

我扭转过她的身子，一位老年妇女，她是谁？

吕欣走了过来大声吼道，炳太，你又熬夜不要命啦！炳太瞪着眼睛，不熬夜能挣钱吗？没有钱怎么送永哲出国留学！吕欣举起一根棍子要打炳太，钱重要还是命重要！炳太用手臂护住自己：命重要钱也重要！

我很紧张，没见过他们两口子打架，更没见过吕欣如此凶猛的样子，她扭动胖胖的身体手举棍子的架势很吓人。

利娟拎着鸟笼子回来，笼子里有两只毛茸茸的黄色小鸟。母亲很高兴，父亲却说这哪是鸟啊，是两只小鸡，你买小鸡干吗！母亲笑了，老头子你看错了，这是小鸟。楼上老赵凑过来，一把夺过鸟笼子，你们养不活，放我那养吧。他拎着鸟笼子就走，利娟跑上去追。

一条绳子从洞口缓缓降下，有人喊：“老沙，我们来救你，抓住绳子往上爬！”

我一阵惊乱，来不及多想抓住绳子双脚蹬住洞壁，刚爬了两步脚下一滑整个人掉到洞底。我站起身再次抓住绳子奋力向上爬，快到洞口时手心火辣辣地疼。一只有力的手牢牢抓住我的手腕，借着对方的力气脚下一使劲上到了洞口。

“炳太，你来干吗？”我问他。

面前站着一群人，家人、哥们儿，还有米红一家，大家都不说话，只是微笑着看我。父亲也在人群里，唯独他没有笑，耷拉着脸站在一旁。

他们在干什么，干吗一起站在街上冲我笑，我做了什么？

脚上那双新皮鞋又湿又脏，“妈，有破布吗？”我喊母亲。

“他跟别的女人跑了，他死啦！”老妇人又喊道。

街上行人、车辆熙熙攘攘，人们身着夏装脸上绽放出阳光般的笑容。

楼下汽车的报警器把我惊醒，那声音吵得人心慌。

身体浸在汗水里，床单、被子全湿了，我一脚蹬掉被子，这才感觉到凉爽。还是冬天盖的那床棉被，早该换了。

六点钟天已大亮，索性下床冲个澡，穿着背心裤衩去厨房沏杯茶，然后坐在阳台藤椅上。

“又做梦了，这倒霉的天气！”

两周前和米红去密云，见了米叔、米婶，回城路上听她讲了家里的事，记得很清楚。回来后着手修改那部中篇小说，它在电脑里已经躺了很长时间。这些日子接二连三撞上意外的事情，父亲去世、应涛住院、米红离婚……弄得人心神不定，小说也搁浅了，昨天终于把它修改完毕。我不希望再有任何事情干扰，集中精力把这篇处女作整理完，接下来还要联系出版单位，但愿它能够顺利出版。

“可为什么会做这样的梦？”

梦醒后心情纷乱不堪，要过很长时间才能平复。这种状况让人对生活很失望，甚至厌倦，搞不明白是梦搅得人心烦意乱，还是生活本来就是这样。

利娟五六岁的时候，一天院子里进来一只大老虎，龇牙咧嘴发出低沉的吼叫，两眼露出令人恐怖的凶光。它一步步靠上来，妹妹吓哭了，我跑上前一把拉过她躲进屋里。老虎用爪子重重地拍打屋门，我拼尽全力用身体顶住门，嘴里大声喊：“爸——！妈——！”父母不在家，只有我们兄妹俩。老虎力气很大，眼看我快要支撑不住……

小时候我会像孙悟空那样腾云驾雾，憋一口气身子就会悬空，迈开双腿就像在陆地上奔跑那样。可是，我不知道该如何停下来让身体落地……

这些也是梦，少年时反复做过不止一次，都在最关键的时刻醒了。为什么会做这样的梦，我百思不得其解。

“日有所思，夜有所梦”，我做梦的历史从未验证过这句话。梦到底是什么，它是如何生成的，对人又意味着什么，回答这些问题应该是“梦学家”的事（如果有这样一门学问的话）。我个人的理解是，梦是个随机的幽灵，它在你的记忆库里随手拣出些东西，胡编乱造一些情节，然后用来诱惑你或吓唬你。它会把你潜意识里的某个抽象概念用一个具体形象展现出来，使你的本能意识有所寄托，从而使愤怒的本能得到安慰。

上幼儿园时父母带我去动物园，狮虎山里的狮子用爪子拍打铁丝网，吓得我直往后退。小学五年级我就读完了《西游记》，幻想着能像孙大圣那样一个跟头十万八千里。瞧，这就是梦的初稿，没啥了不起的。

如果谁说梦具有警示和预言意义，他就是个骗子。我很少上当受骗，除非骗我的人就是我自己。

也许命运已经在前方为你准备好了一切，只是你还没有走到那里。

28

电话铃响的时候，我正在电脑前干活。平时肖立军不常来电话，只要来电话一定有事。

一边接电话一边去厨房给茶杯续水。

“哎，老沙，我发了个邮件你看看，一家客户要做宣传画册，帮忙搞个文案吧。”

“哪类企业？”

“国际咨询，有些实力，客户要求做成中英文双语的。”

“他们想要什么风格？”

“嗯……理性一些，上档次的，别搞成咋咋呼呼的那种，哈哈！”

“好吧，我看看材料再说。”

“文字别啰唆，简单明快就好。”

“明白，好的，嗯……”

想问他件事，又不知如何开口，问还是不问？

“哥们儿，还有事吗？”

“哦，没……没有。”

电话里出现了短暂的平静。

“哎，我倒有件事，”他口气犹豫起来，“那什么……最近有春子的消息吗，怎么联系不上她呀！”

本想跟他打听，他却向我打听，连他也不知道春子的去向，可见事出蹊跷。幸好没有主动问，问了也白问。

“是吗，我也没有她的消息。”

其实我想告诉立军曾经联系过她，对方手机是空号，可话到嘴边又咽了回去。不知为什么不想和他谈论春子，也许这是男人的脆弱心理在作祟。

“哦，那算了吧，事情有点怪，等等再说。另外，这个文案不着急，慢慢来，有空就写两笔。”

事情的确有点怪，一个人怎么平白无故就蒸发了，一点动静没有，一点痕迹也没有。但凡一个人在做出某项重要决定之前，总会露出蛛丝马迹，即便他刻意隐瞒，也会不由自主地暴露出被人察觉的点点迹象。可春子的消失天不知，地不知，人也不知。

放下电话喝了口水，滚烫的茶水烫了舌头。来到卧室阳台，将茶杯放在藤椅旁边的小凳上。

心里有点愧疚，不该向立军隐瞒我曾联系过春子这件事。

初夏花园里姹紫嫣红，绿是主色调，点缀着红、黄、白各色鲜花。一位老人在使用健身器械活动腿脚，旁边一条小黑狗在树根处支起一条后腿。

九十天没有收到春子的消息，肯定出事了。我梦见过她，但看不清面容，也听不到她的声音。她像故意躲避我，不让我靠近，为什么要躲避，没有理由啊！除非……她厌倦了这段感情，有了新欢，这样的女人很容易被人爱上。

“不可能，绝不可能！”

无法相信我们之间炽热的恋情会如此短暂，也不相信在这短暂的时间里，我就让她感到无聊乏味，动了另觅新欢的念头。想想我们在一起的时光，那是多么美好和甜蜜！

那天她躺在床上展开身体欢迎我，令人兴奋不已。她越来越大胆，越来越迷人！

我们忘情地拥抱，狂热地亲吻，慌乱的手渴求着对方的身体。我迷恋她的身体，就像鱼儿迷恋水、蜜蜂迷恋花蕊。鱼儿和蜜蜂是幸福的，我也是幸福的。当幸福降临时，你会变得贪婪而忘形，仿佛世界只属于你。

“手感很好！”我说。

她笑了，笑得很妩媚。她把自己呈现在我面前，毫不扭捏作态。她在欣赏着我的欣赏，样子很满足。

“这是上天送给你的一份厚礼。”她说。

“谢谢，我会回礼的。”

“你可以用语言报答我呀！”

“语言？哦，试试吧。”

我懂她的意思，但没有去尝试。我的语言能力远逊于文字能力，而且我相信一定有其他办法可以报答她。

躺在那张舒适的大床上，她嘻嘻地笑，时而发出“啊、啊”的叫声。

我在脑海中寻找着天边那道粉红色彩虹，它是意念中最美丽的映象。

意念？没错，就是意念，那才是真实的我，肉体不过是意念的触角而已。可怜啊，人们把肉体当成快乐的目的，却忽视了意念的存在，真是愚蠢得很！

鱼儿沉入水底，蜜蜂采吸花蜜。

她早已狂躁不已，坐起来扑到我身上。我“啊”的一声，伸手去抚弄她柔软的黑发。

我仰面在床，双目闭合，享受着那痴迷的吻。她的舌头很灵巧，充满了挑逗和欲望。

“味道也不错！”她说。

“意念！”我想。

两人都累了，偎在床上休息。

许久，她又嬉笑着在我耳边悄声，男人的身体重新注满了活力。

……

值得回味的场景和细节很多，一颦一笑、一起一坐皆历历在目，填补着我的思念。见不到她，就在回忆里寻找她、拥抱她。回忆比思念深刻，因为回忆伴随着思考。

是什么原因促使她突然消失，没有任何征兆，多日杳无音信？我无法理解眼前发生的一切，却不由自主地试图解释这一切。

人为什么会相遇？去年冬天在怀柔小院聚会，肖立军为什么带春子去？如果那天春子不在场，就不会留下电话号码，不会在短信里聊天，不会相约居酒屋，当然，更不会相拥上床。一切都来得如此偶然，又如此自然，就这么急切而毫不唐突地发生了。

我知道自己需要什么，却苦苦寻觅不到，越是寻觅不到就越发强烈地需要。突然有一天你遇到了期待中的东西，竟一时回不过味来。“踏破铁鞋”和“蓦然回首”的含义人人都懂，想不到这种事会降临到自己头上。也许命运已经在前方为你准备好了一切，只是你还没有走到那里。

为何要同她上床，究竟喜欢她什么，她又喜欢我什么？我们从未讨论过这个话题，甚至——至少是我，也从未想过这个问题。难道仅仅因为她是一个女人，我是一个男人，天性中本能地需要对方吗？抑或我们都在刻意回避热恋背后的原因，那根触痛心灵的神经：中年的人生失落导致的那份难以排遣的孤独与寂寞。

情感在煎熬中变得僵硬而脆弱，只有在肉体的欢愉中才能被软化。这时意念被唤醒了，像一只惊起的小鸟从寂静的树林梢头振翅掠过。

“遇见你以后情不自禁地喜欢上你，一度想到结婚，再给你生个孩子，这真叫人不安啊！要是那样做了，我会被爱推向万劫不复的深渊！”她躺在我身旁声音细若游丝般地说了这样一番话。

当时很疲倦没有多想，只觉得她喜欢我，想结婚，我很得意。现在想起来，这可能是她对我说过的最真实、最重要的话。

“文哥，你说我们是一种什么关系，情人、恋人，还是性伴侣？”

“爱人，相爱的人。”

“相爱……多么珍贵啊，珍贵的关系应该是单纯的。”

“单纯的爱……？”

“是啊，单纯的爱，就像我们现在这样。”

“现在这样是什么样？”

“就是这样啊，在一起时做爱，不在一起时相思。”

“相思、做爱，做爱、相思……”

“是啊，这不很好吗，单纯的爱，一辈子就这样爱下去。”

在和她交往的过程中，好多话我当时并未听明白，过后想想才明白。

那天两人没有合为一体，却在床上度过了两个小时。我要走了，她跑过来抱住我，用湿热的嘴唇道别。

多年后读到尤瓦尔·赫拉利的《未来简史》，其中一句话令我思索良久：“情感并不是只能用来写诗谱曲的神秘精神现象，而是对所有哺乳动物生存和繁衍至为关键的生物算法。”人的情感是一种生物算法，这种说法很独特。千百年来人们一直被自己制造出来的问题所困扰，今天看来它们或许不具备本质上和事实上的意义。赫拉利这句话还让我想起常凯在怀柔小院里说的那句话，好像他和这位以色列历史学家认识似的。

人的弱点是自私，这是本能，本能是自私的大本营。当他或她说“我爱你”时，一定期待对方说相同的话。当他或她说“我讨厌你”时，却希望对方说“对不起，请原谅我”。人都是这样，我也是这样。从另一个角度说，男女之恨皆源于爱，而爱又源于自私，没有自私就没有爱，也就没有伤害，没有恨。

但是自私不会直接导致伤害和恨，中间必有欺骗。

先给大家讲一个人类欺骗动物的事，然后再说说我们自己。

一次去郊区参观一家种牛场，走进车间后，参观者来到二楼隔着玻璃窗朝下看：一头黑白杂色的种牛（A）被控制在一个固定位置，它的后腿处站着一位工作人员（甲），另一位工作人员（乙）牵来第二头种牛（B）。

B 见到 A 后，火急火燎地骑了上去。这时甲将手里的一个管状容器迅速套在 B 的生殖器上，据陪同介绍，容器内部仿母牛的生殖器官。当 B“做爱”完毕，甲拿着容器去了实验室，乙将 B 牵走，于是一次取精过程结束。

这个过程是每一头种牛一生要做的唯一工作，而它们到死也不知道 A 也是一头公牛，它们所以能够兴奋起来，因为生下来就没有见过母牛。

实验室里有各种现代化仪器设备，实验人员全副武装，白大褂、白帽子、口罩、手套，他们要检测“产品”的质量。据说这家种牛场的产品销往全国各地，价格昂贵，但很受欢迎。

走出车间我的心情并不好，那些被欺骗了一辈子的种牛完全丧失了牛性，成为人类牟利的工具，好在它们不自知，没有痛苦。我看见车间外面的空地上安放着一块块尺寸不大的方形石板，上面刻着数字，陪同说那是死去的牛的编号和死亡日期。原来这里是牛的墓地，如此说来，这里也应该是人类的感恩地。

人与动物不同，人有思想，有超感觉，你欺骗他，他也能欺骗你。你的小伎俩往往会被人识破，到时候弄巧成拙，偷鸡蚀米。人最擅长欺骗，所以经常被骗。

欺骗，无非两个目的：得到什么或丢弃什么。两个目的又互为目的，得到爱是为了丢弃孤独，摆脱约束是为了获得自由。欺骗有恶意与善意之分，区别二者的标准是，它是否对别人构成现实的不可挽回的伤害。

我害怕被欺骗吗？是，也不是。春子不会骗我，我也不会骗她。我没有理由恨春子，只是为她担忧，其中夹杂了一丝抱怨。

无法理解也就无从解释，毫无条理又毫无根据地胡思乱想了一通，问题没想明白，心情反而变得更为复杂。

我无计可施，只祈盼有一天春子重新站在我面前。

手机又叫起来。师大那位教授朋友帮我联系了一家文学刊物，他把编辑的姓名和手机号告诉了我，让我直接与编辑接洽，从名字看编辑是位女士：苏珊。

朋友的电话把我拉回现实，小说送到编辑手里会是怎样的命运，她是一口气读完，还是看了两眼丢在一边。初学写作的人就怕别人说写得不好，那会极大地挫伤他的自信心。我有些紧张，祈祷自己在文学创作的道路上能迈出关键一步。

茶汤正浓，香气四溢，端起杯子轻轻地抿了一口。

外面下雨了，雨点敲打在玻璃窗上留下一道道水纹，像无言的泪痕。

楼下花园里空无一人，锻炼的老人和尿尿的小狗也不见了。树木和花儿在初夏的微风细雨中窃窃私语，满园的柔情蜜意……

他沉浸在被酒精撩拨起的快感里，奋不顾身地钻进由欲望编织成的罗网。

29

二〇〇七年六月周家荣退休了，金将军成功地邀请到他和冯雍跟我们一道吃饭。

不知炳太施了何种魔法，竟然请动了周、冯二人，也许他在学院里的好人缘起了作用，或者周、冯二人自有他们的打算。

电话里炳太说，老沙，你要是不想去就别去，我们仨对付得了。我说别的酒局可以不去，这次得去。

其实，这顿饭吃不吃无所谓，这两个人见不见也无所谓，他们只属于遥远的过去。之所以临时改变主意，是考虑到有些场合不能错过，否则会留下遗憾。

我兴趣满满，倒要看看立军和常凯究竟要耍什么花招。

肖老板做东，饭局安排在西三环一家酒店，包间豪华自带卫生间。

最先到的是炳太和周、冯二人，肖立军和常凯一起来的，我最后才到，干吗要在包间里等他们！

半年不见，周家荣显老了，几绺花白头发盖住头顶，脸上的肉松松垮垮，肚子更鼓了，两条细细的短腿耷拉在胯下。

冯雍还好，黑边眼镜，蓝色 T 恤衫，灰色西服裤，一双白色皮质休闲鞋，干净利落。他比我小五岁，看上去长得比我成熟。

“这小子，人模狗样的！”握手时我想。

十人的圆桌，肖立军坐首席，左手是周家荣、冯雍，右手是我、炳太，常凯坐在肖立军对面。场面很有趣，明明是两拨人，偏要“亲密地”坐在一起。

开始肖立军话不多，摆出一副老板的派头。炳太不善张罗，只是不停地“哈、哈”凑热闹。我不想说话，坐在那抽烟。冯雍看上去有些紧张，眼神来回巡视着。周家荣反倒一副轻松的样子，不时找个话头闲聊，他刚刮过胡子、理过发，一件淡粉色短袖衫胸前还有折叠的痕迹。

常凯异常活跃，拿出一小包茶叶喊来女服务员：“小妹，这是上好的铁观音，用刚烧开的矿泉水沏，头道茶倒掉，二道茶再给我们上。”

他又从包里掏出两盒软中华，在我和肖立军面前放一盒，在周家荣和冯雍面前放一盒，“好烟、好茶，哥儿几个慢慢用。”他嬉笑道。

一桌人当中，我、肖立军和冯雍吸烟，那三位不吸烟。

菜一道道上齐了，广州、潮州的名肴。常凯又不知从哪拎出两瓶泸州老窖，亲自给各位的分酒器倒满酒。

两位女服务员，一左一右候着。

肖立军一言不发地举起酒杯，众人也都纷纷举杯。周家荣笑着说：“今天让肖总破费了，实在不好意思，我敬肖总一杯！”

肖老板这才开口：“周院客气，今天请二位来，大家聚一聚，一来祝贺周院圆满完成党交给的革命任务，光荣退休；二来祝贺冯教授晋升职称，又上任院长助理，双喜临门。”他用手指指我和炳太，“承蒙二位以前多多关照，我代表这哥俩谢谢二位，来，干杯！”说完他一饮而尽。

大家也都将杯中酒饮尽。周家荣放下酒杯：“哪里、哪里，肖总的话过了，跟您比我们不值一提，哪有您这气派，一看就是干大事业的！”他城府深厚，说话绵里藏针，肉中带刺。

肖立军嘴一抿：“哈哈，姜还是老的辣，千年万年自得修行。周院，今儿咱们只叙友情，不谈其他，痛痛快快喝顿酒！”说罢他又举起酒杯。

周家荣随即举起酒杯，附和道：“没错，今儿就是喝酒，酒喝痛快了就是朋友，其他的爱谁谁！”

我暗自一惊，那句“千年万年”的话带着“辣味”。我品出来了，从接下来的情形看，周、冯二人像没品出来。

酒桌上心思各异，表情不一。肖老板稳坐钓鱼台，气势上压人一头。常凯插科打诨，递烟倒酒，活跃着气氛。肖说话时，炳太看着他，周说话时，炳太又瞅瞅周家荣，时不时地“嘿、嘿”傻笑两声。周家荣摆出与肖立军平起平坐的样子，不让自己落下风，甚至仗着年龄大，嘴里“老哥、老弟”叫着。两杯酒下肚，冯雍倒是放松下来，神态自若一声不吭，独自饮酒吃菜。

“周院，最近身体还好吧？”肖老板的聊兴上来了。

“谢谢老弟关心，凑合吧，不是药顶着，恐怕早刻在碑上了！”周家荣的聊兴也不浅。

“哪儿的话，六十岁不算老，中年人，正是享受的时候。没听人说吗，什么叫幸福？六十岁还有女朋友！”

“哈哈，那看是谁了，搁老哥我只能想想啦！”

常凯打开第二瓶酒，接过话来：“干吗就想想，该招呼就招呼，再过几年想都别想了！”

“话是这么说，我跟你们不一样，要年龄没年龄，要钱没钱，要模样没模样，回家老婆看着不烦就阿弥陀佛了。”

肖立军露出笑容，却没笑出声。他问：“嫂夫人是做什么的？”

“街道办事处，公务员。”周家荣放下酒杯。

“不错呀，一个政府机关，一个事业单位，都是铁饭碗。周院，你们老两口抱孙子了吧？”他又问。

“外孙子，上小学。”

“现在不讲究这些，里外都是孙子。”

今天肖老板说话总让人听着别扭，这家伙不是设的鸿门宴吧。可周、冯二人似乎并不介意，大有任尔东西南北风，我自岿然不动的架势。

常凯起身给冯雍倒酒，身子一歪酒洒在对方身上，他连声道歉，拿来纸巾给冯雍擦拭。冯雍面露愠色，转而口气客气地说：“没事、没事。”

肖老板训了常凯几句，语气温和地问冯雍：“冯教授平时研究什么，最近有没有大作问世？”

冯雍灭掉手上的烟，颇具冯氏风格地回了句：“我是教艺术理论的。”

我对冯雍的背景知之甚少，据说他父母是科学家，老婆是美院教授，女儿就读美院附中，家庭条件不错。他从小是个学霸，本科毕业后申请到美国一所著名大学攻读哲学与艺术。他的教育背景和才华在学院不说一等一，也是数一数二，若凭能力认认真真做点学问，评上教授只是时间问题。

唯一令他遗憾的是，回国后没能进一流大学任教，屈尊于一所地方性大学，另外老婆的职称比他高，也让他心里憋屈。一次同事夸他老婆，他扭头就走，弄得同事丈二和尚摸不着头脑。他曾跟人说“男人的荣誉就是成功，不成功活着不如一条狗”。听听，这叫什么话，真要那样世上还有多少人！

这个人的性格同事们都了解，想得多说得少，不大合群，很少和同事聚餐、出游，更没见他和谁开过玩笑。此君自视甚高，目中无人，不招人喜欢。当然仅凭性格还不能断定一个人的人格，但在我的事情上他肯定心术不正。

这就是我对冯雍的认识，带有主观分析和猜测，不那么准确。认识一个人很难，需要时间和接触，即使共事多年也未必深入了解。人是多面体，其难可见。

饭桌上肖老板有酒量，半斤八两没问题。周家荣也能喝，但今天很克制，频频举杯，酒下去的却不多。其他人顶多二三两，常凯偶尔喝过半斤。

冯雍上脸了，话多了起来。旁边的常凯东拉西扯地跟他聊得挺热乎，炳太也走过去和他干了一杯。

周家荣端着酒杯凑过来，问我在忙什么。我说没啥事，帮肖老板写写策划文案什么的。他说那挺好，跟着哥们儿做事亏不了。我说总不能闲着，得挣碗饭吃。他不住地点头，嘴里“是是”地应着，显得很客气，不像上次在办公室里谈话透着一股子酸气。

他轻咳了一下，悄声说道：“哎，老沙，你的事冯雍没参与，我保证，别听别人瞎传。”

我心里一动，但没做出任何反应。

这时肖老板又开口了：“周院，你在体制内几十年，给我们传授传授经验，怎么才能混得好？”

周家荣从容地回到座位上，语气沉稳地说：“规矩，守规矩。各行各业都有它的规矩，别一天到晚总想着规矩是对是错，那不是咱考虑的事。我这几十年能平平安安干下来，就是守住这一条，也没什么难的。”

常凯插话进来：“规矩不就是为了打破的嘛！”

周家荣依旧不紧不慢地说：“说这话的人有两种情况，一，他是外行；二，他是个奇才。这辈子奇才没见几个，外行见多了。”他扫了一眼在座的，“实际上啊咱就是个庸人，大事做不来，小事又不做，靠什么活？”他又扫了一眼，“靠的就是……规矩天天都在破，关键看你对规矩吃得透不透。哈哈，一点愚见，老弟们见笑啦！”

肖立军竖起大拇指：“高见高见，我说什么来着，姜还是老的辣。”他端起酒杯跟周家荣碰杯，两人将杯中酒饮尽。

女服务员端上一盘切好的水果。

见吃得差不多了，常凯提议，今儿喝得不错，可还差点意思，咱们找个地方坐坐，再来点啤的。周家荣问，还打算去哪里？常凯说地下一层是歌厅，哥儿几个放松放松。周家荣连忙摆手，不行，回家晚了老婆查岗。肖立军似有挽留之意，却欲言又止。我看了眼冯雍，他正低头整理着 T 恤衫。

送走周家荣，五个人来到地下一层。

刚出电梯，一个四十多岁高个子女领班迎上来。她满面笑容，说话嗓门很冲，一条手臂挽住肖立军，另一条挽住常凯，对其他人看也不看。

“肖哥、凯哥，房间已经安排好了，中包，音响好，都是老熟人，经理说了按小包算。”她领着众人朝包间走，嘴里不停地夸肖哥凯哥有风度，重感情。我耳朵听着心里笑着，而肖、常二人看上去并不在意女人的话。

过道里灯光通明，一个二十来岁的男服务生从身边经过，他猛地一声“先生晚上好！”吓了我一大跳。

包间装修浮华，彩灯闪耀。在沙发上落座后，刚才吓着我的那个男服务生端上水果、啤酒、茶水，女领班说啤酒畅饮，茶水是经理送的。

已是六月中旬，房间里闷热，弥漫着一股陈旧的气味。常凯喊道，叫服务生打开空调，这屋子又热又味怎么待呀。女领班说空调开着呢，一会儿就好了。

两个穿白裙子的女子快步走了进来，嘴里“肖哥、凯哥”地叫着，一个凑在肖立军身边，另一个偎在常凯身边。

女领班又朝外面招了招手，男服务生领着十来个年轻女子走进包间。

女子的颜值等级有差，但个头儿、身材都很出众，白色的大敞口连衣裙包裹着年轻姣好的身体。

“先生晚上好！”进屋后她们站成一排向客人鞠躬致意。我、炳太、冯雍看着面前这堵“白墙”，谁也没开口，场面有些尴尬。“得，咱也别耽误工夫了，我替哥儿几个选吧。”常凯放下手中的茶杯说道。

被选的女子走过来分别坐在沙发上，其他人转身出了包间。女领班祝过酒也离开了。男服务生打开十几瓶啤酒，堆满了半个茶几。

肖、常是这里的熟客，举止轻松自如，像进了自家客厅。我和炳太跟着他们来过几次，我俩都不会唱歌，每次来只是喝喝酒、玩玩骰子，碰到嗓子好的听听歌也不错。冯雍看上去有些拘谨，一直在低头吸烟，陪他的女子身材丰硕，白白的胸脯高耸，同她一比冯雍更显得干瘦。

常凯喊“唱歌唱歌”，无人响应。陪他的女孩约莫二十岁出头，点了一首我从未听过的歌。听了两句我断定，常凯看上她绝不是因为这副嗓子。

看了一眼身旁的女子，人长得很端正。

“沙哥，初次见面喝一个吧？”她微微一笑，举起酒杯偎上来，说话声音细细的。

干了一杯啤酒，她说道：“沙这个姓不多见，叫起来怪怪的，好像挺凶，可你看上去一点也不凶。”

“这个姓很普通啊，《红灯记》里的沙奶奶就是这个姓。”

“我很少看电视剧，是古装戏吗？”见我拿起烟，她连忙给点上，又问我：“唱什么歌，我给你点？”

“我不会唱歌。”

“那玩骰子吧。”

她取来骰子，说一口一干，我没吱声。前三把我赢了，她连干三杯，夸我玩得好，我笑笑而已。果不其然，后面几把她赢了，还劝我别喝太猛。

肖立军拿起话筒，《弹起我心爱的土琵琶》。唉，这个年龄的人就这点本事。

歌声、碰杯声、骰子的哗哗声和女子呵呵的笑声，挤满了整个房间，空气也显得拥堵了。

我瞟了一眼冯雍，两人喝得正酣。白胸脯手舞足蹈地说着什么，冯雍满脸通红哈哈大笑，一只手臂揽住了白胸脯的腰。这个场面让我有些诧异，若不是亲眼所见，绝不会将此情此景与认识的那个人联系在一起。

又是一首老歌，《明天你是否依然爱我》，冯雍拿起了话筒。

声音很扎实，略带一丝飘逸，音挺准，节奏把握得也恰到好处。这小子，如果放平心态随和点，常和同事们一起活动，应该是个受欢迎的人。

我惊讶自己为什么会这样想，他背地里指不定干了多少坏事，该狠狠地教训才对，而不是指望他变成像炳太那样的人。我常犯幼稚病，把人往好处想，上了岁数也没治好。人永远不会变，即使看上去变了。

冯雍唱歌的时候，女领班进来，常凯和她嘀咕了一阵。出门时她招了招手，白胸脯随她离开包间。

肖立军掐掉烟头，挪过来跟我和炳太喝了口酒。他的嘴伏在我耳边："跟北京分公司的人打听过，春子辞职了，他们也不清楚她的去向。"

音响的声音很大，我没有细问，点点头表示知道了。"辞职？看来是有事，好好的干吗辞职呢！"我想。

白胸脯回来时，冯雍刚唱完，两人又干了杯酒。白胸脯撒娇卖萌，面朝冯雍跨坐在他腿上，身子前倾两个膨胀的圆球紧紧贴在冯雍脸上。冯雍左右摇摆着头，双手在女子的腰上、背上、臀上乱摸。

他喝高了，没有了往日的矜持与冷峻，也不顾及旁人的存在。他沉浸在被酒精撩拨起的快感里，奋不顾身地钻进由欲望编织成的罗网。

常凯灭掉顶灯，包间里瞬间黯淡下来。男服务生推门进来，蹲在茶几前又一连打开五六瓶酒，常凯示意他不要再开了。

今天喝得不少，每个人都超出了平时的酒量。

炳太坐在我旁边，那个女子对他说："哥，你的身体真棒，我跟你走吧。"炳太问："去哪儿？""哪儿都行，你那儿、我那儿、附近宾馆。""不安全吧？""没有啦，你说去哪儿安全？""我觉得派出所比较……"女子咬着牙捶了他一下。

我笑了，没想到金将军也会逗乐子。

狂乱、躁动的蹦迪音乐响起，陪肖立军和常凯的两个女孩站在茶几前蹦着，她们摇摆着长发，扭动着胯部，手指张开在胸前、胯下、头顶上下移动。

“沙哥，留个电话好吗？”声音细细的。

“下次来再找你吧。”

“不会了，你都没问我叫什么。”见我没吭声，细细的声音又说，“没关系，出来玩高兴就好，喜欢谁就找谁。”

吃饭是肖立军结的账，唱歌常凯给结了。

我和炳太去了趟洗手间，来到街上时正好有两辆出租车停在路边，常凯冲我们喊：“哥儿俩来，咱们坐这辆！”

白胸脯已经换好了衣服，挎着冯雍上了另一辆车。

我猛然意识到什么，拉过炳太：“你坐那辆，记住，一定先把冯雍送回家！”炳太说了句“明白”，然后紧走两步上了冯雍那辆车。

肖立军坐在副驾，我和常凯坐在后排。车开出去不到五百米，前面的出租车靠路边停下，白胸脯独自下了车，回身朝我们离开的那家酒店走去。

“老沙，你这是干吗，这小子要是和那娘们睡了，他就等着跳黄河吧！”沙哑的嗓音混合着浓重的酒气冲我喷来。

“这手段太小人，我宁愿当面揍他一顿！”

“对付小人就得用小人手段，我可是使了钱的！”

“多少钱？我给你！”

“凯子，别说了，听老沙的。”肖立军口气稳稳地打断我俩。

夜深了，街上空旷寂静，偶尔有一辆车从对面或旁边驶过。

“嘿，哥儿几个去哪儿？”司机看着前方的路问道。

上有神灵，来电话的竟是孟华！

30

无论冯雍私下里做了什么，或者像周家荣说的他什么也没做，我都不赞成利用人性弱点整人。我不是一个高尚的人，只是不想做小人。

但我完全可以换一种方式表达自己的想法，不该对常凯耍态度。他和立军搭钱搭工夫所做的一切，还不是为了我吗，若非朋友情分，谁没事找事。唉，我这脾气，有时想想真是有其父必有其子。

那天常凯也挺生气，分手时招呼都没打。几天后炳太约了顿酒，几个人把话说开也就没事了。肖立军说那天都喝得不少，说话冲能理解，别为这点小事伤了哥们儿感情。常凯还有些过不去："老沙啊，你这性子别说当强盗，就是做买卖谈生意也干不了，只能教教书写写字。"我说没错，让我去卖衣服卖鞋恐怕也干不好。炳太打圆场："得了，人是什么样就是什么样，都一样还无趣了哪！"

酒还是那个味，朋友终归还是朋友。

另外，那天肖立军告诉我"春子辞职了"，我确信一定发生了什么事。后来我才知道，她家的确发生了事情。这件事使她深陷其中无暇顾他，且对她后半生的生活产生了不容回避的影响。

那幅画找不着了，我最喜欢的一幅画。

它原本挂在书桌对面墙上，一次打扫房间把它摘了下来，一直没挂上去。今天想把它重新挂起来，可忘记把画放在什么地方了。

在可能放画的地方统统找了一遍，柜子里、门后边、床底下，连厨房和卫生间都找了，还是没找到。好奇怪啊，明明是我把它收起来的，怎么不见了，它藏哪里去了，这记性真是越来越欺负人。

快到中午的时候，突然灵光一闪想了起来，赶紧拿过一个小凳，蹬上去在书柜顶部摸索，果然就在那里。我用抹布把画框擦干净，将它挂回原处。

我喜欢这幅画，从画面能读出故事来——人生的酸甜苦辣。

这幅十九世纪俄罗斯画家的油画不是原作，是按同比例缩小的印刷品，横幅，长约八十厘米，宽约四十厘米。

画家画的是俄罗斯某地荒野雪景：一条小路由画的右下方向左前方伸展，路上有一道道马车留下的辙痕，两旁有树林、矮丛、破败的小屋和丢弃的圆木。荒野被白雪覆盖，雪已融化，道路泥泞。

整幅画让人最耐看的是小路上的两个人物：一位大胡须老者，头戴有帽檐的平顶帽，身穿过膝大衣，肩挎包袱，身体略向前倾；一个八九岁小姑娘，头戴深红色头巾，上穿棉衣，下穿棉裙，她右手拉着老者，抬起左手指向前方道路。

两人右前方有一个不大的水洼，水从水洼漫出来形成一条浅浅的小溪横过小路，挡在两人面前，小溪另一边有十来只乌鸦在刨食。小姑娘手指前方像在问：爷爷，前面有水怎么办呀？又像在说：爷爷你看，前面有乌鸦。老者前倾的姿态像在听小姑娘说话。

如果将画面分成上、下两部分，下半部分是覆盖大地的皑皑白雪，上半部分是灰暗沉重的乌云，整幅画面给人一种寒冷、荒凉、压抑的感觉。

令我站在画前久久不肯离去的还是画中人物，虽然是侧背影看不见面部，但从两人体态、动作可以看出祖孙俩相依为命的关系。画家借严酷的自然环境，用画笔传递出人世间最温暖的情感。人物在画中所占比例不大，由于处在画面中心位置，一下子就能抓住人的视线。

这幅作品不仅轰动了当时的俄国画坛，也轰动了欧洲画坛。

春节期间我去本州旅游，那时孟华正在俄罗斯旅游（大冬天去那旅游可真有她的）。她在一家博物馆里看到这幅画就买了下来，回国后寄给了我，说是送给我五十岁的生日礼物。当时我好惊讶，当然也很感动，五十岁生日收到的唯一礼物竟是前妻送的。我发短信表示感谢，告诉她我很喜欢这幅画。

终于找到了，松了口气。我将目光移开画面，去厨房弄午饭。

午饭过后是午睡，午睡起来想把已经修改完的小说再看一遍，我对自己写的东西不总是那么自信。可一个电话打来，搅得人再也无心做事。

上有神灵，来电话的竟是孟华！

她一上来就问，这几年过得怎么样，有没有成家。开始我没反应过来，没头没脑的怎么突然来电话呢。我说马马虎虎，一个人过也挺好。我没提学校的事，也不打算告诉她，要是她知道了，又该说我是个窝囊废。

她在电话那头唠叨了一阵，像替我惋惜又像在开导我："唉，人这辈子不过如此，一场梦，一出戏，不管你怎么奋斗，到头来梦醒了，戏演完了，还是一场空，什么都没有，什么也不是。"她又"唉"了一声，"人得多为自己着想，善待自己，趁着还没拄拐棍找个差不多的人结婚吧，还有几年好日子，千万别和自己过不去。以前我蠢就蠢在自己和自己过不去，现在不会了，如今只有一个念想：为自己活。"

这通唠叨让人惊愕不已，孟华是个上进心极强事事不甘落后的人，无论在单位、家里还是亲朋好友间，她最不能忍受被人忽视，被人瞧不起。她曾跟我说，人不能同情弱者，他们没有理想，自私懒惰，宁愿整天抱怨也不去改变。她不甘心过平庸的生活，一定要过得与常人不同。她和我离婚其实也有嫌我不去努力挣钱的成分，让她很失望。

可现在呢，似乎变了个人，就像那些自以为看破红尘的“明白人”，张口闭口要点拨你。她说的这些话我在不同场合听过不止一次，无须受过多少教育就能体悟出的人生大道理，听多了就没啥感觉了。

问她这些年过得好不好，她说还好吧，只是心气没那么高了，饿不着，冻不着，有个窝就满足啦。听上去她过得并不好，于是又问她有事需要帮忙吗，她“啊”了一声，说差点把正事忘了。

孟华告诉我，二〇〇七年楼市回暖，房价上涨，她趁这个机会把当年离婚时给她的那套一居室以九十万元的价格卖掉了，她留下三十万元，另六十万元给我。她要我的银行账号，近日就把钱汇过来。

我一时又没反应过来，这简直像梦幻小说！我说房子是你的，卖房得来的钱自然也是你的，留着吧，我还过得去。

电话那头笑了：“知道你嘴硬，本想把全部卖房款都给你，可心里又不平衡，这才决定留下少部分，大部分给你，要也得要，不要也得要。当初你把房子给我，说明你这人心善不贪财，要是贪财的家伙我才不给呢！”

我动了好奇心，“看样子你现在有钱啦？出手这么大方，干得好还是嫁得好？”电话那头说，“离婚两年后就再婚了，现任丈夫做进出口贸易，挣了不少钱，估计两辈子也花不完。眼下在城里有两套房子，在郊区有一套别墅，所以不在乎这几十万元。”接着电话那头又笑了：“我现在明白了，勤劳不能致富，你辛苦一辈子挣的钱不如人家一笔买卖，干吗自己还去拼命啊！”

我问她有没有小孩，她说男方带过来一个儿子。“你自己不想要吗？”我又问。她叹了口气，能活到今天就不错了，结婚第二年查出子宫癌，做手术摘掉了，又做了几个月化疗，弄得人不人鬼不鬼，都算不上是个完整的女人啦！

子宫癌？摘除术？化疗？这得受多大罪！孟华也是个苦命人，我一下子难受起来。对那段婚姻我没有理由感到委屈，更没有理由责怪她，两个不合适的人鬼使神差地走到一起不足为奇，离婚也属正常，都是普通人，大家能顺顺当当心安理得地过日子就行了。我安慰了她几句，祝他们一家三口生活幸福。

孟华问我开什么车呢，我回答还是原来那辆，她大叫起来，快用这笔钱买辆像样的车吧。我说像样的车有几个轮子，她笑了，紧接着叹了口气，“唉，这么多年了，还是老样子！你呀人挺好，好日子不张扬，苦日子也扛得过去，缺点嘛，有点窝囊，不会讨女人欢心，可你又有女人缘。”

我有女人缘？笑话！要真是那样，哪还有工夫写小说！

她问候老爸、老妈，我说了父亲的事，电话那头沉默了。她语气淡淡地说，好吧，人各有命，彼此珍重。最后她叮嘱我今天就把账号发来，明天汇款。

放下电话坐在藤椅上脑袋木木的，一笔巨款从天而降，该高兴才对，可我没有一丝兴奋感，不仅如此，心情反倒越发沉重。

孟华也快五十岁了，不知模样老了没有。

第一次见面，那头蓬松飘逸的黑发，明亮活泼的双眸，“你是沙先生吧，我是孟华……”

新桥饭店西餐厅，洁白的桌布，红红的烛火，叮叮当当刀叉碰瓷盘发出的细碎响声……

洞房花烛，羞花闭月，两具饥渴的躯体紧紧贴在一起，喘息着，扭动着，无言地宣泄着……

夏日的香山公园，葱绿的山峦，静谧的小道，微风习习，四个人说说笑笑在山脊上合影……

尔后，离婚、失业、癌症，鬓发催白、人到中年……

你们真的水火不容不能白头偕老吗？在一个屋檐下睡了七年，彼此真的相知相爱过吗？

从藤椅上起身又来到书房，倚靠着书桌目不转睛地看着那幅画。

如果哪天发财了，有好多好多钱，一百万、一千万、一个亿，我将如何安排自己的生活，将怎样对待家人、朋友、女人？我又该如何确立幸福的标准，如何评价苦难的价值？想不明白，因为这一天永远不会到来。但是有一点毋庸置疑：那时的我不会是现在的我。

人就像被自然和命运任意摆弄的玩偶，你无法给自己下定义。

手机再次响起恼人的乐曲声，不知金将军有什么事。收拾一下心情，拿起手机接通电话。

“老沙，最近忙不忙，有空一块坐坐？”

“行啊，你通知立军和常凯吧。”

“不叫他们，就咱俩，想和你喝口酒。”

“哦，有事吗？”

“没什么大事，到时候再说。”

想起利娟埋怨吕欣的话，我问道：

“吕欣怎么样，还那么忙？”

“比以前更忙了，回到家就趴地上跟自己较劲。”

“干吗不在床上较劲，非趴地上？”

“哈，床上已经没戏了，地上的兴头可不小。每天晚上吃完饭，人家在地上铺一块垫子，又抻胳膊又蹬腿，说是练瑜伽，要把身上那堆肉练下去，你说她到底是忙还是不忙。”

“这是好事啊，四十多岁女人健身可是当下的时尚。”

“好事是好事，那得看是谁，健身不是一天两天的事，她能坚持下来？不出一星期肯定就不练了，练的时候理由充分，不练了有充分理由，她什么性子我还不知道。”

“得了，别打击人家积极性，她要练你就鼓励，不练了啥也别说。”

“我说她干什么，抻胳膊蹬腿也就罢了，还在地上乱蹦，蹦得地板咚咚响，我怕楼下邻居找上来！”

哈哈，这两口子，钱挣得不多，小日子过得也挺热闹嘛！一个人一个活法，谁能说哪种活法更好呢。

猛地想起吕欣交代的任务，这回可不能再忘了。

后来那女的没再纠缠炳太，估计她并不想在金将军身上花太大工夫。

31

从二十世纪八十年代到二十一世纪第七个年头，认识金将军二十年了。一起读研，一起教书，一起出游，当然也包括一起喝酒聊女人，不敢说十分了解，也了解个八九分。

有些事是躺在学校寝室里讲的，有些是在酒桌上聊起来的，也有些是吕欣告诉利娟又传到我耳朵里。毫无疑问，他是个好人，忠诚、朴实、勤奋，而且顾家。他曾跟我们说，在家里他地位最高，因为厨房归他管，他属管理人员。

四十八年前，金炳太出生在吉林省东部一个偏僻的小山村，父母是当地林场工人，弟弟体校毕业后在乡中心小学任体育教师。在吉林大学读书时，他所在的那个县经济发展迅猛，无论基础设施建设，还是商业、医疗、教育、休闲娱乐等，应有尽有，俨然一座繁华的小城市。父母从林场搬到县城，住进了楼房，弟弟调进重点中学当老师，全家人的日子彻底变了模样。

儿子大了，老人最操心的事就是成家。父母在家乡给他寻了个对象，女方在税务局上班，父亲是当地的大干部。两人见过几面，他对姑娘不感兴趣，又正值备考博士，双方的关系进展缓慢，之后他来北京念书，两人渐渐断了来往。父母心有不甘，一再催促儿子主动与姑娘联系，他干脆不理不睬，见儿子果真对这桩婚事不情不愿，老两口这才叹息作罢。

来北京的头一年他还不习惯，常念叨大城市人际关系复杂，生存压力大，比不了小城市的那份闲适与随性，那有母亲做的辣白菜，有一年两度的小学同学聚会……第二年说得少了，结婚后除每年回去探望父母，他很少再提家乡的事。

他说在北京遇到的最重要的人是我，而我也庆幸交了这么一个好朋友。

太阳要回家睡觉，路灯还没有亮。从“燕莎”往东走到一处十字路口往北，拐进那条窄窄的小巷。白天的暑热尚未消退，一路下来身上浸出汗来。

巷子里空无一人，一家门前摆放的一盆绿植深翠欲滴，惹人侧目。那扇被微弱灯光映照的小门上，一道道斑驳的木纹像老人脸上的皱纹。推开门沿台阶往下，掀开第二道门的帘子时看见上面有三个字：小野家。

屋里依旧灯光明亮，戴眼镜、穿黑色短袖长褂、头上围一块蓝布条的大脸盘正站在操作台上忙活，他身旁的浅黄色头发在备酒，三五个食客聊着天。

见客人进来，浅黄色头发弯腰点头致意，语调柔和地欢迎客人光顾。我跟着点头弯腰，学着上次的样子说“请多关照”。炳太啥也不说，随我到角落的座位坐下。

两壶常温的烧酒，什么也没加，一人一壶，各自往小杯里斟。有了上次的经验和在日本的经历，对日式料理特别是居酒屋这种餐饮方式已大体了解，坐下来享用也颇为气定神闲。

咬了一口炸红薯，炳太夸味道不错。小时候常吃这东西，蒸的、烤的、放在锅里和粥一起煮的，吃得多了嘴里形成某种特定的味觉感受。今天这口下去，竟让人忆起一段岁月。

“没想到日式做法也挺好吃。”他抿了口酒。

我问他家里人还好吧，炳太放下酒杯。他说春节回了吉林，父母身体还好，只是母亲患轻微哮喘。弟弟从重点中学调到县教育局当工会主席，弟妹还在县财政局上班，侄女上高二。

他喝干杯中酒，低声叹了口气，这两年家乡变化不大，生活氛围疲沓沉闷，大家只是混日子。要说能激起兴奋感的就是每日三餐，特别是晚上各个饭馆人满为患，不喝到九十点钟决不罢休。不知是生活好了人犯懒，还是小城市压力小人不思进取呢？他一脸茫然，手里把弄着酒杯。

我又问，过年回去没和那帮发小聚聚？他把酒杯往台上重重一放，说的就是他们呀！要说有什么变化，就是人和人之间的生活观念越来越疏远，表面上热热闹闹，谁心里都清楚聊到要紧处难免话不投机，若争执起来肯定不欢而散。

听得出来今年回家金将军心情不爽，话语间流露出一丝抱怨。以前说起家乡他满脸幸福感，眼睛都放光，今天却垂头丧气。好吧，这个话题到此为止。

我给炳太的杯子斟满，用另一只壶给自己倒酒。

“唉，我一直想把家里的日子过好，可总不顺心，付出那么多还老受埋怨，儿子也不站在我这边，你说到底哪儿出了问题？”他端起刚刚斟满的酒杯。

我没吱声，今天约我出来不是为了念叨这些婆婆妈妈的事吧。

音响中传来一个中年男子演唱的日文歌曲，音量由弱渐强在一个合适的高度停下来。

“河岛英五！”

抬头看大脸盘，他在朝我笑，扭头看浅黄色头发，她也在朝我笑，我冲他们竖起大拇指。“果然记得我，是进门时认出来的，还是刚刚才认出的？”想问问他们。

浅黄色头发端上一碟炸豆腐，她眼帘垂下又扬起。

“上次您和春子姐一起来的，我们记得您。”她笑吟吟地说。

他们真的认识春子，或许知道她的近况吧。

“春子现在怎么样，又来过吗？”我急切地问。

“上次来过以后大约有半年了吧，您没有她的消息吗？”

“哦……”我的心顿时凉了半截。

炳太脸上挂出一丝笑容，春节过后他听常凯不止一次提起我和春子去箱根的事，说立军有意撮合我俩。炳太说他听得出来，常凯话里话外酸溜溜的。

我哎了一声，勉强笑了笑。

“我说……”炳太又喝干杯里的酒，脸上的镇静和眼神里的游离很不搭。“今天约你出来，有点事想跟你说。”他压低了声音。

“什么事，说吧。”我意识到什么，也知道他是个憋不住话的人。

“我认识了一个女孩儿，哦，也不小了，三十多岁。”

“嗯，怎么啦？”

“唉……”他长出一口气，“中年人谈恋爱也挺闹心的啊！”

“恋爱？你和她？什么时候的事？”我正给他倒酒，倒到一半停住了。

“别这么瞪着我，好像我不是男人似的。”他接过酒壶，“说起来也有几个月啦，她是那家设计公司的客服，离婚后一个人来北京，人嘛……挺活泼开朗，长相倒是一般般。”

出门前我想过炳太要跟我谈什么，学校的事，吕欣的事，或者是他和肖立军、常凯之间的事，就是没想到是这么个事，既然说出来了，那就乖乖招了吧。

“你是怎么勾搭上人家的？

“哪是我呀，是她甩的钩。”

“那你这条鱼就说说，怎么上钩的？”

“怎么上钩的？连我都整不明白。”他似笑非笑的样子，“她来公司一年多，起初我们之间挺正常，我去公司取活交活，她负责接待，人爱说爱笑，总逗我开心。可慢慢我觉得不对劲，她的一些言谈举止显得很暧昧，老沙，你知道我没跟人玩过暧昧，但能察觉出那个意思。”

他喝下一口酒，接着说道：

“她说我是她在北京遇到的最好的男人，喜欢我，想跟我好。我以为人家开玩笑，两人相差十几岁，咱又五大三粗，怎么会看上咱呢！后来发现她是真的，当时还有点小激动！”说完他嘿嘿一笑，一脸的憨厚。

居酒屋里坐满了客人，说话声音嘈杂，炳太提高了声调。

“她挺黏人，每天给我发短信，说的话还挺那什么的。一开始我有点烦，慢慢就习惯了，哪天收不到短信反倒心烦。嘿，你说这女人多有本事，生生把我给钓住了，弄得我进也不是退也不是。你知道我以前没啥恋爱经历，对男女之间的事既没经验，也没太大兴趣，结婚以后才明白那点事。可这回吧，真闹得我有点心慌。”说完他嘴角又挂出一抹笑容，笑得很麻烦。

原来如此。不过我倒不觉得稀罕，这种事发生在很多男女身上。

人到中年原有的感情寡淡无味，让人心生厌倦，于是再度出现感情饥荒，渴求新的情感刺激，这有什么奇怪呢！人活着没有爱会很压抑，有了爱又不能爱是活受罪。可是，话虽这么说，事情哪有这么简单。我希望炳太获得爱情，但不希望他因爱生悲。

历来都讲“红颜知己”，是指女性对男性而言；如今又有“蓝颜知己”，是指男性对女性而言。男找红，女找蓝，不知这种红蓝配有何说道。红色代表热情、自由，蓝色代表浪漫、博爱，自由地去博爱，这很好啊。但前提是你得先荣获自由，戴着镣铐跳舞也是活受罪！

金将军尚未自由，却有了婚外情，我没有料到。

“你喜欢她？”

“跟她在一块觉得自己年轻了。”

“目前到什么程度？上床啦？”

“有天晚上送她回家，请我到楼上坐坐，进屋后她就……结果就……”

“感觉如何？”

“感觉嘛昏天黑地的，头一回觉得这事这么有搞头，以前怎么不知道啊，以前真是……不过心里也乱，不知道是真是假，今儿痛快了，明儿怎么办？那天喝了酒，所以……”

“哈哈，你呀！”我能想象出炳太那天的样子，因为我也有过那样的时候。

当下有女人喜欢这种类型的男人，憨大叔型，那位甩钩者把金将军钓住的确有两下子。

“吕欣怎么办？”

“该怎么过还怎么过呗。”

“养个二奶？”

“还养小三儿呢，真有那两下子，我就等不到今儿了。”

我表情严肃地说：“认真考虑一下吧，先和吕欣离婚，然后再娶她。”

听出我拿他寻开心，他也一本正经起来：

“你别说，还真考虑过。不过想想挺可怕，也没啥意思，咱这辈子干不出大事，踏踏实实过日子还凑合。学人家风流倜傥，有那个本事吗？真要那么做，怕是祸福难料，心里没底啊！”

“那你打算怎么办？”

“断。”

“断？为什么？”

炳太一脸苦笑地说，自从两人上床后，对方就缠住了他，隔三岔五要见面，不答应就生气。炳太心软有求必应，经常白天晚上往女方家跑。可过了些日子，炳太担心长期下去怕收不住，不说自己心理压力大，万一事情传出去，在学校和家里都不好交代啊！于是他想冷一冷，可女方说已经怀孕，孩子必须生下来，她要和炳太结婚。

说到这里炳太喝了口酒，两眼直勾勾看着我。“荒唐，简直是荒唐！可把我吓坏了，她事先干吗不采取措施呢！那几天啥心思都没了，净想这事，公司的活儿也给误了，这可怎么办呀！”

我把酒杯往桌上一放问道：“你怎么知道她真怀孕了？”我怀疑那女的没说实话。

炳太先是一怔：“哈哈，老沙啊，”他笑了，这回笑得很单纯，那种从困境中解脱出来后轻松的笑，“看来你比我有经验，我太傻了！”

炳太又告诉我，他要带女方去医院检查，对方推脱不过才说没有怀孕，只是开个玩笑。这下炳太火了，自己担惊受怕她却寻了个开心，一个膀大腰圆的老爷们被一个小女子要得六神无主。

我笑着叹了口气，炳太呀炳太，说你什么好呢！

我朝浅黄色头发招手，再要两壶清酒。

“你打算怎么断？”

“向公司辞职，然后去立军公司。”

嗯，这倒是个办法。如果两人还在同一家公司，势必经常见面，你说断了，弄不好又接上了，即使接不上彼此见面也别扭。去了立军公司，时间一长双方热度减退，事情自然而然就过去了。另外去到更大的公司炳太可以施展更多才华，收入也能翻番，这对立军、炳太都是好事。聊到这里，我终于明白今天要谈的重点事项了。

“你跟立军谈过吗？”

“透露过意思没正式谈，哪天去一趟跟他敲定，回头再向公司辞职。”

我提醒炳太，朋友之间做事有利有弊，处理得好皆大欢喜，处理不好反伤和气，双方最好事先把该说的事说清楚，避免互相揣摩猜测。说到底，咱不能为了挣俩钱，把二十年的情分毁了，这种事不少见，不希望在我们之间发生。

炳太点了点头，说他明白这个道理，以前没有答应立军也是出于这个考虑，这次为了了结同那个女人的关系，最现实的选择就是投奔立军。他去了以后只负责技术工作，不参与经营，一切按公司制度来，应该不会出大问题。但凡两人合作有困难，做不下去了，他就主动退出，不让立军为难。

我同意他的话，对两人合作也还放心。金将军干活不惜力，不是那种斤斤计较、唯利是图的人，立军头脑清楚，做事讲究技巧，待人又义气，他肯一再邀请炳太去他的公司，想必已考虑周全，绝非随口应承。另外我还想到，这半年多来立军经常派我干点儿活，那些活很简单，公司的人完全干得来，说是请我帮忙，其实就是送钱给你，这份好意我看得出来。

我和炳太再次碰杯，喝下最后一口酒。

既然如此，金将军的问题算解决了。后来那女的没再纠缠炳太，估计她并不想在金将军身上花太大工夫。

邻座的两个年轻人不知发生了什么，小伙子低着头哽咽抽泣，女孩一只手抚摸着他的背细声安慰。

我要去结账，炳太过去结了。

浅黄色头发又笑吟吟地说，见到春子姐代她问候，方便的话一道过来吧。我谢过她的招待，表示今后一定再来。

“河岛英五。”大脸盘冲我笑。

“对，河岛英五。”我也冲他笑。

在街口拦下两辆出租车，一人一辆各回各家。

夏日的夜晚微风轻拂，空气凉爽而舒适。街上车流不息，笔直的长安街大道随着车流的涌动向西延伸。

刚踏进院门，我一拍脑门儿，哎哟，怎么又把吕欣交办的任务给忘了，劝金将军别熬夜的话一句没说，这可是大事呀！

那天母亲的状态很好，脸上泛着光，始终微笑着和来宾打招呼。

32

故事讲到这又得暂停，十三年前的事还得放一放。二〇一九年最后一个月正逢母亲九十大寿，我和利娟要为老人家办寿诞。

桃桃和杰克回英国后，我便和妹妹商量，母亲上次过生日还是七十岁那年，她和老爸一起过的，父亲去世后再没过生日。今年恰逢母亲九十岁大寿，家里的头等喜事，不仅生日要过，而且要办得隆重热闹，把能请的亲朋好友都请来，大家给老人家祝寿，也让她高兴高兴。我对利娟说，你和沈聪负责选酒店，我负责埋单。

商量妥当，我向母亲详细说明了筹办计划，征求她想请哪些亲戚来。令我没想到的是，她听罢竟不接受我们的安排。

母亲说如今不比从前，活到九十岁不稀罕，搞那么铺张干什么，人生在世越谦虚活得越长，越嚣张寿命越短。她又说办是可以办，不要搞得好像我没几年活头了。现在大家都忙，老家的人来一趟不容易，折腾人干吗，简简单单吃顿饭就可以了。她又特意嘱咐，请的人都是走得近的，不许收人家钱，那倒显得远了。

细想想，老太太的话也有道理。她这辈子活得小心谨慎，从不张扬，给别人捧场乐意，当主角她承受不了。可这回主角的位子非她莫属，既然同意坐，儿女恭敬不如从命。

我跟母亲、利娟说，那天我要特意请一个人来，她们听后倒也没意见。

正值隆冬时节，晚高峰路上不好走，为了方便老人出行，利娟和沈聪挑了附近一家饭店。订桌时我跟着去了，大家对饭店的环境很满意，特别是菜品，我赞同沈聪的选择，淮扬菜适合老年人。

听说给高龄长辈做寿，饭店也做了精心布置。圆桌中央摆放着寿桃，周围一圈红烛，主座后面的墙上贴了红红的寿字，椅子靠背配了绣有金色福字的红绒椅套，连女服务员挑的都是最有经验、最漂亮的（这是沈聪私下告诉我的）。

那天母亲的状态很好，脸上泛着光，始终微笑着和来宾打招呼。

孟华一到人就齐了。花甲之年的她容光焕发，穿着时尚，身材没有发福，显得年轻干练。她刚进来时炳太和吕欣一脸惊讶的样子，但很快恢复了常态，主动过去说话。

孟华又和利娟打过招呼，然后来到母亲面前问安。她拿出一件高档丝绸面的绣花棉坎肩作为寿礼，母亲微笑着点头，随口唠了几句客套话。

十二人的圆桌坐满了，母亲左手是家属院里的一位邻居大婶，她和母亲是能说贴心话的人，她旁边是我家保姆。母亲右手是中学里的两位老同事，两位阿姨也都年过八旬。我坐在埋单的位置，左边是沈聪、利娟、利娟的一个闺密，在两位阿姨一侧，右边是孟华、炳太、吕欣，在邻居大婶和保姆一侧。

小范围聚餐有它的好处，省去了那些浮华烦琐的礼节和仪式，大家的心态和表情更加轻松自然。

凉菜上得差不多了，利娟简短地讲了几句，感谢各位光临，随后大家举杯为老寿星祝寿。一位阿姨请老寿星也讲几句，母亲学着电视小品里的话说，各位吃好喝好，吃不好喝不好，找我儿子算账。她的话引来包间里的欢声笑语，大家又举杯互相问候祝福。

炳太、吕欣同孟华聊着，利娟的闺密和阿姨聊着，我带着利娟、沈聪绕着桌子走一圈给客人们敬酒。

走到保姆身边我特意多说了几句，感谢她为母亲和这个家庭的付出。保姆端着酒杯只是不住地点头，一句话也说不出来。她的脸红了，眼圈也红了。

保姆来我家后，每年除春节或清明回趟老家外，一直和我母亲生活在一起。前些年她的父母相继去世，丈夫在一次车祸中不幸遇难，两个女儿都已出嫁，她无牵无挂把这里当成自己的家。每月领的工钱她悉数存起来，说以后养老用，利娟说你老了我们给你养老，她说那怎么成，老太太百年之后她就回老家。

说句良心话，自从有了保姆我和利娟省了不少心，可以把更多精力放在自己的生活上。母亲能够无忧无虑、健健康康地活到今天，也同保姆的照料分不开。人和人的相遇看似偶然，个中却藏着必然。原本无亲无故，最后竟成了亲人，而沾亲带故的，结果却形同陌路，谁知道老天爷是怎么安排的。在当下社会雇佣双方能和谐相处这么多年，实属罕见。这件事，沈聪有功劳。

吕欣和孟华聊了会儿就跑到利娟那边去了，我陪着孟华。

“怎么喝上白酒了？”我问。

“烟酒全沾了。”她看了眼面前的酒杯，里面还剩不多的酒。

“最近过得还好吗？”我又问。

“哈，又离了。”她掏出香烟盒，“以后再说，今天不提这事。”

我掏出一支烟递过去，她看了眼老妈，我说没事，老太太不介意，说着我也点上支烟。

她问我过得怎么样，打算一个人过一辈子？我说反正没打算再婚，但身边有个人，只是没住在一起。

“对方是单身吗？”

“是。”

“那干吗不住在一起？”

“说不好，也许这样更合适吧。”

“她是做什么的？”

“以前是杂志社编辑，现在退休了。”

聊到这孟华没再问。她吸烟的样子很熟练。人的模样没怎么变，但性情变化很大，豁达了，也松弛了，不像从前那么紧绷绷的。

我说过人不会变，但也不绝对，人的本质不会变，但应对生活的策略会变。当你发现从前的一贯做法与客观环境相冲突时，就会调整自己的行为，这既是动物的本能，也是进化的一个标志。聪明人顺应变化，愚钝之人才冥顽不化。无法预料孟华的晚年生活会怎样，但我相信她不会让自己陷入绝境。

沈聪和两位阿姨聊得正欢，他很善于同老年人特别是老太太相处，三句两句就能说到一块，总能把她们逗得乐呵呵的。父亲去世后，我对他有了新的认识，这家伙表面上憨厚老实，其实心眼比谁也不少，聪明劲儿比谁也不差，否则那么精明的利娟也不会被他整得服服帖帖。

这时邻居大婶撇着双腿拖着沉重的身子一步步朝这边走来。孟华起身去了老寿星那边，我站起来请大婶坐下。

她的脸泛着红，但肯定不是酒精的缘故。

“小文子呀，瞧你多有福气，老太太这么大岁数身体还这么好，这是要奔一百岁去啦！好啊，她也有福气，有你们这对孝顺儿女！”

“大婶，您身体也挺好的。”

“我呀，不行啦，比不了你母亲，过一天算一天吧，过了今儿不盼明儿。”她拍了下我的腿，“跟你说啊，不怕你笑话，这辈子活够啦，赶上不孝顺的儿女活着也是遭罪！”

这都是在一个院里住了几十年的邻居，说起话来倒也不忌讳。她的老伴几年前患老年痴呆症去世，儿女逢年过节来一趟，平日里就她一个人。

“小文子呀，你还记得那个谁吗，”她止住口用手拍着脑门儿，“原先在部里食堂的，叫米……米卫国！”

“记得，怎么了？”

“前两天在院儿里碰见他，老了，快八十啦！”

“米叔回来啦？！”

“回顺义去啦，顺便来院儿里看看。他还问起你呢，我说好几年没见到小文子，他可能不住这儿了。哎，你现在住哪儿？”

天啦，人老了真没办法。离婚后我搬回家属院，二十年过去了一天没离开，半个月前还在院里和大婶说过话，她怎么就不记得了。

我更关心米叔，他现在是在密云还是回了宁波？可又一想，算了吧，听大婶一席话我怀疑她碰见的那个人是不是米卫国。

“大家请安静！”

利娟喊了一句，举着手机快步走到母亲跟前，将手机塞进母亲手里。

“姥姥，生日快乐！”

“你好，您是……”

“我是桃桃，祝您生日快乐！”

“是桃桃啊，谢谢桃桃，你都好吧？”

“好，都好，我在伦敦给您拜寿啦！”

“你爱人也好吧？”

“哈哈，我还没结婚哪！”

“没结婚呀，什么时候结啊？”

“哈哈，快了，到时候告诉您！”

“好、好，记得告诉我。”

利娟接过手机，母亲说了句：“这孩子胖了。”

包间里响起乐曲声，服务员捧上一大盒蛋糕，众人拍着手唱起生日歌。利娟给母亲戴上寿星帽，又和母亲一起吹灭蜡烛，利娟的闺密帮着分蛋糕。

寿桃、长寿面、福寿字配上生日歌、蛋糕、寿星帽，倒真有点“地球村”的味道。我笑着对炳太说，中西合璧就是中不中西不西。他也笑着说，谁是谁连自己也搞不清楚啦！

宴会很成功，气氛热烈，菜品也很地道。我发现孟华表现得轻松自然，又不失端谨，母亲和她说话时也显得兴致很高。

大家起身开始穿衣戴帽，互相握手道别。沈聪分配着送老人们回家的车辆，“谁接谁送！”他大声说道。炳太和丽娟的闺密同声回道：“没问题！”

“多保重！”我看着孟华。

“你也是！”她笑了笑。

寿宴在欢笑的气氛中结束，看得出母亲真心高兴。我也了了一份心愿，不枉做儿女一场。

“如果老爸在该多好啊！”这个念头一闪而过。

在我的人生经历中，包括家人、朋友、那些熟悉或不熟悉的人，没见谁能活得十全十美，人人都有悲有喜，有苦有乐。李商隐悲悯仙女：“嫦娥应悔偷灵药，碧海青天夜夜心”。仙人若此，何况我等。

我们不能希求月亮总是圆的，那样就欣赏不到“弯弯的月亮”。我们也不能指望人永生，那样就少了一份思念。苏东坡先生懂得这个道理，他是个透彻人。

送母亲和保姆回到家，利娟跟我提起吕欣。她说，快退休的人了倒越来越年轻，瘦了，皮肤也好了。我说你没问她怎么保养的，利娟说吕欣先前练瑜伽，后来游泳，现在是跑步，看来锻炼不锻炼真不一样，说完利娟脸上露出一副羡慕的表情。记起当初她和炳太对人家吕欣的那份“轻蔑”，我忍不住乐了。

现在是深冬时节，眼看就要进入二〇二〇年。

只是想到再次和这所房子告别，我心里不免有些失落。

33

“古典风”咖啡馆门上挂着一个小牌子：停止营业。轻轻推了一下，门开着。

店里陈设如故，静悄悄没有人。我站在那里看着眼前熟悉的一切，竟不知如何是好。

“哈哈，红姐你别逗了，我才不嫁这样的人哪！”

忽地一阵说笑声，小慧从里间出来。她看见我先是一怔，随后又一阵大笑。

“文哥，你来啦！”

“你们在干吗，米红呢？”

小慧收住笑，脸红红的，指指里间。我朝卧室走去，喊了句“米红”。

“谁呀，文哥吗？我在储藏间。”

储藏间在卧室对面，平时总关着，我从没进去过。今天门敞着，里面亮着灯，米红正坐在矮凳上，手里拿着一张打开的地图。

房间不大堆满各种杂物，空气中有一股混合气味。墙上挂着户外运动用品，背包、绳索、冲锋衣、强光手电筒，墙角摆放着两双男人的鞋、一对哑铃和一个工具箱，最里边是小慧的单人床。

她站起来手里叠着地图：“来啦，闲着没事收拾收拾，走，咱到外面坐。”她把地图放在工具箱上，“慧儿，拿啤酒，我洗洗手！”

“沏壶茶吧。”我对小慧说。

“没有花茶了，只有绿茶，毛尖。”她看着我。

“毛尖也行，用温水，茶叶别放太多。”

说罢我来到熟悉的座位，掏出手机和烟。

下午四点，太阳精神头尚足，外面气温高达三十摄氏度，屋里倒还凉爽。小慧端来茶壶、茶杯、烟缸，米红也走过来，三人围着小桌喝茶。

“门上的牌子是怎么回事？”我问。

米红轻轻地“哎”了一声：“这些日子你没来，有件事还没顾上告诉你。”她拍了下小慧的手，“把上午买的瓜子拿来。”

这段时间忙于修改小说，没要紧的事我很少出门。

“什么事，好事还是不好的事？”

“说不上好还是不好，倒是件大事。”

她俩各抓了把瓜子磕着，我点上支烟。

“上个月大姑、小姑来电话，叫我爸回老家住，说姐弟三人分离这么多年，老了该守在一起，还说爷爷、奶奶的坟也在老家，每年清明儿女要去上坟。”

“哦，米叔什么意思？”

“我爸开始有些犹豫，不敢轻易答应。小姑让他先回老家看看然后再决定，就这样爸妈回了趟宁波，住了十来天。”

“怎么样？”

“从宁波回来人挺高兴，说老家比想象的好。”她拿起一粒瓜子用手剥着。“原来的老宅子还在，住的地方不愁，米家人又开了不少买卖，干水产的，搞餐饮的，做修理行业的，过得都不错。小姑说你们回来不想累着就闲着，不想闲着就随便帮晚辈照看个生意也行。”

“米婶呢，她想去吗？”

“我妈特高兴，说一辈子没出过远门，退休了到南方住挺好，还说有好多事想干呢。”

“如果米叔米婶去，你也得跟着去呀？”

“我爸听我的，想去就一起去，不想去就留在北京。文哥，你说我去不去？”

小慧把瓜子皮一扔，嘴里说着话眼睛看着我：“红姐你别去，北京多好啊，那边人生地不熟，连个说话的人都没有。”米红没有接小慧的话，又拿起一粒瓜子直接放进嘴里。

“米红，”我灭掉手上的烟，“我觉得你应该去，米叔和姐姐分离多年，晚年能够团聚是件好事。如果你不去，你们又要分开，到什么时候一家人才能大团圆啊！”我看着她，加重语气地说，“这几年米叔米婶为你付出那么多，如今上了年纪，你得照顾他们的晚年。”

“嗯，是啊。”米红点点头。

小慧拿着茶壶去续水。我也抓起一把瓜子。

这的确是件大事，对米叔米婶如此，对米红也如此，我嘴上劝她去，但也知道做这样一个决定并非易事。米红生在北京长在北京，在这里读书、工作、结婚、经营自己的店铺，她熟悉这里的环境，习惯了这里的生活，突然要放弃这一切，到一个完全不同的环境里，恐怕得慢慢适应。好在问题也不是很大，现在的人生活空间扩大了，思维和视野也开放了，不必死守一个地方，依米红的个性和能力无论走到哪里，她都能干得很好。只是想到再次和这所房子告别，我心里不免有些失落。

“日子定下来了吗？”我问。

“没呢，等处理完五号楼的房子吧。爸妈说我不走就把房子留下，要是和他们一起走就把房子卖掉。他们自尊心强，不想一家人空着手回去。”

“要我帮忙吗？”我又问。

“不用，找中介就行。文哥，这一年多你帮了我不少忙，真不知怎么谢你。”她脸上又露出“米娜丽莎的微笑”，接着说道，“这段时间除了把店里的存货处理掉，我还想出去走走，旅游学院毕业竟然没有旅游过，整天围着锅台转啦！”

“好啊，你想去什么地方，我陪你去。”我很乐意她出去走走。

“文哥，你去的地方一定很多吧？”小慧插话。

“和应涛比我可算不上，他去的地方才多呢。”

“我知道，涛哥在旅行社带团，去过法国、英国、意大利，还有国内好多地方，开饭馆的时候他讲过。唉，我哪也没去过，除了甘肃就是北京，哼！”

“慧儿，你想不想去旅游？”米红笑着问。

“当然想啦，什么时候去？”

“现在呀，去不去？”

“现在？去哪儿？”

米红起身去了里屋，回来时手里拿着一个小小的录音机。她告诉我们，小涛有个习惯，每去一个地方就把当地的风光、饮食、稀奇古怪的人和事录下来，说等老了写一本环球旅行记。这是他去香格里拉的录音，大学毕业探亲时去的。

我算了算，大概有十多年了吧。

“今天是一九九三年三月二十七日，中甸县城，阴天，冷得叫人想跳进火坑。”

应涛的声音，嗓音清脆，有些愣头愣脑，年轻小伙子都这样。

小慧不解地问，中甸是什么地方，在哪里？米红告诉她中甸在云南，现在叫香格里拉，是个很美的地方。小慧“嗯”了一声：“名字真好听！”

“昨天上午十点钟，我叔、袁叔叔、应杰和我，从丽江古城出发。袁叔叔开车上了盘山公路，渐渐地古城周边大片黄灿灿的油菜花被甩在了身后，眼前是一片片茂密的树林。云南的气候很特别，在丽江城里想不出五里外是什么天气，站在山脚下想不出半山腰在下雨，山顶却是晴天。”

我冲小慧指了指茶壶，她一撇嘴摇了摇头，米红赶紧去吧台续水。

“在盘山路走了大约两三个小时，景色终于开阔起来，眼前是大片土地，那种灰黑色的土地，还看见了穿长袍的藏民。袁叔叔说他认识一个叫索朗的藏民，可以给我们当导游。

“我们在一户院子前下了车，跟着袁叔叔走了进去。一座二层小楼，涂着花花绿绿的颜色。袁叔叔喊了一声，跑出来一群孩子，瞪大眼睛看着我们，还嘻嘻地笑，好像看见了外星人。袁叔叔和他们说话，他们叫喊着又跑开了。一个男人走出来，袁叔叔上前和他打招呼。我猜这就是索朗，他微笑着把我们让进屋。”

米红回来给我的杯子续上茶，“重新沏的。”她说。

“没进过藏民的家，心里有点紧张。上楼梯来到二层，好宽敞啊，一边是柜子，另一边是炕一样坐人的地方，中间一个火塘砌着三个炉灶，上面放着黑不溜秋的陶罐。我见靠墙立着一排彩色柜子，就走过去看。袁叔叔叫住我，小声说那后面是主人的卧室，不能看也不能进，又说在这里不能用手指指东西，要张开手掌。嗬，他这么一说，弄得我和应杰站在那一动不敢动。

“索朗坐在火塘边，拨开炉灶上面的黑炭，火苗噌地蹿起来。他拿出一个圆盒子，里面是奶酪，用刀子切出一块，再拿出一块黑黑的砖茶一起放进罐子里。这时候那群小孩子又来了，先是探头探脑，然后试探着走进来，最后就坐在我们旁边。

“奶茶很快煮好了，索朗给每个人倒了一碗。奶茶表面浮着一层油，闻着挺香，我尝了一口，不难喝。袁叔叔说奶茶解渴又扛饿，早上外出喝一碗，整个上午都不用喝水吃东西。

“喝完奶茶，袁叔叔和索朗说了会儿话，说什么也听不懂。临走袁叔叔拿出几张十块钱的票子，索朗推辞一下就收了。

“下午四点到达中甸县城。县城很普通，中间一条马路，两边是一栋栋二层小楼，很简易，模样都差不多。小楼后面没有房子，全是空地一直延伸到山里。这个季节丽江的迎春花、油菜花都开了，香格里拉海拔比丽江高出一千多米，好冷呀，我和应杰的脚上都套了三双袜子。”

说话声音停了。很快录音机里又发出磁带转动的沙沙声，声音再次出现。

“今天是一九九三年三月二十八日，中甸县城，雪。

“昨天在县城住了一晚，今天上午去松赞林寺，然后开车到达山口。一个中年藏民，两个藏族小孩，还有四匹马，已经在山口等我们。像是父亲的中年藏民说，前天收到索朗托人捎的话，今天一早他们就在山口等候了。两个小孩只有十三四岁，女孩是姐姐，叫卓玛，弟弟叫强巴，他们都有一双乌黑明亮的大眼睛，高高的鼻梁，有棱角的嘴唇，就是皮肤粗糙了些。

“在索朗家见到的那些小孩，还有在县城看见的小孩，都长得好看，面部棱角分明，立体感强，比电视里那些明星好看多了，就是语言不通无法交流。

“到了山口才知道，领我们进山的导游就是卓玛和强巴，看着他们，我还有点担心呢。袁叔叔把车停在山口空地上，四个人四匹马，我跟在袁叔叔后面，应杰跟在他爸后面，卓玛牵着我叔的马，强巴牵着袁叔叔的马，就这样进山了。我们都是第一次骑马，袁叔叔教我和应杰用缰绳控制马走的路线，卓玛和强巴始终步行。还好，姐弟俩会说一些简单的汉语。

“山里景色完全不同，树林茂密，树上挂满苔藓。倒塌的树横七竖八地躺在地上，有的树干上还有挺大的黑洞，可能是雷击的，一幅原始森林的恐怖景象。

“一个小时后走出山林来到沼泽地，卓玛和强巴提醒我们，后面的马一定要紧跟前面的马不要走偏。大片的草地根本看不出有什么特别，走上去才感觉不一样。沼泽地比一般草地的草要茂密，也厚实，踩上去软软的，有经验的导游知道哪片草地下面是实地，不会有危险。嘿，这两个小导游还真有两下子。

“一望无际的草地上飘起轻轻的薄雾，像白纱一样忽悠忽悠向上飘，跟仙境似的。四周一片空旷，见不到人，空气湿润，带着草和泥土的气味。

“走出沼泽来到一处高地，这里山势起伏平缓，不是那种拔地而起的山，是像《音乐之声》里的那种山，环顾四周，视野开阔，满眼绿色。在空荡荡的山坡上有一栋小木屋，跑过去一看，你猜是什么？厕所，哈，真逗！

“忘了一件事，昨天在索朗家喝完奶茶，应杰想去厕所，我也想去，索朗就叫一个男孩领我们去。从二层下到一层还往下走，原来下面是个悬空层，十几根柱子支撑着整栋房子。地上铺着厚厚的干草，没有一点异味，周围有木板围着，从院子里看不见悬空层里面。以前我以为在热带地区才有这种设计，没想到藏民的房子也有这种悬空式的。

“我俩正解手，觉得有谁踢我的腿，低头一看，哇，是一群小猪在我腿边拱来拱去，那边还趴着一头大母猪，看来我们不受欢迎啊！”

“停、停，一会儿再放，我马上回来！”小慧边说边向卫生间跑去。不大工夫她系着裤子跑了回来，“好啦，放吧。”

应涛挺会讲故事，让人能听得下去。如果他真出了本环球旅行记应当不错，可惜命运不遂人愿，生活往往事与愿违。

“在高地上歇了一会儿，活动一下腿脚，骑马把屁股硌得生疼。这时候天开始阴下来，像是要变天，袁叔叔叫我们加快速度。

“骑上马再次进入树林，很快来到碧塔海，说是海其实就是一个湖。这里的空气更加湿润，白雾缭绕，二十米外什么也看不见。忽然听见远处有人唱歌，一个女的，声音穿过白雾飘过来。你看不见人，听不清歌词，也不懂曲调，只觉得声音很悠扬，也很神秘，这辈子没听过那么好听的歌。”

“才旦卓玛唱的。”米红嬉笑着插了一句。

“我们坐小船登上湖心岛，刚上岛就下起了雪，真正的鹅毛大雪，一团团、一片片地扑下来，四周很快就白茫茫一片。岛上居然有家小饭馆，在那吃了午饭，尝了碧塔海的特产重唇鱼。

“一个四五十岁的男人从我们身边经过，旁边跟着一只藏獒，长长的毛像一头雄狮。那人长着长方脸，不像藏族人，可穿着一身藏袍，戴一顶藏帽，一个人就这么走，顶着大雪越走越远。我望着他的背影想，这人是干什么的，为什么一个人在雪地里走，像个猎人，又像个侠客，反正是个孤独的人。

“我叔有些不踏实，催袁叔叔该回去了吧。下山的时候大约两点，雪停了，路上大家都有点累，话不多。我们穿过高地，走过沼泽，再经过原始树林，用了两三个小时，回到山口时天都快黑了。

“这里的景色真美！此生最大的愿望就是走遍全世界，吃遍天下美食，看遍天下美女，结识不同的人，体验不同的生活，然后写一本书，那该多好啊！”

讲到这应涛放慢了语速，声调也低沉下来。

“嗯……给我印象最深的是这里的人，大人和小孩。在索朗家我只见他笑过一次，几乎没怎么说话，也没表现出特别的热情，给他钱他就收了。袁叔叔告诉我们，藏民的情感表达和礼仪与汉族人不同，他们总是默默地为你做事，答应了就一定做到。进山的路上，卓玛和强巴也不怎么说话，但是总能把你带到正确的路线上。

“我们回到山口时，十几个藏民守在那儿，如果我们再晚回来一会儿，他们就准备进山寻找我们。大雪天看不清方向容易迷路，会出事的，出事就是大事，何况卓玛和强巴还是孩子。可是看见我们回来了，他们也没表情，就这么散了，让你很感动，又不知道该说什么感谢的话。

“刚才应杰还说，也没送人家礼物，是啊，想想挺后悔。不过我永远忘不了这次经历，如果有机会一定回来看望卓玛和强巴，也许那时候他们都已经成年。

“今天，还要在中甸住一晚，明早返回。”

“呜呜……好想哭，什么时候我也能去那儿玩呀！”小慧笑着给我倒茶。

这段录音让我对应涛有了更多的了解，愈加对他的不幸深感同情。录音带保存了十几年，想必勾起米红诸多联想。回忆也是生活的一部分，帮助你咀嚼人生的滋味，没有它就像缺了点什么。

米红拿走录音机，回来又坐在我身边。

“真舍不得离开这里。”说着她指指吧台，“下午小涛在屋里睡觉，我喜欢一个人坐在那儿，沏一杯咖啡，脑子里什么也不想，静静地看着街道，好像这个世界上就我一个人。听小涛说在印尼巴厘岛有一种亭子叫‘发呆亭’，有机会一定去那里玩，坐在亭子里发它半天呆。”

她看着我，脸上挂出开朗的笑容。“坐在那儿还可以隔着窗子看到街对面咱们院，你来了，一出院门就能看见，就叫慧儿去开门。她还跟我开玩笑，说咱俩像约好了似的。”

是有那么几次，刚走到“古典风”门前门就开了，小慧冲我笑，当时还有些奇怪。

晚饭时间到了，我提议去“老北京”，点几道当家菜，再要一锅卤煮。

“太好啦，今天我也要喝酒！”小慧嚷嚷道。

我为他的惊讶感到惊讶，难道春子从未跟他提起过自己的身世？

34

肖立军来电话说有事跟我谈，我约他下午五点去“古典风”，那里宽敞凉快又安静，还能随便喝点什么。

听说话口气，他像有急事。电话通了不到一分钟，没有打哈哈，也没闲扯，说完就挂了。

“什么事这么急？”

也许手上有急活儿，一时抓瞎找我帮忙？可依我对他的了解，公司业务上的事他从来不急，即使火烧眉毛，也吃得下睡得着。况且给我的活儿都不是什么了不得的，不至于让他着急上火。

两口子闹掰了？四十几岁这个年龄，夫妻关系正处于危险期，今儿还好好的，明儿可能就反目，许多原本恩爱的夫妻就是在这个阶段分道扬镳的。难怪有人开玩笑说，同学聚会听到谁还没离婚，大家都很惊讶。

可在我们几个人中，我和炳太关系近，肖立军和常凯关系近。肖立军和我关系也不错，但有关私生活方面的事，他不一定跟我说。

“那会是什么事，难道……”脑子里胡乱猜想着走进“古典风”。

这段日子米红和小慧除了清理店里存货无事可做，落了个清闲，常打电话叫我过去聊天。

我对米红说，有个朋友要来谈点事，她问喝什么，我说大热天喝啤酒吧。

米红刚把啤酒端上桌，肖立军就到了。他胖乎乎的脸涨得通红，额头浸出汗液，白色短袖衫的腋下和前胸湿了一片。

小慧要为我们倒酒，我摆摆手。“慧儿。”米红唤了一声，示意小慧回避。

“老沙，我一直就奇怪，果不其然，真出事了。”落座后他拿起桌上的纸巾擦着额头上的汗，“春子出事了，事情还不小哪！”说完他看着我，似乎在等待我的反应。

一听到“春子”，我反倒镇定下来，果然不出所料，这是几个月来始终压在心上的一块石头。

他长吁一口气，喝下一大口啤酒。我递过去一支烟，自己也点上。见我不动声色，他的语气稍微平缓下来：

“最近从日本一个朋友那打听来的，他托人给我捎了几份当地的华文小报，那些记者真厉害，详细报道了春子的家世和事情经过。我慢慢跟你说，抽空看看这些报纸。”他边说边拿出小报，上面有春子和家人的照片。

虽然他东一榔头西一棒子，想到哪说哪，可我还是听明白了。当时第一反应是：我将永远失去我爱恋的人！

下面就是他讲的事情经过，（包括小报上的一些报道）经过我的整理，为了不妨碍事实，尽量避免个人主观臆断，可能会漏掉一些内容，但大致情况都说到了。

春子出生于上海，高一那年随父母、弟弟移居日本。到日本后的第二年父亲抛家舍业与一个日本女人私奔，那年春子十七岁。可怜的母亲带着她和弟弟艰难度日，每天要做两三份工。春子在回答记者提问时说，那段日子她们经常搬家，家越搬越小，房子一处比一处破旧（这些背景我知道，在箱根时她给我讲过）。

"原来她的名字叫彭春！"肖立军的表情带出惊讶。

我为他的惊讶感到惊讶，难道春子从未跟他提起过自己的身世？

父亲离家后，春子和母亲商量，让弟弟完成学业，她退学去打工，帮助母亲维持生计。母亲不同意，狠狠地骂了她一通，说累死也要供她和弟弟念完大学，叫她安心读书，不许胡思乱想。那天春子哭了一夜，发誓一定考上大学报答母亲。

几年后她和弟弟相继大学毕业，有了工作也有了收入，经济条件得到改善，家庭生活渐渐安稳下来。

可是母亲的身体垮了，严重的胃病经常折磨得她无心茶饭，人日渐消瘦。春子劝母亲辞掉工作，她和弟弟有能力奉养她。可母亲不肯，依旧出去做工。

参加工作的第二年，春子恋爱了。小伙子是一家珠宝行老板的公子，英俊帅气，出手阔绰，很讨女孩子欢心。相识不久春子就和他秘密同居，还为他做过一次人工流产。可半年后公子哥玩腻了，又迷上了别的女孩。

得知男友移情别恋，春子非但没有伤心落泪，反而整天乐呵呵的。她对女友说，早就知道男人会这样，才不为他伤心呢，他玩我，我也玩他，只有傻瓜才相信男人真的爱你，会和你好一辈子。

小报记者采访过春子这位女友，她告诉记者很少听春子提"恋爱、心动、感情"这些词。春子还说"婚姻是俗人的仪式"，"亲情、爱情、友情统统是骗人的"，女友瞪大眼睛表情夸张地对记者喊道："哎哟，她说的这是什么话呀！"

"难怪啊，不结婚，不要小孩，一辈子只谈恋爱，她会不会是报复男人呢！"肖立军看了我一眼，又喝下一大口啤酒。

我保持着沉默，尽量表现得专注而平静。人没那么简单，在没有弄清全部事实之前，妄下结论不仅草率而且愚蠢。

春节期间就在我们离开日本不久，时隔二十六年春子的父亲突然出现。他已年届古稀，患有严重的糖尿病和肾衰竭，两眼近乎失明。当他站在家门口时，春子和母亲竟一时没有认出眼前这个落魄的男人。

春子拒绝父亲进家门。在他苦苦哀求下，母亲心软了。

男人告诉妻子和女儿，离家出走后，他同那个女人去了东北的青森（临近北海道，中间隔着津轻海峡）。他们靠种植苹果为生，女人有三个孩子要养，日子过得并不宽裕。

一起生活了五年，男人渐渐发现他们根本合不来，天天争吵怄气，孩子们也不理他。终于有一天他忍无可忍，独自一人又离开了那个家。

男人说，他想过回来，又觉得没脸回来。一个人四处流浪，找到什么活儿就干什么，遇到能住的地方就住下来，二十多年就这样浑浑噩噩地过来了。如今自己一身病，医生说最多还有半年时间。他不想死在外面，想死在自己家里，死在妻子、孩子身边。经过无数次打听，他找到了家，但不知家人认不认他，让不让他进家门。

母亲哭了，号啕大哭。春子一滴眼泪也没流，接下来的日子她没和父亲说过一句话。

弟弟回来了一趟，坐都没坐，只对父亲说“你还活着啊”，然后转身就走了。

在家住了几天后，母亲叫女儿帮忙将男人送进医院。可住院后的第三天，父亲突然死亡。

那天晚上病人的妻子和女儿来过，当时病人体征稳定。据护士说，不知道家属什么时候离开的，她查看病房时发现病人已经停止了呼吸。医院觉得事出蹊跷，向警方报了案。尸体解剖结果证明，死者体内的胰岛素含量严重超标。

警方介入了调查，小报记者闻讯也蜂拥而至。春子和母亲每天要应付各种讯问、采访，行动也受到一定限制。周围邻居议论纷纷，人们把这家人当成了茶余饭后的谈资。

在警方讯问下，母亲讲了一件事。

一天她和男人在卧室里说话，男人说：

“我现在人不像人、鬼不像鬼，活着还有什么意思。”

“那也得活着，不行就去医院，医生有办法。”

“没用啦，医生说我的病治不好，多活半年少活半年都一样。”

“怎么会治不好呢，找个好大夫总会有办法。”

“老婆子，求求你让我死吧，打一针就解脱了，我自己下不了手。”

“胡说什么！能多活一天就活一天。”

那天春子外出，没有听到这段对话。

小报上对案子的性质做出各种猜测，病故、自杀、他杀、委托杀人。有文章分析，根据病情的严重程度，目前又无有效的治疗手段，病人所剩时日不多，因此在这种情况下，若无深仇大恨他杀的可能性不大。还有文章分析说，只有一条理由支持委托杀人，病人不堪病痛，被委托人不忍心病人生不如死而接受委托，那么被委托人最有可能是死者的至爱亲朋。

我在一位日本作家的小说里见过“委托杀人”这个词，死者生前在意识清醒和自愿的情况下，请求他人采用某种方法帮助自己结束生命。

肖立军的脸色不再那么红，衬衫腋下和前胸浸湿的地方被室内冷气吹干了。

“结果呢？”我问。

经过反复调查，没有找到任何确实证据，最后只能判断为“突然死亡”。

“那春子呢？”我又问。

几个月下来，春子和母亲心力交瘁。母亲胃病加重住进医院，出院后老人不愿住在老地方，春子带母亲去了箱根乡下，并断绝了与外界的一切联系。

“箱根？！”

“是啊，她带你去过，这次她和老太太去那里隐居。”

我吸了口烟，那味道很苦涩。肖立军和我都没再说话，我扭头透过眼前散开的烟雾看着街上。

黄昏时分外面依然很热，不少行人撑起阳伞。一辆旅游大巴满载游客驶过，在我的记忆里，这条街上从来没有走过旅游大巴车。

小慧又拿来两瓶啤酒和两盘零食，撤走桌上的空瓶子。米红一直没有过来，坐在吧台上时而朝我们这边扫一眼。

我请肖立军吃晚饭，他说不吃了，公司还有事。我问他每天能否正点下班，他笑着说，自从办公司以来，从没晚上九点以前回过家。

米红走过来，我给他俩做了介绍。肖立军看着米红说，这地方不错，又安静又舒适，喝点东西谈点事蛮好的，天塌下来都不着急。米红也笑着说，肖哥有空就和文哥过来坐坐，我们也闲着没事。

“文哥？她叫你文哥，这个好啊，以后我也叫你文哥吧。”肖立军又开起了玩笑。

“行了，要走就走吧。”我拍了拍他的肩膀。

太阳面露疲态，懒懒地坠入一幢闪耀着金光的大厦里。

每个人都有自己独特的生活，他的和你的可能完全两样。一旦习惯了固定的生活内容，听到别人不同的经历或遭遇时，会感觉陌生甚至惊讶。米红的经历让我有过这种感觉，春子的遭遇让我再次产生了这种感觉。

很多事情都和我们最初的猜想大相径庭，出乎预料。世界如此复杂，人生如此多变，往往令你目不暇接。发生在春子身上的事情，让我看到了又一种人生，而它曾在某一时刻与我的人生交汇，随即便分开了。

也许有人觉得我转述的这个故事太过俗套，或是抄自哪本小说，或是受到某部电影的启发。不，不是的，它与任何一部文艺作品无关，是我亲身经历的一段见闻，与我的生活有关联。话说回来，生活不就是一个俗套接一个俗套吗，像人们的婚姻，至少像每一场华丽的婚礼！

我在骨子里是个“俗人”。那时我的想法是，若与一位女子相爱，最后会与她结婚，履行世俗生活的义务（尽管只是一部分义务），这对我并不构成伤害。可是，令人难以解释的是，我一直没能实现这个想法。

从“古典风”回到家，撤下床单丢进洗衣机。听着洗衣机转动的声音，我把三间屋子的地拖了一遍，然后收拾橱柜里的东西，把几年没用过的统统扔掉。干完之后出一身汗，感觉轻松多了。

坐在藤椅上，拿起肖立军给的报纸想仔细看一遍，因为有些细节我还是有点不明白。

然而即使在亲近的人面前，聊天的话题也总是那些可以被聊出来的内容。

35

一直以来，以为写小说是一件挺好玩也挺容易的事。

在小说里你可以游山玩水，谈情说爱，夸奖谁诅咒谁都由着性子来，甚至可以像孙悟空那样钻进别人肚子里偷窥别人的心思。总之你可以凭借想象力在虚构的世界中纵横驰骋，写出情节感人、思想深刻、人物性格饱满的故事。

可真的写小说了，却没有事先期望的那样得到朋友赞许，反而收获了一大堆意见，这时你才醒悟，知道了什么叫无知者无畏。初学写作的人通常犯的毛病我都犯了，得一个一个改，这需要一个过程。

听从朋友建议，让小说在电脑里睡了些日子，然后叫醒它仔细端详。

哈哈，连自己也笑了，这真的是我写的吗，真的是我一度感觉满意的作品吗？我大段大段删减，甚至推倒重来，六万字的中篇修改了七八遍。师大那位教授朋友推荐了一家杂志社，我将修改后的稿子寄了出去。

叫苏珊的女编辑给我打过两次电话，针对小说内容提了些意见，有的意见让人茅塞顿开，有的叫人很纠结。从电话里的交流看，她是一位思维理性、做事专注、性情文静的女人。

这天她又来电话，约我下午去杂志社，说要当面转告主编的意见，顺便想见一见作者。放下电话心里有些惴惴不安，担心小说被主编枪毙。

在南三环一栋写字楼里，乘电梯来到五层，找到“5012”，墙上挂着“编辑部主任”的小牌子。

轻轻敲门，得到回应后推门进去。没等自我介绍，听声音她就认出了我。

她和想象中的模样差不多，四十多岁，中等身材，体型苗条，眼睛又黑又亮，只是脸色少些光泽（沈聪说这是脾虚的缘故）。人相貌普通，但神态亲切平和。

这是二〇〇七年盛夏，外面酷热难耐，屋里空调送出凉爽的风。坐在办公桌侧面沙发上喝了一口为我沏的茶，身上的暑气顿时消散。也许，是那副安然平和的神态，让我燥热的心平静下来。

“沙老师，”说话语速缓慢，声音轻弱。“主编看了稿子，认为可以发表。不过他提了些意见，我看了看，需要进一步修改啊。”

我点点头，静静地听着。

主编的意见概括起来有两点：小说对男主人公的性心理描写过于具体和烦琐，读起来不自然。主编说这是初学写作的人常见的一种幼稚表现，其实这部分内容点到为止方好；另外“韩强”针对拆迁一事发表的言论很偏颇，不符合当时的拆迁政策，建议删掉。

对第二条意见我没意见，可第一条意见让人有些为难，那些描写正是我的得意之笔，删掉岂不是割爱？

人物心理和行为之间是一条不可割断的逻辑线，如果淡化或简化人物的心理诉求，他的行为便显唐突，如果对人物行为也做出相应调整，修改难度就会加大。

我的脑子有点乱，想吸烟又觉得不礼貌。苏珊表情安详地看着我，那柔和的眼神像在问：“你还好吗？”

我躲开她的眼神，爽快地表示接受，答应尽快修改完毕。我知道一个初涉文坛的新手，尚无本钱讨价还价，人家同意发表已求之不得，再强词夺理就是不知趣了。

苏珊也提了一些意见：一部作品中总会有作者的影子，他的思想、感情、经历乃至个性，不要将作者的观念强加在人物身上，要让人物自己“说话”。另外，作家在作品里或多或少总要隐藏些什么，不明说的才是他真正想告诉读者的，这一点希望能加以考虑。

她看着我，动作从容地喝了口茶，最后又说到，一部作品完成之后，作者想表达什么已不重要，重要的是读者从作品里读到了什么。

她的话令人颇受启发，我会认真考虑的。

离开杂志社时是三点半，心情稍有不爽。

把车停进家属院，到附近超市买了包茶叶，便往“古典风”走去。

快到“老北京”的时候，看见三个人站在咖啡馆门前，其中一人手指店门边比画边和同伴说着什么。走近些看，两女一男，一个女的是高个儿，另一个女的是矮个儿，那个男的身材和矮个儿女人相仿，刚才比画说话的就是他。由于距离稍远，看不清三人面孔。

我刹住脚步，心突突地跳，“会不会是他们……身材很像，只是有些发福，人到中年这很正常。”站在街上我一时拿不准该不该继续往前走。“怎么会是他们呢，来这儿干什么？如果是又怎么办，他们还认得我吗？”一连串疑问在脑海中涌现，人竟乱了方寸。

有时候你不得不迷信，说什么来什么，想什么来什么！

片刻后我大步朝前走去，真是他们的话，岂不正是久别重逢的惊喜吗？！

快到“古典风”门前时，那三个人上了一辆停靠在路边的小轿车，随着发动机发出清晰的声音，车子开走了。

我懊悔至极，如果不是刚才犹豫不决，现在应该站在她们面前了，至少可以辨认出他们。现在唯一看清楚的是那辆宝马 5 系列，比捷达高出两个档次。

心情越发不爽，从杂志社出来时的不爽与此时的心情冥冥之中有着某种内在联系。这种联系与我读博时的一段情感经历有关，与那三个人和那间小小的书屋有关，当然也与我的处女作小说有关。

怏怏不乐地走进“古典风”，米红正在里屋看书，见我进来合上书本起身去沏茶。

一屁股坐在单人沙发上，伸手接过她递过来的茶杯。

“刚才有人来过吗？”

“没有呀，怎么了？”

“进来的时候看见有人在门外指手画脚，不知在干吗。”

“是吗，我一天都在看书，没注意外面的动静。”

她穿一件蓝色碎花短襟衫坐在床沿，双肘支在面前的小饭桌上削桃子。阳光从后窗射进来扑在她背上，脸背着光反而让人看得更真切，我发现米红胖了。

“两个女的和一个男的，看个头儿很像乐乐她们。”

“啊，不会吧？这么多年过去了，他们来这儿干什么？”

“故地重游，偶尔路过，都有可能，这里毕竟是他们创业的地方。”

“你看清楚啦？确定是他们？”

“没有，走近的时候他们上了一辆车走了。”

“哈哈，”米红将削好的桃子切成小块，放在一个水晶盘里。“我看你是写小说走火入魔，脑子出现幻觉了吧。”

“胡说，才不会走火入魔呢。”我喝了口茶，“如果不是他们的话，谁会在这比比画画，况且三个人的身材、体态真的很像。”

米红将盘子推到我面前，接过茶杯放到桌上，拿起一块桃子塞进我嘴里。

看着我吃，她似笑非笑地说："依我看谁都有可能，也许是这儿的常客，也许是来演奏过的孩子家长。前些年这里开过饭馆，开过打字复印店，也许是那些人。我跟房东说租期到了不再续约，也许他提前联系新租户，人家来看店面，都说不准呀。"

说的也有道理，可能自己太敏感了吧。

唠着闲话，时间一点点过去。米红留我吃晚饭，她要亲自为我下厨。

清蒸鳜鱼，外加两盘热菜，一碟煮花生米，她又拿出一瓶红酒，两瓶啤酒。我尝了口鱼，啊，她不开餐馆真是可惜！人各有所长，她的长处正在于此。

米红告诉我，《乐乐书屋》全部看完了，她喜欢，书名也好。

"你是这篇小说的第一位读者，不感到光荣吗？"

"你听到对这篇小说的第一声夸奖，不感到自豪吗？"

两人都笑了，同时举起酒杯，来，为光荣与自豪干杯！

米红说在读小说的过程中，她一直在搜索当年的记忆，对那间书屋有印象，只是名字忘记了。上高中的时候，放学后会和同学到家属院对面的书屋转转，消磨一点时间，偶尔买一本小说或诗集。记得店里有几个哥哥、姐姐辈的人在经营，模样记不清，印象中有位个头儿不高、胖乎乎的姐姐，她应该就是乐乐吧。

她说去看书的时候从未遇见过我，读罢小说才知道我和这家书屋发生了这么多故事，还上演了一出既煽情又令人难忘的情感剧。小说的情节把她带回到那个年代，一些模糊的记忆被重新唤醒。读到某个地方会笑，读到某个地方会感叹，仿佛她和这篇小说也有某种密切联系，这种感觉让她觉得很有趣。

米红给我夹了一块鱼肉，说乐乐这个人物写得最好，看写她的文字像这个人就站在你面前，是你熟悉的一个朋友。晓晨的性格也很鲜明，可以写得再多些。韩强性情有点古怪，到底哪怪也说不清楚。

我暗自赞许，她看得很仔细，也说到了点子上。虽然我也意识到这些问题，但不打算修改，曾经认识的他们本来就是这样。

米红放低声音略带羞涩地说，读到有些地方还不好意思呢。我叹嘘一声，小说发表后读者看不到这些内容啦。米红表示很遗憾，又庆幸自己读到了。

我仍然不明白那些性心理描写到底有何不妥，与人的行为比起来，人的心理活动才更复杂，更具人性，如果只有单纯的肢体运动，干脆直接上《动物世界》算了（后来在与苏珊逐渐深入的交往中，她的一些思想和观点对我影响很大。她认为性心理描写是必要的，但要写得美，要把无形的意识流动写出华丽而优美的质感来，否则就会落入俗套。我同意，显然那时我还没有能力做到这一点）。

"文哥，当初你要和乐乐好下去，结婚了，你们会幸福吗？"

"这个……怎么说呢，你就当小说读吧。"

不知何故米红的脸红了，她面部肌肤光滑饱满，嘴唇的线条清晰而匀称，耳朵也长得很标致，那头浓密的短发自然地垂在腮边，使人平添了几分韵味。

"她有点像晓晨。"我想。

我曾坐在咖啡馆里用回忆勾勒出当年乐乐书屋的情景：那边是书柜，这边是收款台，屋子中间是摆放书的低矮的台子，一切都依稀可见……今天我又在米红身上寻找当年晓晨和乐乐的影子。如今他们已经四十多岁，比米红大。时间倏地就过去了，寒暑交替，物是人非，除了记忆什么也没留下。

"他们的真名叫什么？"米红眨着眼看我。

她突然这么问，让我一愣。我不想透露人物原型的更多信息，小说根据生活原型做出虚构，当它被创作出来后就已经脱离现实本身，与现实没有直接联系了。但跟米红说说也无妨，毕竟她也"认识"他们，于是我说出了书屋及主人的原名。

听到书屋的名字，米红一下子兴奋起来。“想起来啦！”她拍了下桌子，“如果那几个人真是他们的话，看了小说会怎么想，愿意别人把他们写进小说吗？”

“不知道，小说里的人名和书屋名全是化名，他们应该不会介意。”

“写小说真有意思，想怎么写就怎么写，不高兴把你写丢了，高兴再把你找回来，让你死就得死，让你活立马就活，太爽啦！”

“哈哈，你想得美，写小说也不能野马脱缰，信口开河，除非写完把它放进抽屉里，像日记本那样。”

米红盈盈一笑，将两盘热菜端到厨房加热，给我和她各盛了一碗米饭，又端来一小碗紫菜汤。

她像在问我，又像在问自己：他们后来怎么样了，晓晨开没开新书店，乐乐学没学中医药，韩强是不是当了餐馆老板？

我没作声，也想知道三个人后来的生活状况如何。从每个人的性情、能力及当时的社会环境看，晓晨和韩强实现愿望的可能性大，乐乐往往一厢情愿，嘴上说说转身就忘。这些年社会变化剧烈，大浪淘沙，人海沉浮，时隔数日都说不好谁会怎么样，何况这么多年呢。

米红又打开一瓶啤酒，我问她最多喝过几瓶。她说开餐馆的时候一次和应涛喝酒，两人喝了九瓶啤酒。好家伙！但凡女人能喝，男人千万别逞强。

“哎，再写一篇小说吧，写写我，看看我在你心里什么样。”

“有这个想法，不过写出来别不理我了。”

“那可说不准，看你的表现吧。”

我提议听听音乐，她问想听什么曲子，我说你看着放，别太吵就行。她去了吧台，很快从音响中传来一首曼妙的小提琴曲。

外屋响起咚咚的脚步声，人和声音同时闯了进来。

“红姐，你偏心眼儿，把我支出去，偷偷请文哥吃饭！”小慧一身酒气进屋就喊。

“明明自己死乞白赖地要和男朋友出去吃饭，倒说我偏心眼。”米红瞪她。

“不是男朋友，是女朋友！”小慧跳起脚又喊道。

“和男朋友吃饭怎么啦，又不丢人。”我打趣地说。

“就是，有男朋友怎么啦，没男朋友才丢人哪！”小慧噘嘴的样子像桃桃。

米红把小慧扶到床边坐下，给她拿来半个桃子，又用手捂住鼻子：“你瞧你，喝了多少酒呀！”

小慧吃着桃子：“文哥，我把红姐送你的柿饼全吃了，不怪我吧？”

我一绷脸：“那怎么行，我还一口没吃呢，让你红姐再送我。”

米红笑了：“瞧你们俩，哪天叫表哥拉一车来，管你们吃个够。”

这晚我的心情很爽，不仅因为饭菜可口，更重要的是，小说获得第一位读者的认可，这是个好兆头。这篇小说将我的人生分成前后两个阶段，过去的我已成历史，未来的新生活呼唤我去拥抱她。今后就靠写作为生，像米红说的“想怎么写就怎么写”，不再受谁约束，自由自在。

人生多么有趣啊，当你完成了一件具有创造性的工作后它便更加有趣。工作不仅给你带来满足感，也辅助你走出生活的低谷，慢慢去发现自己对这个世界做出些微薄贡献的价值所在。

米红理解力强，善于抓住事物的主要特征，所以和她聊天很愉快。然而即使在亲近的人面前，聊天的话题也总是那些可以被聊出来的内容。

我隐瞒了三件事：和乐乐好之前，我曾向晓晨示好，结果碰了软钉子，好在我尚知进退，并未因此影响两人关系；我陪乐乐去医院做人工流产，她怀了我一生中唯一的孩子；和乐乐的关系升温之前，韩强已经在追求她，当时我知情。

在送我走出“5012”时，苏珊说她喜欢小说的结尾，乐乐的性格有了进一步强化。下面就是她喜欢的那部分内容，我把它摘录出来，在感谢苏珊的同时，也寄托我对乐乐和韩强的愧疚之情。

又是下雪的日子。

在家里写了一夜论文，清晨五点实在困了，迷迷糊糊睡了三个多小时。

早上起来头有些麻木，此刻沐浴着和煦的阳光，感觉好受多了。

上午的阳光明媚怡人，太阳将温暖的光芒照耀在大地上，雪反射回光芒，刺的人眼睛麻麻的。几只麻雀在树梢和雪地间跳跃，发出尖尖的鸣叫。

走过熙攘的街道来到街对面的乐乐书屋，推开门一阵爽朗的笑声传来，让人顿生好奇。

书屋里的景象不免令人暗自感伤，靠墙摆放的书架已经空空如也，装书用的大纸箱凌乱地叠摞在地上，碎纸杂物扔得到处都是。和以往不同的是，屋中央临时安置了一个简易火炉，炉上的水壶冒出白色的蒸气，发出丝丝的响声，旁边还烤着半个馒头。

“大博士，你来啦！”乐乐两颊通红，眼里笑出泪水，打招呼的时候笑声也没有停止。

我同一旁的韩强问过好，看着乐乐笑弯了腰，也跟着笑起来。没等我开口问，乐乐便学舌似的讲起韩强刚给她讲的一个笑话，笑话没讲完，她又一个人笑弯了腰。

韩强坐在火炉边一个纸箱上，无聊地拨弄着一把吉他。平日里他沉默寡言，很少见他有说有笑的样子，今天能把乐乐逗成这般模样，想必那笑话非同一般。

“刚沏好的茶，还没喝呢。”乐乐捧着茶杯，手指通红。我接过杯子只浅浅地呷了一口，便顺手把茶杯放在空荡荡的书架上。

韩强递过来香烟，我挨着他坐在火炉旁。

怎么不见晓晨，我问。乐乐接过话茬说，一周前他们就把空调、保险柜、灯具什么的搬到别处去了。昨天三个人忙到半夜，把书打点好，又把零碎的东西整理完，累得她到今天手腕还疼呢！

怎么不见晓晨，我又问。乐乐这才说到，昨天下午联系搬家公司，公司说今天上午九点到，可已经快十点了，人影还没见着。晓晨等得着急去街上看看，也许打电话去了。

我环顾四周，这间书屋记载着我多少的回忆啊！有我读博期间最为忙碌的那段时光，有我深陷其中的一段感情，也有我人生所经历的最单纯的男女间事。我来过好多次，对这里曾经那么熟悉，可看着眼前的情景，又觉得它是那么陌生。

“怎么还不回来，一个人到哪儿去了！”乐乐显得不耐烦，瞬间情绪变得低落，刚才的笑容被她甩得一干二净。

乐乐的话音刚落，书屋的门被推开了，晓晨走了进来。

几句寒暄过后晓晨走到火炉边，双手扶在水壶提梁上，重重出了口气，进门时泛白的面容渐渐变得红润。她不停地跺着脚，鞋子上沾的泥雪在地面上融化成水渍。

“说话呀，他们到底什么时候来？”乐乐一脸委屈的样子。

“电话里说车子在半路抛锚了，他们正想办法修呢，修好车就过来。”晓晨的语气有些混沌，像在自言自语。

乐乐一撇嘴，一屁股坐在我身边不再吱声了。

“下午拆迁队就要来拆房，万一……”韩强开口道。

晓晨默不作声，一时间屋里的人都沉默了。乐乐低头摆弄着裤角，脑后露出一截白皙丰腴的脖子。

“大博士，快毕业了吧，上次听你说打算出国留学，有消息了吗？”晓晨的手从壶的提梁上移开，向后拢了拢乌黑的短发。

我告诉她还有一个学期毕业，正在写博士论文，至于出国留学嘛，还没有最终确定下来。其实，我已经选好了毕业后的去向，只是不想说出来。

“也许去大学教书吧。”我还是对晓晨说道。

“真好啊！”晓晨转过身凝视着门外的街景。

“教书有什么好！”乐乐突然冒出一句。

她站起身，一只手抻了抻我的衣袖：“哎，到外面看看，好像又下雪了。”我随口应了一声，身子却没动。乐乐也不理会，独自去了街上。随着她身影的消失，一股寒冷的气流从门缝挤了进来。

韩强又在拨弄那把吉他，他是一位很出色的业余歌手。

水壶发出的嗞嗞声越来越响，屋里暖洋洋的。

晓晨回身坐在炉边，大家喝着茶聊起往事，也谈起今后的打算。

晓晨说她同父异母的弟弟明年要考大学，想在北京选一所学校，上名牌大学很难，上一所普通的理工科大学还是有希望的。

她接着说，上大学花费大，父母收入不高，要多挣些钱才好供弟弟念书。如今的社会看重学历，本科毕业生找工作也开始难了，要是念不上大学就更没指望，自生自灭，谁会在乎你呢！

听着她的话，我只能默默地点头。

“喂——你来呀！”乐乐隔着玻璃窗在向我招手，一副顽皮的样子。

外面没有下雪，房檐上的积雪被风吹落，微小的晶体飘飘洒洒地散落到地上，从屋里看仿佛又下起雪来。

阳光更加耀眼，气温在升高，天气没有早晨那般寒冷。

“有事吗？”我问乐乐。

“没事，想和你在外面待一会儿，你看——”她扬起脸，用手指向天空。

一群哨鸽在空中飞翔，发出清亮的哨音。我抬头望着这群小家伙，心情顿时舒朗开。

街上的车辆行人多了起来，不时传来几声汽车喇叭声。人们步履匆匆又小心翼翼地在街上走，新的一天开始了。

生活就是这样，日复一日，年复一年，一切看似无动于衷，变化却在人们不知不觉中悄然发生着。

从书屋里隐约传来吉他的弹奏声，渐渐地在吉他伴奏下韩强的歌声越发清晰。

这是一首爱情歌曲，表达的是一对恋人分手时的内心告白，歌曲旋律优美，歌词情真意切，十分感人。

为什么要离开你，其实我没有理由离去，
和你一起的日子我拥有了我自己。
你说你渴望天长地久，直到生命的血干涸，
可世上只有分分离离，怎会有矢志不渝。
如今劳燕分飞，各奔东西，
你的心里只有你自己。
其实我没有理由离去，为的是
把那命中的注定忘记……

鸽子的哨音和韩强的歌声在冬日的萧瑟中荡漾，撩动着人的心弦。

我扭过头看乐乐，她正紧紧地挨着我，脸上泛出灿烂的笑容，两行泪水吻着笑容流淌下来。

“冯雍也参与了这件事，板上钉钉了。”

36

十九世纪三十年代，大众报纸兴起的那个年代，人类发明了摄影技术。使用这种技术你可以把生活中某个瞬间固定下来，让记忆在一定程度上突破时间的局限。

我手上有四张十三年前拍的照片，虽然这四个瞬间不具有重大的社会历史意义，但对于我个人而言，却具有值得记忆的价值。

第一张：我、肖立军、金炳太，在肖立军公司前台。

那些年几个人里混得春风得意的当属肖立军，他做广告多年，公司规模由小变大，办公条件也越来越讲究，公司现在东四环外一幢高档写字楼，在第十一层占据了半层空间。

这个人外表随和，嘻嘻哈哈，心思却细致缜密，办事也很果断。他看好的事会立即办，很少犹豫不决，这也许是他成功的一个原因。据我所知，他看准的客户都给他带来了长期利益，不少人最后成了朋友。

他还有一个值得称道的品质：对朋友讲义气。这不是我一个人的看法，炳太、常凯私下里也这么说。当然，人无完人，有时候他心眼太多，浪费了不少脑细胞。另外炳太说他不迷恋女人（不知这算优点还是缺点，我想起了那盒避孕套），至少表面上看不出来，不像常凯，透过他看女人的眼神，你就能猜出他肚子里盘算什么。

那天上午十点钟，我和金将军如约来到公司，在前台小姐的引领下走进肖总办公室。

办公室狭小而简陋，不像老板办公的地方，倒像普通员工的工作室。肖立军笑着解释，他的屋子搞得豪华有什么用，把钱贴在墙上的事不能干，钱是员工挣来的，也要花在他们身上。

刚落座，穿着和模样光鲜靓丽的女助理走进来。她曼声对肖总说，康妮来电话，研讨会推迟到下周，具体时间另行通知。总经理点了点头。

女助理为客人端上咖啡转身出去了，我们坐在沙发上边喝咖啡边聊。

肖立军离开办公桌坐在对面沙发上，沙发右侧是一株近两米高的南天竹，青青的叶子，红红的果实，很有些君子风度。

他像憋了一肚子话，滔滔不绝地就广告业生存现状发表了一通见解。他挥动着手臂，说到当前社会经济的整体活跃度，媒体市场出现的新格局，广告主营销策略的转向，受众媒介接触方式等。最后又谈到广告代理商的专业素养，他说这才是问题的关键，广告公司想要活下去，只能靠自身的真本事。

炳太同意肖立军的观点，说这些年一直在学校教书，空谈理论，对现实情况知之甚少。立军在市场摸爬滚打多年，积累了丰富的实践经验，应该到学校走走，办讲座，搞项目，帮助学生开阔专业视野，一定大受欢迎。

我赞成这个提议。肖立军微微一笑没表态。

炳太的态度很明确，他来公司后宏观事情立军考虑，他只负责具体技术工作。至于与客户的关系，他建议以客户为上，经过充分沟通如果双方仍有分歧，按照客户的意见办，有了他们才有饭吃。

女助理又走进来，请示说新招聘的员工今天面试，肖总是否见一见，总经理告诉她部门总监去就行了。女助理转身出去，高跟鞋触地的声音又在楼道里回响了很久。

肖立军手里玩弄着签字笔："炳太说的可以理解，但也存在一定风险。"

炳太看出他的心思，一味迎合客户可能会降低公司的专业品质，但这个问题可以解决。比如说，针对老客户、在社会上有影响力的客户以及外资企业，可以搞出一些精品，既展示公司实力，又给员工施展才华的机会，一举两得。另外，公益广告这块也有很大的拓展空间。

肖立军若有所思，再次微微点头。他笑着说，是啊，做买卖和教书不一样，做公司和做朋友也不一样，市场逼你做什么就得做什么，跟想做什么无关。如果不跟着市场走，一意孤行，到头来只能面壁思过啦！

他这番话我和炳太都听懂了，我俩对视了一眼。

当老板就是忙，一个年龄稍大的女职员走了进来，请肖总在一张纸上签字，又向他低声说着什么，像是有意回避屋里的客人。

女职员走了以后，肖立军说这是公司的财务总监，眼下公司流水还是紧张。

我提了个想法，对广告效果的调查评估历来十分重要，应有专职的市场调研人员，他们提供的数据是公司追缴尾款的重要依据。

内行人善于沉默，外行人喜欢"指点江山"。

不过肖立军倒是满口赞同。他从南天竹的阴影里站起来："走，咱们到各部门转转，有什么想法边看边聊。"

来到平面设计部，他向员工介绍说，这位是金老师，以后就是你们的总监。员工们站起身向新总监点头致意，炳太抱拳作揖向各位问好。

炳太仔细察看部门的办公设备，又向几位员工询问手上的活，很快就对部门情况有了大体了解。

走出平面设计部，三人来到露台吸烟。肖立军莫名其妙地提起米红，说人看上去还不错。我简单地将米红的情况说了说，他感叹了一句"不容易啊！”

炳太说他也见过米红，人挺好，和老沙挺般配。肖立军打趣道，炳太，你是不是觉得老沙这岁数快嫁不出去啦！炳太连连摇头，哪呀，现在有年轻的女的喜欢咱这个岁数的！

参观完毕离开公司前，总经理让前台小姐为我们照张相。三人身后墙壁上镶嵌着昭示公司理念的六个大字：“服务、合作、共赢”。

第二张：母亲、利娟、米红和我，在母亲家。

那天午睡起来母亲叫保姆把屋子打扫一遍，然后在保姆陪伴下拉着小车去采购，回来又张罗着收拾鱼虾、肉蛋、蔬果。

利娟下班早，过来看看有什么需要帮忙的。她对母亲说：“妈，见到米红您别表现得太热情，我哥和人家到底什么关系还说不清楚，如果两人没那个意思，您不是自讨没趣吗。”母亲撇着嘴：“呦，瞧你说的，好像我七十多岁就老糊涂了，这点小事还要你提醒。”

过后利娟跟我说起来还笑个不停，而我却笑不出来。

米红进屋后，利娟热情地招呼她，米红也笑着喊“娟子姐”。她走到沙发前恭敬地问候“伯母好”，母亲站起身：“好、好，欢迎欢迎。”

母亲一个劲盯着看，过了好一会儿才说道：“瞧，这孩子变喽，看不出小时候的模样，这身材、长相多好啊。”她拉过米红的手一起坐在沙发上。

利娟端来茶水：“妈，我没说错吧，米红越来越漂亮啦。”

母亲乐了：“是呀是呀，这孩子有福气，当爹妈的没白疼，你不知道小时候体质可弱啦……”

“妈，您又提那些事，都过去多少年了。米红第一次来咱家就翻从前的老皇历，也不管人家爱听不爱听。”

利娟这么一说，母亲忙改口：“不说、不说，我是看见孩子高兴，才想起她小时候的事，不说啦！”

米红一脸笑容："没事伯母，我小时候就那样，想起来还挺好玩呢。"

母亲忍不住又用一种怀念的口吻说："孩子啊，你伯伯活着的时候常念叨你爸爸、妈妈，他们都挺好吧？"

"挺好的，他们也问您好呢。伯伯告别会那天我抽不出身，也没能见伯伯最后一面。"

母亲摆摆手，叹了口气。

米红起身来到五屉柜前看着父亲的遗像："伯伯这张照片拍得真好。"

保姆喊吃饭，米红搀扶着母亲从沙发上站起来。

饭桌上母亲跟米红聊起做饭的话题："教了一辈子物理，可做饭这事更贴近化学，这就难为人了。听利文说，你学食品与营养学，还开过饭馆，以后有空常来，教我做几样。"

米红顺着话说："伯母，做饭也跟物理有关，一份食材切块、切片、切丝大不一样。"

母亲一惊："是啊孩子，土豆块、土豆片、土豆丝是三道菜，口感和味道完全不一样，你看看，一句话就叫我开了眼界！"

利娟大笑起来："妈，您应该先复习复习物理！"

米红的到来给这个家庭带来欢笑，母亲看见她比见女儿还亲。利娟也高兴，她从小喜欢这个小妹妹。

大家挤坐在沙发上，请保姆为我们照了张合影。

晚风的吹拂中已经捎带出秋日的消息。

去地铁站的路上，米红说好久没有感受这么亲切的家庭气氛了，一家人坐一块有说有笑，吃着聊着多幸福啊。我说老太太张口就是那些陈年旧事，米红也笑了，是啊，人老了都会这样吧。

把她送回"古典风"，我独自回到家。平时若不赶稿子，十点钟上床，由于晚饭喝了酒，九点钟我就准备睡了。

米红发来短信，说屋里停电，小慧又不在，她一个人害怕睡不着，问

“去你那睡行不行？”

她来的时候给我带了一个碗形小酒杯，象牙白色，杯壁上有水墨画。她告诉我，这是开饭馆那年买的，她一个应涛一个，应涛那个摔坏了，她这个一直收藏着。小酒杯很可爱，我谢过她。

我把小屋收拾了出来。那晚我第一次将卧室的门轻轻掩上。

第三张：我和米红在十七孔桥。

立秋后天气变得干爽起来，虽然还有几天潮湿闷热，那也是兔子尾巴长不了了。

米红想在离开北京前去趟颐和园，上次来还是小学时爸妈带着来的。

步入长廊，边走边赏湖景。三五只船在宽阔的水面上缓缓游荡，就像画儿里一样。一只大鸭子率领五六只小鸭子在不远处游走，大鸭子前面带路，小鸭子们紧紧跟在后面，两只小爪不停地滑动湖水。

米红看着长廊上的画问我，这些故事你都知道吗？我说有的知道，有的不知道。她笑了，我以为你什么都知道呢！

到了石舫跨过一座小桥，来到湖的西岸，再沿岸边往南走。岸边柳树在微风中摇曳，一个上岁数的男人坐在柳树下钓鱼。

米红跑过去看那人身边的小桶，又跑了回来，“没钓着，嘿嘿。”她小声告诉我。“像个孩子。”我想。

来到一座亭子前，两人并肩坐在上边。她两肘支在腿上双手托住下巴，身子前倾静静地望着湖水，太阳的光芒从身后投向湖面。

“咖啡馆关了，小慧怎么办？”我问。

“她二十六岁了，在北京有个男朋友，从老家一起出来的，明年春节两人准备回老家。”她望着湖水。

“还回来吗？”

“说不好，她说像她们这种人在大城市里看不到希望。父母也上了年纪，或许就不出来了，在家结婚，生孩子，照顾老人吧。”

“这辈子就这样啦？”

“还能怎么样，人都有自己的位置，该待在哪儿就待在哪儿。这丫头挺传统的，对城里人的有些事看不惯。”

“她挺聪明，为人处世也懂得分寸。”

“是啊。我打算从小涛叔叔给的钱里拿出些给她作嫁妆，跟了我们这么多年，小涛也把她当妹妹待。”

“嗯。”我点点头。

从亭子上下来，继续向南走。她用脚踢开一粒小石子，然后抬起头目光活泼地看着我。

“文哥，以前有个客人经常来咖啡馆，长得像你，眉眼气质都像，就是说话声音不像，每次见到他就能想起你。”

“是吗，那时候你就知道我现在长什么样？”

“哈哈，根据小时候的样子猜呗，心灵感应！”

“后来呢？”

“不来了。”

“为什么？”

“总有原因吧，可能不方便。”她的目光变得沉着而冷漠。

玉带桥两侧被绳子圈了起来，两个工人在桥上干活。再往前走，岸边的小路逐渐向东拐去。

“快看，芦花……”米红一边说着一边跑了过去。

回来的时候她手里拿着一枝芦花，先是放在鼻前闻了闻，又举到我面前晃动，白色芦苇花的花头在我眼前懒懒地摇头摆脑。

我接过她手里的相机，拍了一张她站在芦花荡前的照片。平时我不怎么照相，出门也从不带照相机。

再拐过弯来到湖的东岸，走了一个多小时，可没觉得累。

“十七孔桥。”我说。

“真美啊！”她说。

太阳缓缓地向西山滑下去，一抹橘红色的晚霞飘在天边。夕阳将美丽的余晖洒向波光粼粼的湖面，洒向被浓荫笼掩的南湖岛，洒向那头铜牛。站在桥上隔湖北望，万寿山上巍峨耸立的佛香阁披上了一层金色，远处的玉泉山宝塔在落日霞光中默默守望着这座举世闻名的皇家园林。

米红请一位游客帮忙拍照，这是我和她唯一的一张单独合影。

第四张：学生毕业照，校园主楼前。

最后一次去学校，从办公楼出来下台阶时，碰见一位教表演的女老师，莫纯心。她年龄跟我一般大，好像比我大两个月，离异。据金将军的情报：“老沙，她瞄上你了。”

这天上午她打来电话，关切地问我最近怎么样，快一年没见了，想不想见一面，还说有重要事情告诉我。我有些犹豫，想不出她找我有什么重要事情，可又没有理由拒绝，就约她晚上在“老北京”见面。

见面后她很高兴的样子，夸我“一年没见还这么年轻”，又说这顿饭她请。我想笑没笑，也夸她“一年没见你也这么年轻”。客观地讲，我俩长得都不算老，她宽宽的一张嘴，新烫的头发是显年轻。

闲扯了一阵后，自然就聊起学校的事。她说，周家荣退休后，副院长的位子成了抢手货。按理说作为院长助理，冯雍上位的可能性最大，可书记看不上他，征求群众意见时老师们对他评价也不高，结果一时找不出合适人选。这期间院办主任和一个副教授也想争取上位，可大家普遍不看好。

莫纯心笑了：“可热闹啦，谁都想当官，谁也没戏。”我只听不开口，偶尔点点头示意“我听着呢”。

她收起笑容，语气神秘地说：“沙老师，你知道那个女生是谁吗？”

“哪个女生？”

“就是写信的那个，没她挑事你也不至于有今天。”说着她从包里取出一张照片，问我能不能找出那个女生。

我接过照片，一张毕业班的合影，看了一会儿把照片还给她。

“是谁都不知道，哪能找得出来呢。”

“你真不知道？再看看，第二排左起第五个。”

她重新把照片递给我，按她说的位置找到那个学生，可看了半天还是记不起来，以前对这个班的学生印象不深。

“想起来了吧，就是她，据说是个爱情至上主义者。”随后她说出了那个女生的名字。

我摇摇头，告诉她实在记不清了。我把照片递回去，她用手挡住：“给你的，留着吧。”

这就是她所说的“重要事情”？我倒没觉得多重要，而且对她的这一举动并不赞成，问题不在学生身上，莫纯心这么做是在讨好我！单位里的许多事情谁对谁错很难定论，判定对错的人也未必心口如一，人在做天在看随它去吧。

“冯雍也参与了这件事，板上钉钉了。”

“你怎么知道？”

“这个女生说的，在校期间不敢说，毕业后跟我说的，我可是她们班的辅导员呀！”

这事倒挺重要，可炳太没有告诉我，难道他还没有收到“情报”？

莫纯心说话算数，结了这顿饭钱。临走时她又说，“以后常来找你，可别嫌弃我啊！”我努力地挤出笑容，目送她上了那辆红色富康车。

此刻我脑子里想的是周家荣：“王八蛋！”

我的心思突然游荡起来，像那随风摇晃的柳枝。

37

时隔多日，春子家庭发生的变故萦回在脑际挥之不去。无法想象在那些日子里，她承受了多大的压力和痛苦，若能为她分担一二，也是我的一份心意。可远在数千里外，相隔茫茫大海，我又能做些什么呢！

细细想来，从初识到相恋再到离别，短短三个月，我们却像久别重逢的故人，说不够腻不够。多年以后回忆起这段感情，仍让人怦然心动。也许这就叫遇到了对的人，“相逢何必曾相识”。

隐居是她疗伤的一种方式，对她和母亲都有好处。

二〇〇七年初秋，米红带父母去了趟美国，特意到两个表兄所在的城市观光旅游。回来后她告诉我，表兄们开了家川菜馆，菜的味道全走了样，说不清是川菜、本帮菜还是宁波菜。我说入乡随俗嘛，他们也是随行就市。

米红语气娇娇地说，文哥，带我去南方玩玩吧，我在北京待不住啦！我说好啊，你计划一下，定下来咱们就走。

她选了一座离老家不远的城市，问她想不想顺便回趟宁波，“不想！”她说得很干脆。

飞机抵达杭州是下午四点三十分，出租车到达欣欣酒店是五点四十分。

这是杭州一家颇有名声的百年老店，地处西湖岸边。酒店是四层小楼，内部装修和陈设仿民国风格，连门童的服装也是民国样式。

办完入住手续，两人提着行李乘电梯上到三楼。打开客房门，双人标准间，面积不大，但装潢考究。地上铺着厚厚的地毯，家具呈深棕色，有一股怀旧的味道。房间临街，打开南面的窗户映入眼帘的便是西湖白堤。

米红放下行李，甩掉脚上的鞋，一跃扑倒在床上。她摊开四肢仰面躺下，嘴里喊道：“妈呀，累死洒家了，出门在外好辛苦！”

我走到窗前看了眼湖景，好美的一池湖水，人言西子誉满天下，果然名不虚传。

回身看米红，她冲我扮鬼脸。我也累了，模仿她的样子扑倒在床上，四仰八叉地躺下。

她安静下来，发出有节律的呼吸声，一波一波很均匀。我放松身体闭上眼睛，意识渐渐地模糊。

不知过了多久，我被盥洗声弄醒。

“喂，起来吧，天黑了。”她轻轻捅我。

睁开眼睛，米红坐在我的床沿。外面天已擦黑，只有卫生间的灯给房间投来一抹昏黄的光。

“这么晚啦？去楼下餐厅吃饭吧。”我坐了起来。

“楼下餐厅一定很贵，这两天我们早饭在楼下吃，中饭和晚饭在外面吃，好不好？”

“路上我看见一家餐馆，离这儿不远。”

“那咱们走吧。”

进入九月下旬，晚上有些凉。米红穿一双白色旅游鞋，一条牛仔裤，上身一件奶白色旅行服，步履轻盈地走着。

北山路上行人不多，沿湖岸往东去，湖对面亮起灯火，五颜六色的灯火环湖形成一弯弧形煞是好看。

米红紧靠上来，一只手臂挽住我。

走出不远，她突然叫了起来："哎呀，忘带相机了！放在桌上忘了装进箱子，这可怎么办呀？"她停下脚步看着我，一脸懊恼的样子。

"那就买一个新的。"

"买一个新的？可一年也用不上几次……"她有些为难的样子。

我推推她的背示意继续走，又安慰说，没关系，没带就没带，把记忆存在心里，想看随时都能看。她勉强一笑说，就你心宽。我说心宽才有活头儿，心窄的话事事难办。"哼！"她狠狠地挽住我。

临近断桥时，看见了街边那家餐馆。

十几张桌子，大多数位子已有客人。服务生将我俩领到最里边的一张空位，随手把菜单放在桌上。餐桌铺着洁白的桌布，让人顿生好感。

我将菜单推到米红面前，她看也不看。

"喝什么酒？"她问。

"一瓶小二锅头。"我说。

她招手叫来服务生，点了几样菜，要了两瓶小二锅头。

"两瓶喝不了吧？"我不解地问。

"就你一个人喝吗？"她瞪着我。

"你也喝白的？那好啊！"我笑了起来。

她又哼了一声，好像刚才那股子劲还没过去。

西湖酱鸭、龙井虾仁、宋嫂鱼羹、蒜蓉时蔬，两人端起酒杯轻轻碰了一下。米红说："不说点儿什么？"我刚要夹菜，忙放下筷子："吃好喝好玩好！"她第三次用鼻子哼了一声："还写小说呢，连个好听的词都整不出来！"

我撕下一条鸭肉放进嘴里："真香，地道的下酒菜！"

米红夹起一枚虾仁放进我的碟子："这些菜我也会做，以后做给你吃。"

她说话的语气充满了女性特有的温柔与性感。

她说做给我吃，让人听了很受用。一个人吃饭经常凑合，隔几天就要到母亲家或饭馆去改善一下生活，近期她若不回宁波，倒可以去“古典风”打牙祭。

饭后回到酒店房间，米红去冲澡，我脱去外衣躺在床上看电视。

临窗的那盏落地灯亮着，房内光线朦胧。窗户开了一道缝，微风吹来薄薄的纱帘轻轻晃动。梳妆台上米红捡的一朵野花被她插进一个瓶子里，蓝紫色的花朵开得正艳。

卫生间的门开了，米红走了出来。

她头裹毛巾，面色红润，肉色胸罩中间是一道深深的乳沟，饱满的胯部把窄窄的内裤绷得紧紧的，两条浑圆修长的腿湿津津。

第一次看到米红近乎裸体的身材，心跳开始加快。

“好舒服，你去洗吧。”她用毛巾擦着头发。

洗完澡出来，米红已经躺进被子里，用手支着头侧身看我。在她床边坐下，伸手摸她的脸，烫烫的，那眼神里充满了期待。

她掀开被角，声音微微颤抖：

“进来吧，别凉着。”

米红起得早，我从卫生间出来时，她正伏在桌上写着什么。

“写什么呢？”

“日记。”

“是吗，我看看……”

“不行，人家的日记你也看！”

“你天天写日记吗？”

“不是天天写，有可记的才写。”

“今天写的什么？”

“今天嘛……”

她合上小本子，起身拦腰搂住我。一瞬间我的头一阵眩晕，身体不由自主地晃了晃。一夜未眠，凌晨才迷迷糊糊睡过去。

“文哥，昨晚我睡得真好，好久没有睡得这么踏实了。”

“昨晚……对不起，我也不知道是怎么回事。”

“不提它，一个人太久了，慢慢会好的。”

“可是你……”

“我习惯了，挺好的，别再想了好吗？吃过早饭咱们去逛白堤，去晚了人多，你看，太阳都老高啦！”

我定了定神，心里仍恍惚不安，担心的事到底发生了，这是从来没有过的。

我提议先去商场买部相机，米红不肯，说“把记忆存在心里挺好的”。

走出酒店迎面拂来和煦的晨风，心情好了些。

东升的太阳俯瞰着湖面，湖水泛起迷人的波光，堤岸绿柳垂肥，枝叶婆娑，撩拨着游客的兴致。断桥上已迎来不少游客，有从断桥向孤山方向去的，也有从孤山那边来的。

米红容光焕发，松开我的手臂独自往前走，不时地蹦跳两下。两人相差五六步，我不紧不慢地跟随，欣赏着她高兴的样子。

记得从奉节回来那天，在“老北京”为她接风，那时的她和现在的她全然不同，是生活改变了人，还是人让生活变了模样？

蓝天盈盈，岸柳茸茸。越往前走游人越多，尽是老人、孩子一家人出来游玩。

米红朝我举起双手做出拍照的样子，又扮了个鬼脸。

我的心思突然游荡起来，像那随风摇晃的柳枝。

春子在做什么，她和母亲在箱根过得可好？是否像我一样，隐居三五天就耐不住，重新回到纷乱的尘世，还是义无反顾地做好了长期打算？米红对昨晚的事真的不介意吗，像她说的“挺好的，慢慢会好的”，真的会好起来吗？

我产生了一种忧虑，预感到我将失去的不仅仅是春子，命运会再次把我抛进过去那种糟透了的日子。可怜的蚕又将蜷缩进茧子里，把自己和世界隔离开。

一个人的生活就像一叶浮萍，随波逐流，漂泊不定，唯有靠内心不断成熟的意志稳住阵脚，才能不被伤情的流水冲进无底深渊！

忽然想起米叔、米婶，我暗暗骂自己：混蛋！

米红停了下来，回身等我跟上。

她问我，为什么那些感人的爱情故事都发生在人和鬼神之间，白娘子和许仙，七仙女和董永，聊斋里的小倩和书生，而且鬼神都是女的。她又问，为什么这些爱情故事个个是悲剧，像梁山伯与祝英台。

我摇摇头，没想过这些问题。她嘴一撇：“你不是什么都懂吗，大博士就教教我这个本科生。”我说：“让我想想，想好了再教你。”她又撇嘴：“干吗想好了再说，想到什么就说什么呗。”

能说什么呢，喜剧是引人发笑的，悲剧是叫人流泪的。如果我说爱情故事若不以悲剧收场怎么能打动人，她会理解吗，那是她想要的答案吗？

米红没有留意我此刻在琢磨什么，只顾恣意地享受秋日风景。她晃晃脑袋，让头发摆动起来。

“你说，我留长发好还是短发好？”

“你是长圆脸型，留长留短都好。”

“真的？以前太忙短发好打理，现在想变一变，你在小说里说喜欢长发。”

不记得在小说里说过这样的话，可她执意要我决定到底留长发还是短发，我说你留长发吧。她“啊”了一声，说了句“跟我想的一样！”

两人来到湖边静静地看着微波荡漾的湖水，一群小鱼敏捷地在水中乱窜，数米外几只浅褐色的小鸭子将头扎进水里觅食。

“想好了吗？”

“什么？”

“我问你的问题，为什么是悲剧？”

“因为美好的东西都是易碎品。”我的回答算不上是回答。

让我没想到的是，她没有继续追问。她应该知道这个问题的答案，在她的生活中不也有悲剧情节吗。

走到孤山北麓，跨过一座小桥，路旁便是小小墓。六根石柱支起一座带四顶飞檐的亭子，亭子里是拱形墓穴，墓前立着一块石碑，上刻“钱塘苏小小之墓”。

“古代有很多这样的人物吧？”她碰了我一下。

“嗯，有名气的像李师师、董小宛、柳如是、陈圆圆，大多是宋明、明清时期的人物。”

“这些人挺有意思，不过是青楼女子，却芳名百世，成了后人纪念的对象，那些大官、大款们却没人记得。”

“首先，这些人长得都很漂亮……”

“当然啦，肯定是樱桃小嘴柳叶眉，一双金莲羞答答，要是粗眉毛、大嘴巴、大脚丫子，谁敢亲近她们呀！”

“其次，这些人智商高，琴棋书画、诗词歌赋样样精通，那些高官、才子们才赏识她们，要是像你这样……”

米红在我的胳膊上狠狠掐了一把：“找个机会就挖苦我，等着瞧，看晚上怎么叫你求饶！”我揉着胳膊：“现在就向你求饶！”

她笑着为我揉了揉，又接着前面的话题说道：“这些人情商也很高，一辈子在男人身上讨富贵，不会周旋怎么行，这就让人瞧不起。”

“小小不是这样，当初有一个做官的男人喜欢她，她毫不动心。后来遇见一位穷书生，小小掏钱资助他上京赶考，可书生走后不久小小就病死了。

书生科举成名，回到西湖把小小厚葬。你看，这个故事就挺感人。”

“嗯。小小这个名字好听，念名字就能想象出她的模样来。”

从岳王庙出来，在街边快餐店吃了午饭。回酒店路上，米红又问了许多问题，我有一搭没一搭地应着。我不想就历史问题详究细论，特别是有关历史人物，普通人从小说、戏曲、传说或是课本里得到的关于历史的概念，与历史学家眼中的历史恐怕不是一回事。

回到酒店两人一觉睡到日偏西，起来后各自擦把脸，又到断桥附近那家餐馆吃晚饭。

还是那位服务生笑着迎上来，他将客人请到一张能看街景的位子。同上次相比，我们受到的接待规格明显提高了。

窗外是美丽的西湖，有美景相伴就餐的心情自然不错。

米红换了装束，穿的是去密云时的那身衣服，红色西服上衣，深灰色九分裤，黑色船形矮跟鞋，不同的是制服里面加了一件浅灰色羊绒衣。我也换了衣服，来杭州之前买了一件蓝色掐腰薄棉夹克。

“没见你穿过新衣服，一下子年轻十岁。”她看着我。

“年轻不在面儿上。”

“在哪儿？”

“在心里呀。”

她扑哧一声笑了。

两人都不饿，饭菜点得很简单。饭间我说，你们回老家姑姑们一定很高兴，分别多年晚年能够相聚一处安享天伦，也是人生一大幸事。

米红沉下脸目光冷静地说，我看没这么简单，她们叫我爸回去多半是为了给她们撑面子，没有男性后代在身边，两个孤老太太怕在族人面前受怠慢。说完她露出“米娜丽莎的微笑”，我有日子没见到这笑容了。

话说得很世故，但不是平白无故的猜疑，在这件事情上，她想得更深一些。

饭吃得悠闲自在，慢慢品着红酒，三两样小菜也很爽口。米红喜欢这家的宋嫂鱼羹，一个人喝了两碗。

出餐馆往回走，天气比昨天凉。

米红又提起白天讲的那些爱情故事，语气中颇多感慨：

“感人的故事总让人心软，痛苦的事反倒使人坚强，这是什么道理？”

“一个人不可能总吃甜的，也不可能总吃苦的，人活一辈子酸甜苦辣都得尝。”我的回答仍然算不上是回答。

“我就想吃甜的酸的，苦的辣的你吃吧。”

“好啊，我吃肉丝炒苦瓜、泡椒炖鱼头，你吃甜疙瘩和酸黄瓜。”

米红“哎呀”一声，又掐了我一把，气哼哼地说：“怎么就说不过你呢！”

风挟着湖水的湿气扑面而来，路两旁是高大粗壮的梧桐，形态怪异的树杈无序地伸向四周天空。

米红迎着风展开双臂，哼唱起一首老歌。

像一阵细雨洒落我心底，那感觉如此神秘。

我不禁抬起头看着你，而你并不露痕迹。

……

经过酒店、小小墓来到平湖秋月。微风乍起，水波轻漾，站在开阔的平台上放眼瞭望，人的心胸随夜色的延伸而舒展开。

走得热了，米红敞开制服的衣襟。

这是二〇〇七年九月二十五日中秋节，杭州西湖上的平湖秋月。

一轮满月悬在空中，另一轮满月浮在水中。游人们纷纷举起相机，一对年轻情侣相拥在一起仰头凝望。

一位美学家曾说，中国诗人爱好的自然是细雨微风、湖光山色，是月景。他说得没错，古人诗词歌赋里月字怕是用得最多。月亮素雅沉静，含蓄温和，这符合中国人的审美趣味。但月亮是个被动性存在，需要借别人的光点亮自己。

尘世中的人们对超凡的自然界赋予了太多灵感，使混沌或清致、觉悟或蒙昧的自然万物有了情感和灵性。我们仰赖万物而生，彼此最宜岁月静好。

我问米红民族音乐里有哪些与月亮相关的曲子，她想了想，《二泉映月》《春江花月夜》《彩云追月》，还有……《月亮代表我的心》!

我没有笑，煞有介事地对她说：

“找个秋天带瓶好酒，坐在这里赏月该多好！”

“我不来！”

“为什么？”

“我在旁边妨碍你和嫦娥姐姐说话！”

“我要有那个本事就不在这赏月了，干脆搬到月亮上去住。”

“瞧瞧，不能跟你讲鬼神的故事，说着就要变飞天了！你不知道远看是个好，近看未必好吗？”

“……”

见我无语，米红又说，在她们老家中秋节是八月十六。

拒绝平庸的人总是有希望的，而每一次拒绝的结果又是下一次拒绝的理由，人就是这么长大的。

38

第三天上午逛苏堤，米红说中午请我吃杭州的另一道名菜。

我的饮食随习惯而来，从小吃什么长大还吃什么，并不在乎菜的名气。可是一位年轻可爱的女子主动推荐，你没有理由不在意。

现在我俩之间究竟是一种什么关系？想想还真有点让人犯迷糊。

苏堤上游人比白堤少，特别是上午，只三三两两的游人在堤上漫步。

两人懒懒地走着，谁也没有说话。天气依旧好，景致依旧美，心情也不错，只是不想说话。我看了她一眼，她也看了我一眼，两人会心地相视一笑。

“我说会好的，就是会好的！”她笑着扭过脸去。

岸边的柳绿愈加浓厚，坠得柳枝有些不堪重负。

她说春天的柳芽可以吃，拌凉菜，用油炸，或者和面一起做。以前每逢柳芽长出的时候，表哥就从密云捎来一些，做成凉菜给顾客吃，很受欢迎。她又说柳芽可以入药，还可以泡茶。记得有一年老妈给我炸过柳芽，但我没有用它泡过茶。

一个四十几岁的女人独自一人逛苏堤，人长得很面善，衣着也得体，一条蓝底白点的丝巾衬托出一股月亮般的气质。她从对面走来经过我们身边，我下意识地一闪念："长得像杂志社那个人！"

"哎，"米红靠近我，"我见过你的两个朋友，金哥和肖哥，你们认识很多年了吧？"

我把我们的故事讲给她听，她听得很认真，听罢叹道："多好啊，我真希望能有这样的好朋友！"转而又说，"你就是我的好朋友，娟子姐也是。"

"你没有别的朋友？"

"嗯……有一个，在颐和园跟你提过。"

"那个长相像我的人？"

"是啊，我爱过他。"

"爱过他？！"

"嗯，很苦。"

"什么时候的事，跟我说说。"

"晚上再说吧，现在不说。"

我的胃口一下子被吊了起来，心里却有些茫然，这个小女子身上究竟还隐藏着多少故事！

她爱那个"我"的时候，我们还没有重逢，应涛还瘫在床上，她竟悄悄地结了一段桃花缘。这种事发生在别人身上不奇怪，可发生在米红、金将军身上，真让我感叹百花易谢，桃花不败啊！

南山路比北山路热闹，人杂车也多。随游人看过南屏晚钟，又站在路边看了看雷峰塔。塔是前些年重新修建的，高大伟岸，金碧辉煌，颇为气派地伫立在西湖岸边。我和米红决定，站在外面看也一样，里面人挨人看也看不踏实。

日上竿头，到了午饭时间，我问米红去哪里吃，她说你跟我走吧。

往西坐一站公交车，下车后来到一家餐馆前，抬头看门上的匾额：知味观。

也许因为有名，又傍西湖之滨，食客们自然慕名而来。等候了十几分钟，服务生才将我们领到一处角落里坐下。

一份西湖醋鱼，一盘小凉菜。吃了口醋鱼，感觉和老妈做的糖醋鱼并无二致。

米红问我好不好吃，我一口咬定好吃，见她高兴我又吃了几口。她也夹起一块鱼肉，边吃边说：

“养人和养花是一个道理，缺营养就长不好。小时候妈妈总给我做好吃的，她和我爸就吃剩饭剩菜，想起来心里怪难受。以后和他们住一块，天天给他们做好吃的。”

我支持米红同父母一道回老家，一方面她现在有条件为父母做些事情，另一方面米叔、米婶对女儿尚有期待。“一代接一代，没完没了哇！”桃园老农的话道出了中国人的常情。

“米叔、米婶不容易，以后得好好孝敬他们。长辈身体好，晚辈省操劳。”说着我又夹起一块鱼肉，“其实一个人最终什么样，是由文化营养决定的。”

“那好呀，我负责物质营养，你负责文化营养，我们两种营养都有了。”

我本想说为什么不能两种营养兼顾呢，话没说出来，那样要求别人未免有点不厚道。

鱼快吃完了，服务生端上两碗片儿川。

回酒店退房，前台服务生叫来出租车。上车后司机问：“去西湖迎宾馆？”我回答：“是。”

路上我向司机询问，杭州有哪些热点景观，哪些地方最值得看。司机看上去是个热情快乐的年轻人，他没有直接回答我的问题，而是问我们这几天都逛了哪里，下一步有什么计划。

我告诉他，今天打算去灵隐寺。司机建议说，你们可以包辆车，师傅会带你们把临近的景点都走一遍，这样既省时间，看的地方又多。米红觉得这是个好办法，我就请这位师傅下午带我们把沿途风景一道看看。

出租车驶进位于西山路上的宾馆大门，又开了好一会儿才停在我们住的那栋楼前。宾馆占地面积很大，景色优美，像一座皇家园林。

客房宽敞明亮，只是装潢没有上一家那般细腻。南边的阳台也很宽敞，铺着地毯，还摆放着一个茶几和两把扶手椅，很适合坐在这里看书、晒太阳。

米红发现洗手间和浴室是分开的，浴室很大，花洒下面有一条木制长凳，可以坐着洗澡。

小憩片刻，司机打来电话，他已在楼下等候。

出租车很快驶到钱塘江边，六和塔依山而建俯瞰江面，十三层塔身雄伟气派。

买了门票，登上高高的石阶，穿过一座刻有“净宇江天”字样的类似石牌坊的山门洞，便到了塔下。

进入塔内沿梯子盘旋而上，每上一层我们都会逗留一会儿，站在回廊上向外观望，每一层看到的景致都不同。每层塔身的须弥座里砌有砖雕，雕着各种花鸟禽兽图案。

上到第五层，我意识到自己看不到塔顶的风景了。我对米红说，你要有力气就自己上去吧，我在这等你。她嘲笑了我一句，独自向上攀登。

我喘了几口气，手扶回廊朝下望去。

这就是钱塘江，一条在无数文人骚客口中吟诵过的江，宽宽的江流平缓浩荡、气势磅礴地向下方涌去，一泻而入东海。那座著名的大桥飞跨南北，贯通两岸。空气中雾霭加重，近看水雾迷蒙，远看江天一色！

正当我叹息踌躇之际，米红回到身边。我惊讶地问，这么快就到顶啦？她说只能到七层，再往上就不让上了。

我欣赏着江景，左右看不够。身边的人却没有动静，我侧脸问她：

“在想什么？”

“想以前。”她神情有些黯然。

“想以前什么？”

“以前的一切。你呢？”她也侧过脸问我。

“我也在想以前。”

“想以前什么？”

“七百年前的事。”

“哦，你想得真远。”她回过脸去。

是啊，我的思绪飘得很远。我喜欢夫子那句话：“逝者如斯夫，不舍昼夜。”

回到出租车上司机师傅说，我们先去九溪，然后去龙井村，最后去灵隐寺，灵隐寺是著名旅游景点，你们可以在那里逗留久一些。

司机的快乐性格也体现在爱聊天上，他问我们对杭州的印象如何。我说杭州很美，古迹也多，不愧是一座历史文化名城。米红没说话，表情若有所思。

司机停顿了一会儿说到，杭州原是南宋首府，那时叫临安。七百四十年前的一天，正月十五刚过，朝廷的人带着传国玉玺来到城外皋亭山，向元朝军队递交了降表，送上赵宋三百年江山，南朝一百五十年政权。

说得一点不错，这是个喜欢读历史的年轻人。

米红问当时元朝军队攻进城里，城里遭到的破坏厉害不厉害。司机说元朝军队没有攻城，兵临城下朝廷就投降了。我问当年的皋亭山在哪里，司机说皋亭山在杭州城区东北，离城区十几公里吧。

说话间出租车驶进一条僻静的山间小道，道两旁树木茂盛，绿荫浓密，人仿佛从喧闹的都市一下子闯入幽静的山林。

米红很好奇：“这是什么地方？”

“这是九溪，位于西湖西边。”

司机介绍说，杭州市东西景观截然不同，东部是繁华的商业区，人们去那里购物、吃饭、娱乐，西部是僻静的自然生态区，适合居家养老。这座城市很有趣，包容了两种相反的生态环境，两种环境人们都需要，说完他满足地笑了。

车在路边停下，司机侧头朝向我们："附近风景不错，可以下去看看。"

每到一处景点，游客下车游览，司机就待在路边等候，他的开朗性格和敬业精神让我们心情放松。

米红在前我在后，走上一条人工修建的蜿蜒曲折的石径，石径旁是清澈的天然池塘和潺潺溪水。山林间空气湿润清冷，我紧了紧上衣领口，又提醒米红把衣服穿严。她系着领口的扣子回头冲我笑："真的有点凉啊！"

沿石径走着，听到流泻的水声。绕过一处突出来的小山角，眼前是一座十几米高的瀑布，瀑水从山坡顶上流下来，急速地冲击着山体岩石。

下面是池塘、小溪，上面是倾泻的流泉，两边有自然生长的树木花丛，中间一条石径若隐若现，好一座天然园林，比宾馆里看到的秀山弱水来得更加随意，也更加山野。

米红一路小跑上去，站在瀑布旁一块大石头上朝我招手。我为她摆出照相的姿势，看她高兴的样子，我也高兴。她才三十多岁，面前的路长远而宽阔，爱情、家庭、事业对她来说存在诸多可能性，只要把握机会顺势而上，一切皆有可能。

看着她从大石头上下来，我心里纳闷，昨晚又提起给她买相机的事，她还是不同意，不知她心里想什么。

参观龙井村可以作为"走马观花"这一成语的生动诠释，在司机的催促下，两人又回到车上。司机本意是想给灵隐寺留出更多时间，但我们在寺里滞留的时间也不长。

这是一座规模宏大的庙宇，整座寺庙随山势而建，上下四五层大殿，若仔细参观至少需要半天工夫。

米红嘴里嘟囔，人太多，走路只顾看脚下，生怕踩别人后脚跟，山中寺庙本是清净之地，天天这么多人，那些和尚能安心修行吗！嘟囔完她又说，刚才看到一副对联挺有意思，“人生哪能多如意，万事只求半称心。”

她问我对联写得好不好，我不以为然，上联还好，下联不好。上联说的是客观事实，人一辈子不可能事事如意，下联说的是主观态度，劝人万事差不多就行。这种开导人的劝慰之言在社会上流传得很多，大抵是告诫人们要谦忍退让，得过且过，话翻来覆去地说，意思只有一个：活着就好。米红听罢沉思不语。

返回住地已是日落时分，在夕阳映照下宾馆里的草坪、花木、怪石、长廊，配着池塘小桥倒别有一番江南韵味。

晚饭后在阳台上闲坐，我沏了两杯龙井，两人慢慢饮着。

米红紧闭嘴唇神情凝重，眼睛盯住手里的茶杯，时而细细地呷一口。她像有心事，这两天几次看到这种表情，可我猜不出她在想什么，便开口问她。

米红略显迟疑，用手掠了掠头发，抬眼看我：

“人会不会欺骗自己？一直努力做的事真的对吗？”

“这个……”我一头雾水，搞不清她要说什么，“很多事情难论对错吧。”

她又盯住手里的茶杯，轻轻地说：

“我发现以前走过的路是错的，至少有问题，那不是我希望过的生活。当然这与小涛无关，他是一个好人。”

我仍然不明白，过去的生活是错的，这是什么意思呢，我恰恰觉得她应该为自己的过去感到自豪。

“大学毕业后很快就结婚，开饭馆，开咖啡馆，忙忙叨叨过来了，从没想过自己要成为一个什么样的人，过一种什么样的生活。每天盯着眼前这点事，忙着挣钱，走一步看一步，实在没意思。”

说到这里她停了下来，嘴角咧出一道嘲笑。

“这次出来想了很多，一个人不知道自己去哪里，他的每一步都是盲目的，一切努力都白费。现在我知道自己想要什么，那和以前的生活一点也不一样，我经常问自己是不是在做梦？”

我终于明白了她的心思，她在清理过去。

拒绝平庸的人总是有希望的，而每一次拒绝的结果又是下一次拒绝的理由，人就是这么长大的。我很高兴米红能想到这些，但不同意她的一些说法，人不能全盘否定过去，没有过去就没有现在。

我对米红说，你最需要做的就是向前看，“妹妹你大胆地往前走！”

“可结束容易，开始难啊！”她的眉头皱起又展开。

“结束就意味着开始！”我再次鼓励她。

她竟朗朗地笑了，举起茶杯和我碰了一下：“好了，没事啦，我去洗澡。”

她动作夸张地扭着胯甩着手，嘴里哼着歌，那样子让我想起昨夜她洗完澡从卫生间出来时的情景。

米红离开后，我独自坐在阳台喝茶，想起刚才她的情绪瞬间由阴转晴，不禁笑出了声。

刚喝了两口听见她在喊，我快步来到浴室门前。她探出头：“你也进来吧，坐着洗可舒服哪。”

她的提议叫人无法拒绝，就像春子的那些提议一样。

从没坐着洗过澡，初次尝试感觉还好。温暖的水流从头淋到脚，开始有些刺痒，很快在水流抚摸下全身肌肉放松，这倒是缓解疲劳的好方法。

米红低着头，水打在脖颈顺脊背流淌下来。她的样子让我心生爱怜，伸手去抚摸她光滑的脊背，手刚一放上去，她的身子一阵剧烈抖动。我停止手的动作，尽量让自己平静，她的情绪仍不稳定，我必须抑制住身体上的冲动。

想起她在阳台上说的话，又激起我的好奇心，是什么触动她那样想呢？

没等我开口问，她突然站立起来仰起头伸开双臂，口中发出一声母狼般长长的吼叫，随即垂下头双手捂住脸，任凭水流砸在自己头顶。她的肩在颤抖，抽泣声和水流声混合在一起。

我起身抱住她，“你不是在做梦。”她重重地点头，紧紧地依靠在我胸前放声大哭……

那晚米红向我讲述了她和那个男人的故事。

“两年前了，小涛受伤的第三年。他一进门我俩互相看了一眼，当时我心里一动，这人好面熟，像在哪里见过。你来了以后我才反应过来，他长得像你。

“不知为什么，自打见到他我心里就开始乱糟糟的，总觉得有什么事要发生。起初两人还放不开，可他三天两头来，慢慢就熟悉了。他说他做销售，向医院推销医疗器械，爱人是护士，女儿刚上初中。知道他有家庭，我就尽量和他保持距离，他来消费，我提供服务。他是个挺稳重又挺活泼的人，说话幽默，也有分寸，让人心里很舒服。唉，我们之间不仅没有疏远反而更贴近了，我喜欢这种人，想和他交往。

“两个月后，一天下午他在附近宾馆开了房，我趁小涛午睡就去了宾馆。你知道，这种事就怕有开头，想刹也刹不住。我时间上不方便，不能天天见面，见面只能待一个小时，就这样持续了半年。文哥，我真没想到，人会有那么强烈的冲动，在小涛身上从来没有过。那些天简直神魂颠倒，满脑子都是他……”话突然止住了。

我俩躺在同一张床上，她的头倚住我的肩。屋里黑着灯，谁也看不清对方的表情。

“哎，我说这些你不介意吧？”

“后来呢，为什么不来往了？”

“唉，这种事没有不透风的墙。他老婆发现了，而且知道女方是谁，说要带人来砸店，吓得我好多天睡不好觉。”

“要是这样的话，还是早点结束吧，省得麻烦不断。”

“何止是麻烦，这件事折腾得够呛，他净身出户，我打掉一个孩子……”

“那，他没再找过你？”

“找过，非要和我结婚，我对他说我绝不会离婚。他走了，再也没露面。”

“应涛知道这件事吗？”

“应该不知道吧，也可能有所察觉。小慧知道的可能性大，我每次出门她的表情总是怪怪的。”

我长嘘一口气，原来在“米娜丽莎的微笑”背后还有这样一个故事，苦乐参半，结局无奈。但我理解米红，一个正当年华岁月的女子心仪一个人，痴迷于偶遇的恋情红杏出墙是很难免的，何况苦了这么些年。她可以伤心，不必自责。另外，我还想到应涛，他是个敏感的人，特别是受伤以后，这件事他真的蒙在鼓里？那天联欢会上他看我的眼神，至今让人耿耿于怀。

心情很复杂，什么时候入睡的也记不得了。

霞光由橙红色变为金黄色普照大地，给这座历史悠久的城市重新注满活力。西湖从睡梦中渐渐苏醒，花木、鸟儿、城市里的人们在霞光的映照下，再次焕发出蓬勃生机。

我和米红站在楼顶平台看到了旭日东升的景象，那是无比壮美的景象。两人沐浴在霞光里，沉浸在对未来生活的希望中。

米红说她要重新安排自己的生活，而我呢，对于未来会怎样心里并不确定。

返程的飞机上米红又问我，真的要同父母去宁波吗？我说你一定要去，否则会后悔的。

她深舒一口气：“我明白了。”

美好的事物之所以美好，因为它在走向反面之前便终结了。

39

从杭州回来后，米红陪我过五十一岁生日。她为我买来生日蛋糕，又做了一桌可口的饭菜。那晚她没有走，留在了我那里。

这段时间在与米红的相处的过程中，我有一种奉献情结，总想为她做点什么，哪怕一点点。如果她遇到难题，我为她解决了这个难题，一种满足感便油然而生。见她高兴，我也高兴，她情绪低落，我也心情沉重。当两人赤裸地相拥在一起时，我更希望她因我而兴趣盎然并感到快乐。相反，与另一个女人在一起时就不是这样。面对春子我有一种占有欲，就像一位探宝者发现了一座宝藏，顿时激起他对前景的无限遐想，他要去征服它、开发它并攫取它。

不知什么原因让我心甘情愿为米红付出，又不奢望她的回报。别的不说，有一点似乎清楚：米红是个好女子，但不属于我。

这些日子她发出的信息明确而强烈，我自然明白。但我知道在她的生活中，“文哥”只是个匆匆过客，他理解她，也爱惜她，这不意味一定要拥有她。一只伤愈的年轻海燕向往的是波澜壮阔的海洋，渴望的是五彩纷呈的未知世界，他又能给予她什么呢?

二〇〇七年初冬降临，银杏落叶的时节，米红随父母去了宁波。他们从密云去的机场，我没能送行。

春子离我而去，米红也离我而去，剩下孤零零的我。但我并不悲伤，也不后悔，一切都是我的选择。美好的事物之所以美好，因为它在走向反面之前便终结了。我得到了爱情，得到了亲情和友情，没有必要惋惜或试图挽留已经失去的东西，把那份美好化为记忆珍藏在心里就足够了。

月亮还是那轮月亮，风还是那样轻。想起神奈川县的箱根和风景如画的西子湖畔，两个女人的笑脸交替在眼前出现。

就在这个冬天，我的第一部小说发表了。

为了感谢苏珊的帮助，我请她共进晚餐，地点选在她住处附近的一家川菜馆（她是四川人，喜欢吃辣）。收到邀请她很高兴，说要好好为我庆祝一番。

见面后我送给她一本手签杂志，扉页上写了一句感谢的话。她也送了我一本杂志，上面有她的一篇文章，让我回家看。

我说写小说应该从短篇开始，可我一上来就是一部中篇，写得很吃力。她听罢笑了，笑得很恬静。她说小说写得不错，读起来会产生阅读快感，保持住这个风格吧。

这当然是句客气话，刚写了一部小说哪有什么风格呢。我向她坦白说，对小说我了解得并不多，读过一些，没有系统研究过。她延续着那笑容，声音轻轻地说，小说大体上分现实主义、浪漫主义和超现实主义，你的小说贴近第一种。

我的小说贴近现实主义？我态度诚恳地点点头。

其实我还没顾得上考虑我的小说属于什么主义，它只是根据一个人的一段真实生活经历编出来的故事，其中表达了我对生活的一些感悟。每一代人都有各自特定的经历、感情和价值准则，谁也摆脱不了时代与个人的局限。我以我这个年龄人的身份讲自己的故事，有人愿意听能引起共鸣就知足了。我不善于抒情，也不善于幻想，更不善于用当下流行的调侃语言写作，所以能怎么写就怎么写。

听了我的一番表白，苏珊眼里放出光芒。她说曹雪芹写《红楼梦》就是这样呀，用自己的经历、语言、感情写自己的故事，写尽了人生百态，苦辣酸甜，却为后人留下了一部伟大的文学作品。

哈，她总拿我跳起来都够不着的人说事！隔行如隔山，也许在她眼里这种比较很平常。

我们聊了很多，很开心，最后她说："期待你的下一篇小说问世。"

她的话给了我很大鼓励，我有了一位在思想上和创作上能够相互交流，相互切磋的朋友。但有一个计划我没有透露：第二篇小说的选题已经有眉目了。

菜的味道正宗，苏珊说她常来这家馆子。

来到街上两人握手道别，突然她扬起脸看着夜空："下雪啦？"

我也扬起脸，默默期待着冰凉的晶体落在脸上。

可不是嘛，真下雪啦！这就像童话里的场景，白色的轻飘飘的雪花从天而降，落在脸上肩上，落向地面。这是仙女播撒的花种，待到明年春天大地就会绽放出一片片五彩缤纷的鲜花，装点着这个既充满灵气又前途未卜的世界。

记得给桃桃过完十四岁生日，去地铁站的路上下雪了，出地铁站后雪下得很大。今天又下起头一场雪，也伴着风。

与苏珊道别后，我乘地铁回家。

走出地铁站，经过银行拐进那条不宽的街道，前面就是曾经的"古典风"，如今是一家药店。

我望了一眼药店里昏暗的灯光，准备横穿马路。

"文哥——！"女子清脆而急促的声音在耳畔响起，那声音似在召唤！

我停下脚步回身望去，谁在喊我？像是米红又像是春子，两个人的声音重叠在一起随风飘来。

风一阵强一阵弱地哀号，雪花在风中狼狈地乱舞。

哪有人啊！我暗自嘲笑。我紧紧上衣领扣，朝两边观察一番，准备再次横过马路。

“文哥——！”女子清脆的声音再次在雪夜中回荡。这声音好熟悉，它的甜美清脆让人难以忘怀。

我收住脚步，迅速扭头朝街道两侧看，想透过昏暗的街灯探寻声音的来处。

街上死一般寂静，不见人影。对面超市大楼像一头庞大的怪兽，那两扇眨着荧光的窗户像怪兽惨白的眼睛。

“这个家伙，它在嘲笑我！”

我默默合上双眼，稳住心绪，想证实自己很清醒，然后张开眼重新向街对面望去。

怪兽惨白的眼睛仍然贪婪而肆无忌惮地注视着我，让人心生怒火。

掏出一支烟点上，狠狠地吸了两口，白色烟雾混合着哈气在空中散开。我丢掉半长的烟，用鞋底将它踱碎。

声音从哪里来，这是幻觉吗？

平日我从不理会所谓幻觉之类的说法，我就站在这里，呼吸着空气，忍受着雪花冰冷的温度，那头怪兽瞪着我，我也瞪着它，这一切都是真实的存在，哪有什么幻觉！

片刻之后，意识到街上除了自己没有第二个人，我感到无比茫然，难道真有幻觉，还是酒精的作用？

我再次回头朝药店望去，那扇左右开的玻璃门静静地伫立着，标示店名的霓虹灯闪烁出令人炫目的光。

没有人，只有我自己，站在白皑皑的雪地上，迎着漫天飞降的雪花四处张望，像一个无助的迷路小孩。

一个男人经过，停下脚步看着我迟疑一下，然后快步走开了。

我沉陷在这漆黑的雪夜里，不甘心地朝四下张望，向左走几步看看，再向右走几步看看，终究一无所获。

失望了，彻底地失望了！我不再寻找，不再期待有什么结果，我为自己的徒劳感到无比懊恼，晚饭时的愉快心情荡然无存。

我满心疑惑地走过街道，似一个幽灵般跨进小区院门。

打开卧室灯，坐在藤椅上定神。屋里开着灯，外面漆黑一片什么也看不见，只有玻璃窗上映出一个人的影像，怎么看也不像我。

你是谁，为什么盯着我？瞧你一副狼狈的样子，哪像一个作家！

玻璃窗上的影像也生气了，用眼睛瞪我，那眼神似乎在问：你是谁，干吗瞪我？你的模样也不怎么样，喝多了吧？

我突生一种感觉：有人在一旁默默地窥视我。我不喜欢被偷窥，就像不喜欢赤身裸体地站在外人面前。

我愤怒了，起身灭掉卧室的灯。那影像瞬间消失不见，外面的景物模模糊糊地呈现出来。

我揭露了那个偷窥我的家伙，驱赶掉他，一股胜利者的豪情给人带来满满的安全感！

猛然想起来，进屋时把苏珊送的杂志放在了门厅饭桌上。

今晚她接受了晚餐邀请，又把她写的文章给我看，让我的虚荣心得到极大满足，想到这里心情顿时又好了起来。

文章的主标题：这是一首爱情诗吗？副标题：读卞之琳先生的《鱼化石》。

文章开头引用了那首诗：

（一条鱼或一个女子说）

我要有你的怀抱的形状，

我往往溶化于水的线条。

你真像镜子一样的爱我呢，

你我都远了乃有了鱼化石。

一口气将文章读完，我佩服诗人的抒情手法，欣赏苏珊细腻优雅的笔触，也被文章中讲述的“鱼儿”感动了。

我不由地问自己：“这是一首爱情诗吗？”

人们经常回忆、感慨自己曾经或正在经历的爱情，暗恋、相思、热恋、离别，可是大家是否思考过，爱情对于人类的繁衍，对于历史的沉积，对于人生哲学的探索，究竟具有怎样的意义？一定具有重大意义，否则不会人人为她牵肠挂肚。

从书房回到卧室再次打开灯，那个影像又出现了。这次我竟觉得他挺可爱，那就让他陪着我吧。人需要陪伴，不仅仅因为孤独。

过几天是桃桃的十五岁生日，该为她送上什么样的祝福呢？

终于有了春子的消息。

40

弹指人寰，十三年过去了。

今天是二十一世纪二十年代的第一天，维也纳新年音乐会的指挥是拉脱维亚人安德列斯·尼尔森斯，他年轻的面孔给人带来与往年不一样的感觉。

晚上我和利娟、沈聪到母亲家吃晚饭。过了九十大寿母亲偶染微恙，沈聪抓了几服中药，服用后略见好转。我问沈聪要不要再抓几服，他说看情况吧，估计不用了。

故事讲到这里，有些事情需要平下心来静静地想一想。

朋友，你老了吗，像我一样已过中年？你想过没有，在一生中最令你难忘又时常忆起的岁月是什么时候，那时候都发生了什么，给你留下了什么，激情、苦闷、愤怒抑或悔恨？你是否因那段岁月而有所改变，是否因某件事、某个人的出现而调整了自己的人生轨迹？当然，你也可以没什么值得回忆的，或者根本就记不起来了。

师大那位教授朋友曾跟我说，人生的宿命不在于命运如何安排，而在于你无从预见这种安排。苏珊也说过，人这辈子只做了一件事：选择一种生存方式（活法）。你选择了某种活法，活了一辈子，最后这个活法定义了你是谁。每个人都有自己的活法，不同的是有人主动地选择，有人被迫地接受。

我赞同他们的说法，但心中存有疑问：无论命运还是选择，这一切都是真实的吗？人究竟是服从命运的安排，还是遵从自己的意愿，我们所做的每一次选择——主动的或被动的——真的发自我们内心从而具有了超越命运的意义？

找到答案是快乐的，让疑问永远存在也许更加有趣。

人无法解释命运，但应该可以解释自己。我怀念五十岁那年，那年所发生的一切把我推上了浴火重生的祭坛。我在被迫接受之后做了一次主动选择，从而完成了一次人生蜕变。我做了我自己，仅此而已。

中年生活具有无可争辩的两面性：性感而富有内涵，虚伪而又荒唐。但我喜欢中年，它的饱满与张力源自人性的复杂和生活中不可预知的可能性。在中年你肯定会遇到又可能会错过重生的那次机会，机会在等你，你竟视而不见。

春子的出现改变了我的生活状态，也改变了我对两性关系的一般看法，但没有也不会改变我的生活信念。她懂得男人的喜好，值得你去爱，但这种爱一定要建立在相互了解彼此理解的基础上，建立在双方真情实意的感情上。否则，当成年人的游戏结束后，你将一无所获，除了一道道被悲哀抚平的伤痕。

与春子比起来，米红在处理感情问题上要单纯些，也幼稚些，这和她的年龄、经历有关。她肯为所爱的人付出（这点极为可贵），却压抑不住对感情和性爱的渴望。她怀着一种矛盾的心理在生活，“米娜丽莎的微笑”正是这一矛盾心理的表现。

那时她恰似一只暴风雨过后待飞的海燕，辽阔的海洋和无垠的蓝天任她自由翱翔，累了，会有一处美丽富饶的小岛可以歇息。她会有另一只海燕陪伴，与她同飞同宿，筑起属于他们自己的爱巢。当然，还会遇到下一次暴风雨，但他们的翅膀足以经受任何风雨的考验。

米红离京后，头一年我们还有短信交流，后来她远赴美国帮表兄开饭馆，我们之间的联系渐渐稀少。

在一次睡梦中，一对老年夫妇来到床前轻声对我说："照顾好米红，这孩子不该被幸福遗忘！"醒来后我大惑不解，以前从未见过这对老夫妇，不知道他们是谁，为什么要对我说这番话？此后很长一段时间我也没弄明白，这件事竟成了我生活中的一个未解之谜。

米红一九七〇年出生，比我小十四岁，比春子小七岁，今年整五十岁了。说实话我倒很想听到关于她的消息。

炳太三年前退休，没有评上正教授。他抽空就往郊外跑，四处刨树根，回到家闷头搞他的根雕。自从和那个女人分手后，他从不聊女人，别人一提他就烦，"荒唐，简直是荒唐。"吕欣和利娟同龄，还有两年退休，说起健身她斗志昂扬，而且战果累累。儿子永哲理工大学毕业后没有申请到国外奖学金，在国内一家军工企业上班，听说有了女朋友。

一次肖立军向我"告密"，说那年去颐和园赏雪，炳太故意提起学校的事，想撺掇肖、常替我出口气。我恍然大悟，金将军啊，可真有你的，老实敦厚之人肚子里也装着小九九，偶尔也会露峥嵘。不过那天还是他送冯雍回了家，让肖、常二人的计划功亏一篑。

肖立军离婚了，又结婚了，女方是那位年轻漂亮的女助理。广告公司像他的第一次婚姻一样没能坚持下来，他入股了一家咨询公司，公司的收益经常令他长吁短叹。可爱的怀柔小院租期临近，肖老板打算续租，他经常住在那，偶尔邀请我们去聚一聚。有一个坏消息，他患了二型糖尿病。

常凯的日子一直过得挺踏实，当上了爷爷，一家五口和和睦睦，买卖照常，从没听说他有什么风流韵事。有一个好消息，他自费出版了一本诗集《跳舞的雪花在哭泣》，送了我们一人一本。必须承认，以前我对他的看法失之偏颇，他不是那种肤浅无聊的男人。

三十多年的好友仍会凑一块喝酒聊天，只是不像从前那样频繁，一年有个一两次。

冯雍嘛，还在为争取他的“荣誉”而奋斗。当年没有当上副院长，他怀疑是院里一位老师暗中捣鬼，写了封举报信举报那位老师论文造假。而那位老师也举报冯雍，说他曾与写信的那个女生有不正当师生关系。两人的举报各自列出一些“事实”，经学校调查，“事实”模棱两可，说有也行说没有也行。最后学校决定，取消那位老师一年的职称评审资格，接受冯雍“辞去”院长助理职务。如今他也奔退休年龄，听说人还是那副德行，在同事中间“光荣孤立”。

周家荣的情况金将军没提，我也没问。

我想说说孟华，她这辈子过得大起大落。

给母亲办过九十大寿后，为了补孟华的六十岁生日，我请她吃了顿饭。饭间我问她怎么又离婚了，她告诉我，两年前丈夫被抓判了二十年，估计这辈子留给监狱了。经济问题？我问。孟华迟疑了一下说，有经济问题，也有男女问题，不过这些都是用来说的，他搞外贸可能和国外有关系，所以判得重。你现在怎么样？我又问。孟华依然笑着说，又找了一个搭帮过日子，没领证。

这就是她的变化，第二任丈夫出了那么大的事，说起来却似家常，结识了另一个男人并与他同居，说起来也没有太兴奋，好像一切不过如此，过眼云烟罢了。这个变化发生在孟华身上不可谓不大，人一定经历过复杂而深刻的心路历程，才会出现今非昔比、判若两人的改变。

我诚心诚意祝福孟华晚年能平平静静地生活，她眉毛一扬欲言又止。

第一篇小说能够发表，苏珊帮助颇多。此后的几篇小说也是她向各家刊物推荐的，她读博时的不少同学在杂志社工作。在后来写的那些作品里，首先发表的是我的第二部中篇：《米岚的咖啡馆》。

苏珊人挺好，我挺佩服她，聪慧、安静、感情持久，只是身体略显羸弱。

她发来微信：利文，晚上过来吧，我们吃火锅，东西都备齐了，还买了你喜欢喝的酒，另外一起说说你那部长篇小说的构思，等你。

我们度过了一个愉快的夜晚，聊了很多话题，偶尔也会提起各自的过往，说罢两人莞尔一笑。她做饭的手艺不如米红，但我已经知足了。

第二天从苏珊家回来已近中午，身体困乏，没吃饭便上床午睡。六十四岁的人啦，明显感觉体力不支。

终于有了春子的消息。今天突然收到她的一条很长的短信：

文哥，你好吗？母亲三个月前因胃癌过世，我现在已了无牵挂，很想见一面。多年过去了，不知你近况如何，是你来日本还是我去北京？如果你不方便，我计划春节后去北京看你，具体事宜到时再商定。念。

自箱根一别过去了十三年，这是我收到她的第二条短信。第一条短信是我们分离后第二年发来的，内容简短，像是解释她“失踪”的原因。今天的短信来得很意外，意外引起的惊讶使我一时不知该如何回复。这条短信预示着我们可能会重新建立联系，可我还拿不准该如何处理今后的关系。

我对春子的感情是真挚的，相信她也是这样。我爱她，这是我的誓言，也是我曾经的承诺。至于今后怎样还来不及多想，正如两人的相识自然而然，今后也当如此。“人算不如天算”，我相信我们会理智地面对生活。我申请加入她的微信好友，等待她的接受。

人生的故事永远不会有“剧终”，以后再聊吧。

沏了杯茶，打开电脑先浏览新闻：

特朗普弹劾案出现重要进展

美实施精准打击，伊朗将军苏莱曼尼身亡

李铁出任国足主帅球队迎来魔鬼训程

坊间传言某市发现不明原因肺炎

……

来到卧室阳台，一杯茶，一支烟，依旧是那张褪色的藤椅，嗅着从小圆凳上飘散过来的茉莉花香，脑瓜里空空如也。

苏珊说我可以动手写那部长篇了，可不知为什么竟提不起兴致。现在只想安安静静地坐在藤椅上，伴着茶香，看着窗外景色。

记不清有多少次坐在这闲看楼下花园，那里的每一棵树都像老朋友般熟悉，哪一棵长高了，哪一棵长粗了，哪一棵枯死了……

今天花园里依旧没有人，不见老人晒太阳，也不见锻炼和遛狗的人，院子里很安静，安静得有些不寻常。

倏地，一只不明身份的小鸟飞落在窗台上，没等我看仔细，它又飞走了。

外面无风，气温在缓缓回升，不过在冬季结束前还会遇上寒冷的日子。